文學報 新批评

文丛·第二卷·第5辑

你从“这边”看到了什么“风景”

《文学报》编

上海書店出版社
SHANGHAI BOOKSTORE PUBLISHING HOUSE

愿文学報
越办越好。
巴金

希望广大文学爱好者
都读文学报

冰心

出版说明

《文学报·新批评》专刊创刊于2011年6月2日。按照常规，在创刊号卷首应该有个《发刊词》，申明办刊宗旨和内容定位，一是便于作者赐稿，二是便于读者阅读识别。但本刊在首期推出时，却没有《发刊词》，似乎有点不合传统戏剧程式，开场锣鼓未敲，人物便甩着水袖登场了。这并非编辑部大意疏忽，其实，有关可以写在《发刊词》的内容，在它诞生前发布的《征稿启事》中已经反复申明了，那就是现已广为人知的"三提倡、三反对"："倡导真实、真诚和自由、锐利的诚意批评，反对谩骂式的人身攻击；倡导靶标精准、精到的及物批评，反对不及物的泛泛而论；倡导轻松、幽默、透彻的个性批评，反对故作高深、艰涩难懂的'学院体'。"后来，编辑部又将之概括为六个字："真诚、善意、锐利"。

在《文学报·新批评》亮相前，已有很多权威媒体，对当下的文艺批评生态存在的痼疾，给予了严厉的批评。但如何改善"沉沦"的批评生态，却很少有人践行之。因此，《新批评》之所以甫一出现，就引起文学界、知识界的普遍关注，大概就因其将"呼吁"付诸行动，不仅高举批评的旗帜，连续不断地发出批评之声，而且隔周每期用八个版的容量集中刊登批评文字，内容涉及文学名家新作的文本分析以及文化现象、戏剧、影视等，颇有点"逆水行舟"味道。常有人问：《新批评》"新"在何处？或许，这也是其"新"之一吧。

古人云:“誉满天下,谤亦随之。”说《新批评》“誉满天下”,实在有点“王婆卖瓜”了,但“谤亦随之”却是一个客观存在。应该说,这个“谤”包含着复杂的内容,既有善意的“误读”,也有不适应带来的恶意攻击,当然也有《新批评》成长过程中种种不足引发的“争议”。不管是赞誉,还是善意批评抑或攻击,《新批评》皆以宽容、包容的气度,从各种不同的意见中吸收营养,然后整整衣冠,继续出门上路。因为,我们清楚自己从哪里来,又该向何处去。只要不做“亏心事”,是用不着害怕半夜“鬼敲门”的。

《新批评》出版三年多来,编辑部同仁于去年岁首推出了第一卷丛书,完整呈现每一期的内容。之所以如此选择,是为了可以原貌展示《新批评》前行的脚印,正的斜的,美的丑的,都纤毫毕现,不加掩饰;再就是,便于有兴趣研究当代文艺批评史的人,查阅所有的文章。延续这个思路,今年我们推出了文丛第二卷。

《新批评》丛书将一卷一卷连续推出,祈请广大读者垂注并赐教。

《文学报·新批评》编辑部

于乙未岁首

你从“这边”看到了什么“风景”

目　录

新批评 第四十六期

2013年5月2日

目　录

新批评 第四十七期

2013 年 5 月 16 日

目　录

新批评 第四十八期

2013 年 5 月 30 日

目　录

新批评 第四十九期

2013 年 6 月 13 日

目　录

新批评 第五十期

2013年6月27日

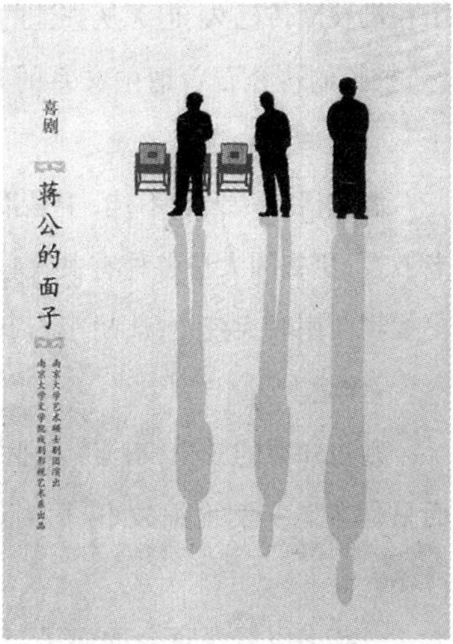

《蒋公的面子》：一出知识分子的悲喜剧

吴海云

■ 当21岁的南京大学戏剧戏曲专业本科生温方伊开写《蒋公的面子》剧本时，她一定想不到这部戏将会引发的评论与效应。一年多以后，《蒋公的面子》已上演超过50场，并开启了全国巡演之路。所到之处，票房爆仓，广受赞誉。一部学生习作，因其诚恳之态度与自由之精神，为功利主义盛行的演出市场吹来一股清风；更因其对知识分子的刻画，引发了学术界与文化界的兴趣与热评。

■ 剧中三位主角面对一份蒋公请柬的百般挣扎，在舞台的场景中固然引人发笑，但一旦被置入与当代的对照考量，则足以令今人汗颜。《蒋公的面子》向今天的知识分子抛出了一个极为严肃的问题；它不仅关乎“面子”，更关乎“里子”。

当21岁的南京大学戏剧戏曲专业本科生温方伊开写《蒋公的面子》剧本时，她一定想不到这部戏将会引发的评论与效应。

当时她所面对的任务，是导师限定主题的学年论文；而拥有的，只是一个在母校流传已久、但无从查证的“典故”：1943年，亲任中央大学（南大前称）校长的蒋介石曾请中文系的几位知名教授吃饭，“给不给蒋公这个面子”，让这些学者很是为难。

温方伊自认天赋不佳，于是以勤补拙。正式下笔前，她走访南大各位老教授，更查阅大量各种有关民国知识界的回忆录和文献，从中央大学校史找到西南联大校史，从胡小石、陈中凡、程千帆的相关资料读到《朱自清集》、《吴宓集》。

她自知看的戏少，不够“专业”，于是放弃了在创作中玩概念、弄玄虚，而只是老老实实地编故事、写对话、塑造人物、制造回合，一字一句，如履薄冰。

一年多以后，《蒋公的面子》已上演超过50场，并开启了全国巡演之路。所到之处，票房爆仓，广受赞誉。一部学生习作，因其诚恳之态度与自由之精神，为功利主义盛行的演出市场吹来一股清风；更因其对知识分子的刻画，引发了学术界与文化界的兴趣与热评。

一、第三代知识分子的故事

人们已很久没有在话剧舞台上看到知识分子了。

而《蒋公的面子》弥补了这一空缺。该剧由大学生编剧，大学教授导演，大学的老师和学生粉墨登台。时任道、卞从周、夏小山——三位国立中央大学中文系的教授，三个男人一台戏，就是否赴蒋公饭局的讨论，构成全剧的情节主线。

也有评论说，该剧是典型的“文人戏”；这就混淆了“知识分子”与“士人/文人”的区别。

“知识分子”的概念从西方传入，其最鲜明及最本质的特征在于“独立”与“批判”。他们受到形而上的热情以及正义、真理的超然无私的原则的感召，以丰富的学识、坚定的信念与斗士般的勇气向公众作清楚的表述，斥责腐败、保卫弱者、反抗不完美的或压迫的权威。

中国传统的“士人/文人”，亦有一种鲜明的正义感和使命感，“为天地立心，为生民立命，为往圣继绝学，为万世开太平”。但他们缺乏近代意义上的独立人格，从来不是政治权力的批判者；恰恰相反，成为“帝王师”是中国士大夫广受争议的最高梦想。

直到晚清以降，中国的读书人方才从传统“士人”逐渐转型为“知识分子”，其间经历整整三代人的努力蜕变：以严复、梁启超为代表的“晚清一代”，陈独秀、胡适等为代表的“五四一代”，以及傅斯年、罗家伦等为代表的“后五四一代”。

剧中的三位主角属于“后五四一代”，这也可能是中国在过去两百年间所涌现的最为杰出的一代知识分子。就学术而言，他们往往有深厚的国学打底，又有留学欧美的经历，真正做到“学贯中西”；就思想而言，他们有的亲美，有的崇古，有的信奉共产主义，呈现出丰富的多样性；就人生际遇而言，他们年少逢“五四”，成熟于民国，晚年又遭遇“反右”和“文革”，亲身经历中国历史在20世纪的风云变幻、大开大合；也许最重要的是，他们能自觉而自如地奉行“独立”与“批判”这两大法则。

《蒋公的面子》的最大成功之处，便是塑造了三位典型的“第三代”知识分子，三位主角个个形象鲜明、性格饱满——三人中，时任道最像西方的现代知识分子——“左倾”、好辩、穿西装。一方面，有一份学术兴趣上的超然，为求知而求知（作为中文系教授却爱讨论哲学）；另一方面，又热情地关切整个社会的公共事务，不仅站在超越个人功利的宏观立场上批评当局，还通过劝学生上街游行等行为实现对社会的介入。有那么几处台词，他几乎就是乔伊斯笔下的戴德勒斯，响亮地宣告自己的政治观与价值观，比如，“造成所有的不合理的，不是太讲求自由，而是太讲求道德廉耻上的自由，而思想与言论太少自由”。

而卞从周是“进步论者”，将“政府虽然腐败，却总是一年比一年进步”之类的观点挂在嘴边。他知道，到处都是政治，一个现代的知识分子既无法遁入纯粹的艺术和思想的领域，也无法获得无私的客观性和超验的生活。于是他选择加入体制、集团或政府的行列，成为所谓的“圈内人”。按照许纪霖先生对中国近现代知识分子的分类，他应该属于“外圆内方”那一类，尽管在某些人看来，他也许只是个“帮忙奴才”。

夏小山，所谓名士气派、魏晋风度，“就算是装的，也没人能比他装得更像”。他穿长衫、哼昆曲、好美食、和稀泥。看似玩世不恭，却是满腹经纶；奉行难得糊涂，只因心如明镜。

不过，这三位尽管性格迥异、立场不同，却认同一个基本前提：作为知识分子的独立人格。面对蒋公请柬这一来自中华民国最高权威的示好，完全没有表现出任何孟子得见梁惠王般的欢喜，反而将之视为对自身“独立”或“自由”的严重威胁。全剧所有的戏剧冲突，便建立在这个基本的共识之上。

二、中国味道的文雅喜剧

编剧令人赞叹的一点是，作为一个二十岁刚出头的年轻后生，在刻画那令人高山仰止的“第三代知识分子”时，没有采取仰视的姿态。相反，她写了一出喜剧：对剧中人，她有理解、有赞美；亦有讽刺、有批判。

许是年轻气盛，在解释为什么写喜剧时，温方伊给出的理由是不喜欢“诉苦”——“三个中年汉子两个小时在台上为了一顿饭哭哭啼啼、声嘶力竭地喊出自己的苦痛，未免太矫情。”她野心勃勃地想写出一种类似“糖衣药丸”的喜剧，角色将苦藏在心里，外表展现出的是令人发笑的尴尬。

然而喜剧难写，是众所周知的事实。写出高雅的、能令人回味的喜剧，更是难上加难。

在西方相关戏剧理论中，喜剧被认为是一种解构的过程。《蒋公的面子》中能发现对这些理论的学习，只是有些刻板化了，“解构”成了理论之间的互相拆解，比如时任道与卞从周关于“辩证法”的辩论，又如学衡派与北大派在治学观念上的分歧。有趣是有趣，但稍有些“掉书袋”之嫌。

相比之下，该剧更为高明的喜剧片段，是那些带有浓浓中国味道的机锋回合。剧中某些台词是如此的灵巧、文雅，简直有点《儒林外史》的风骨，比如——

“据说梁启超曾发明三人和五人麻将，若是推广开来，他对中国又多了一大贡献。”

“麻将、桥牌皆需四人，象棋、围棋仅需两人。也就喝酒这种消遣，不限人数。三人可以尽兴。来，春风送暖入屠苏。”

“绝交书而已，你反应过度了。我可以再写一封复交书！”

当然，该剧最重要的任务，是挖掘与表达主要角色身上的喜剧性。

三个人物中，显然夏小山最容易写出效果，事实是，这个喜剧人物的塑造也最为成功。他的喜剧性，在于他的贪吃，他的好面子，尤其当贪吃与好面子互相冲突的时候；在于他不为国家的最高权力所撼动，却为了一碗火腿烧豆腐心神激荡；在于闻知自己藏书被毁、捶胸大哭，“然而去渡口连吃两碗牛肉面，就神色自若、行动如常了”；在于他看似超然物外，却又对蒋公的称谓无比在意，颠来倒去，尽情扭捏，殊不知已然斯文扫地。

而卞从周，初登场时，似乎是那种西方古典喜剧热爱塑造的“丑角”，即有些鲜明缺陷、“比我们低下”的人物。但编剧在刻画这个人物时，明显采用了“先抑后扬”的手法，观众看到后来，便无法站在道德的制高点上对其进行嘲弄。最终，卞从周身上的喜剧元素，主要还是一种中国式的“扭捏”：他似乎世事洞明人情练达，具体的行为处事却总是偷偷摸摸；对自己的选择有合理的解释，却又无法无视别人的评价与眼光；深知政治的浑水已将自己浸染得不那么干净，却还要打笔墨砚台那样文雅的比方。

相比之下，时任道最难让观众发笑。观众当然可以体会他的尴尬：纵论国事时锋芒毕露慷慨激昂，念及藏书又只得感叹“百无一用是书生”；穷且益坚的清高与孤傲，建立在妻子的苦苦经营四处借钱之上；一方面不想给蒋公“面子”，一方面却又想蒋公给他“人情”……只是这些尴尬过于沉重，最多只能让人苦笑了。

总的说来，该剧几乎所有的“笑点”，都不是靠俗气的噱头、夸张的表演或恶意的嘲弄得来的，而是靠揭示一种矛盾——中国知识分子的启蒙精神与传统文化（性格）之间的矛盾。正因如此，该剧与今日泛滥话剧市场的种种“爆笑喜剧”拉开了相当的距离，让人笑中有叹、心有戚戚。

三、历史喜剧在当代的悲剧回响

据说，喜剧是把人生无用的东西撕碎了给人看，而悲剧是把有价值的东西撕碎了给人看。

按照这一界定，那《蒋公的面子》就不只是一出喜剧，还是一出悲剧。

仅看剧本设置，这是一出命运性的悲剧。全剧不断在民国与“文革”这两个时代之间切换；而那两个场景之间的巨大落差，正是将中国知识分子的价值“撕碎了给人看”。曾几何时，仅仅是为了国家最高领导人的一次宴请，三位知识分子就争论不休、犹豫不决；而到了“文革”时期，在生死存亡的境遇中，在毁灭性的政治高压下，所有的操守、原则、信仰、气节、个性都灰飞烟灭。三位老者连记忆都已模糊，唯一的祈求只是苟且地活着而已。

然而，无需避讳的是，该剧对于“文革”段落的处理正是其最大的毛病；相关“剧评”的批评也往往集中在此。原因在于，该场景没有任何实在的剧情，也没有什么精彩的台词，所起的功能不过是通过三人对往事的不同回忆，构建起一个煞有介事、但并无意义的“罗生门”。编剧显然受到话剧《哥本哈根》的影响，企图通过回忆的偏差提供事件不同的可能性；然而这些教授当初赴宴与否，其实并不重要，真正重要的是教授们选择是否赴宴的精神自由状态，而这些在民国场景中已经充分表达。

对此，我所能给出的建议是，编剧要改，而无论哪种改法都需要很大的勇气。一种改法，是干脆把“文革”段落处理成悲剧，直面高贵的覆灭，表达严肃的批判，而不是给出一个哈罗德·品特式的场景，让三位老者为某个已经模糊了的记忆而喋喋不休、浪费生命。这样改的挑战在于，一出戏剧如何能够同时融合了悲剧和喜剧还保持整体协调？另一种改法是，还是把它写成喜剧，这当然也很难，但杨绛的《干校六记》、《丙午丁未年记事》告诉我们，即使“文革”那样的时代，也有喜剧叙事的可能性。

在命运性的悲剧之外，该剧还有一层时代性的悲剧；而这一悲剧的真正书写者，不是该剧的主创人员，而是在场的观众。事实是，《蒋公的面子》看似关于两个时代——民国与“文革”；但在每一次实际演出中，都因观演之间复杂的互动关系而引入了第三个时代——即当代。观众在观剧之时的联想与“脑补”，在散场之后的感慨与点评，都让这部历史的喜剧反照出当代的悲剧。

几乎所有关于该剧的评论都提到了，剧中三位主角面对一份蒋公请柬的百般挣扎，在舞台的场景中固然引人发笑，但一旦被置入与当代的对照考量，则足以令今人汗颜。当你匍匐在地上的时候，又怎么看得见天上思想的光辉、哲学的光辉、科学的光辉？

从这个角度来说，《蒋公的面子》向今天的知识分子抛出了一个极为严肃的问题，它不仅关乎“面子”，更关乎“里子”。伴随着它在全国的巡演，更多观众的介入，它所引发的争议和讨论势必逐渐扩大。这部戏的意义最终将铺展到何处，最终将取决于观者的睿智与决心。

谁没有面子
——谈话剧《蒋公的面子》

冯 晓

《蒋公的面子》是南京大学文学院戏剧影视艺术系和南京大学艺术硕士剧团给南京大学建校110周年的献礼。导演吕效平先生介绍说,此剧迄今已上演50余场,目前还正在全国巡演。3月26日,我在南京江南剧院第二次看这部话剧,第一次是在2012年5月份的南大礼堂里。第一次看纯属分享校庆的风光,为什么还要看第二次?此文也许可以做个解释。

据说,《蒋公的面子》源于这样一个轶闻:1943年,蒋介石亲任中央大学校长,请中文系三位教授吃饭,教授们为要不要给蒋这个面子,“扭捏”了起来。这个“扭捏”,如今看来,多么地“不可思议”啊。最高统领请吃饭,竟然还不愿意?君不知有人因为与领袖握过一次手,就几个月舍不得洗手?《蒋》剧就是紧抓着这个“扭捏”细加铺演。剧中教授们义正辞严地宣告:“大学是自由的。独裁者作校长是个笑话!”连亲政府派教授也严肃声明:“我最受不了这个。把我当什么?传声筒,政府的喉舌?”中央大学几位教授的“扭捏”,彰显的是过往时代知识分子的风骨和情操。他们不把与政治领袖贴近看做有面子的事,他们恰恰认为这有失颜面。

我们现处于大众文化极为成熟的时代,打开电视,宫斗剧、抗战剧和各类选秀节目扑面而来;打开网络,丑闻八卦铺天盖地;电影院线也誓将爱情、枪战、恐怖戏路进行到底。这正是波兹曼所讲的“娱乐至死”的时代。商家联合着观众无所遮拦地袒露着欲望,夸张地消费着爱情、民族道义,甚至苦难。知识分子题材剧目寥若晨星,即使有所涉及,那知识分子形象也多半是软弱、自私、迂腐甚或狡诈猥琐的代表。别妄想哪部戏能真诚地演绎知识分子的生活，更别指望静心敛气深刻面对知识分子的精神遭遇了。话剧相对影视剧，处于边缘的位置，具备较强的独立气质，对知识分子题材还算看重，如近几年的《李白》、《知己》、《驴得水》等剧作，探讨的都是知识分子的问题。《蒋公的面子》的独特之处在于，它纯粹以知识分子的精神世界为演绎对象，力图表现那时代知识分子在官权面前的矜持和自尊，以及独立自由的大学传统。整剧两个多小时几乎都用在三个知识分子的清谈上，所以该剧的看点不在情节，不在舞美，而在言辞的激辩和思想的碰撞上。

大概正是今昔知识分子形象鲜明刺目的对照，该剧上映后，特别在知识分子群体中引起了热烈反响。人们在剧院忍不住为几个教授的迂腐可爱笑出了声，但转瞬想到当下想到自己，寒意和愧意便汩汩涌入胸怀。钱学森在2005年对温家宝总理提出一问，为什么我们在新中国成立后培养不出人才？运用马克思内外因辩证关系原理，可以轻松回答，这自然是教育制度和知识分子个人因素合力的结果。回答容易，改进却何等艰难。我们无力过问制度设计的问题，但知识分子精神沦落的问题，却与我们足够贴近且亟须深刻自省。《蒋》剧不是对此问题的回答，但它为我们思考这个问题提供了一面明亮的镜子。

中国现代知识分子精神主要成于两个源流，即古代士文化传统和西方近代以来的知识分子传统。中国士文化传统的关键词可谓“守道”，西方知识分子传统关键词则是“启蒙”和“批判”。孔子说：“士志于道，而耻恶衣恶食者，未足与议也。”（《论语·理仁》）他的弟子曾参更把“士”的道德要求提升到前所未有的高度：“士不可以不弘毅，任重而道远。”（《论语·泰伯》）中国的道统没有外在的形式组织，“道”的尊严完全靠它的承担者“士”来彰显，士不能不自高自贵来抗礼王侯，即所谓“不自高，人将下吾；不自贵，人将贱吾”。（《孔丛子·居卫》）士以道自任，不为势屈道，这是儒家的一贯立场。西方知识分子传统则起源于十八世纪启蒙运动，康德认为

"启蒙"即"有勇气在一切公共事务上运用理性"。根据西方学术界的一般理解,所谓"知识分子",除了献身于专业工作以外,同时还必须深切地关怀着国家、社会以至世界上一切有关公共利害之事,而且这种关怀必须是超越于个人私利。因此现代观念中的知识分子,必须扮演社会批判者(social critics)的角色。中国现代知识分子自梁启超那一代甚至更早,即开始接受传统与西方共同的塑造了。他们承继着古中国文人的血脉,又漂洋过海寻求新知。他们不仅像千百年祖辈士子那样挣扎于道势之间,同时寄厚望于西方的"启蒙"利器以求改制和新民。

《蒋公的面子》正是在这一背景里,再现20世纪40年代知识分子的精神价值抉择。剧中三位中央大学古文学专业教授正好代表了中国现代知识分子几种不同的文化倾向。"左倾"如时任道,积极拥护学生游行,大胆抨击当权派的过失,爱憎分明激烈慷慨,一身时髦洋装打扮;保守如夏小山,蓝袍书生,手不离古书,只谈学术不问时事,痴迷美食昆曲棋牌;"右倾"如卞从周,一身中山装穿得一丝不苟,脸上时时带着平和的微笑,亲政府的现实派,主张借靠权力和平渐进地改革。那时期的大学对持不同政见者兼容并包,推想时任道与夏小山的分歧定无伤大雅,就如剧中所演夏与时绝交也只是因为时不支持他的校章修改方案而已。而时任道与卞从周的矛盾顶多类似当年陈独秀与胡适的矛盾。时任道坚持他的革命之道,卞从周坚持他的改良之道,而夏小山奉行孔子的"天下有道则见,无道则隐"之道。各人有坚守立场的自由,道不同不相为谋,知识人的宝相尊严完好地守着。

戏剧的引子,源于最高统领蒋介石的宴请。时任道拒不参加,他怎么可能与权贵同流合污?时坚持的是知识分子超越政体的独立姿态。夏小山也不能参加,他说除非将请帖上的"蒋委员长"改成"蒋院长",这真若子思必欲与鲁缪公正师弟之谊一般,士与王侯在政统中是君臣关系,但在道统中则是师弟关系,夏小山守的正是传统士人自高自贵的道统。卞从周呢?他秉持社会改良的道路,他是愿意与当权者相谋的,可若把他视为御用文人、政权的喉舌，那可真就羞辱他了，他为了在两位同行面前守住自己独立的人格，也拒绝邀请了。在他们看来给蒋公面子，实际上就是不要自己的面子了。

在太平年代，知识分子保持清高，似乎是分内之事。而在政权更迭、战事纷飞的乱世，知识分子如果放低姿态有一些俗人之求，不知道人们会不会给他们同情之理解？因为战事，那些被时任道看作身家性命一样宝贵的藏书流落外地，眼看要损毁，却无力收回。而夏小山，作为一名地道的美食爱好者，多久没有吃到一口像样的菜了？如果赴宴，藏书可能就会被抢救回来；如果赴宴，那一道火腿炖豆腐自可好好享用。于是，一个书痴一个食痴双双陷入了欲与面子的挣扎中。该剧导演吕效平先生说："戏剧就是把人的灵魂放在火上烤。"此话说得真是精彩。灵魂没有经历过残酷的炙烤又顽强地复原，怎算真的勇士？挺过了炙烤，便是人格上光芒万丈的升华，没有挺过去，似乎便要坠落渊底。

可叹中国知识分子的命途真是多舛，几十年来灵魂就没有停止过被折磨和炙烤。在 1940 战乱年代，知识分子大概还拥有些许自主选择的空间，三位教授在茶馆为要不要给政治统领面子争论不休，挣扎于私欲和自尊间，那时候尊严还绝对不能随便触犯。而当灯光追打到舞台的另一侧，"打倒牛鬼蛇神"的字牌醒目地映入观众眼帘，三个头发灰白、腰背佝偻、走路哆哆嗦嗦的老人依次出场，这是"文革"时代的知识分子。昔年慷慨激昂优容闲定的大学者已变成眼下杯弓蛇影神志不清的凄惶偷生者。三位教授在"文革楼"里趁红卫兵外出武斗间隙，论争当年到底有没有赴"蒋该死"的宴，他们接下来还得完成一篇又一篇交代和检查。鲁迅在《破恶声论》里道"伪士当去，迷信可存"，意指"迷信"是"朴素之民"的信仰所在，而"伪士"无信无道，主张破除迷信，只是为把大众变成麻木的奴隶。"文革"时期，顶好来说，知识分子于尊严和性命大概只能取留之一，"道"自然再无力守护，所见哪里还有知识的旗帜，不过一片辛苦恣睢的奴隶。此剧没再讲述"文革”后的故事，似乎也没必要再去讲述。当下知识分子是何情状，难道坐在台下的我们还不清楚吗？《蒋》剧横截40年代和“文革”两个时段，通过台上台下连接起三个时空，足够让我们看清中国知识分子百年来的精神历程。

《蒋公的面子》有一个开放式的结尾。40年代的两幕戏主要争论要不要给蒋公面子去赴宴，“文革”一幕戏是三人在“文革楼”里苦苦交代，到底有没有赴宴，有人说去了，有人说没去，莫衷一是。至剧终，这仍是一个谜，留待观众遐想。

我希望1943年这三位教授没有去赴蒋宴。这样，他们不就成了人格高扬的“贫贱不移，威武不屈”的文化英雄了么？时教授越是把他那几箱书看得宝贵，舍书似剜肉，他最后对蒋宴的拒绝，越会显得悲壮；夏教授越是表露他对美食不能自已的痴爱，他最后的拒绝，也越会显得可贵可敬。20世纪40年代，那是一个兵荒马乱物质匮乏的时代，教授们应着战事奔波迁徙，旁人自然不会对那时他们于当权者的一点低头示好横加责难。可是对他们来说，是否与权势靠近，关涉大是大非的问题，关涉知识分子安身立命的根本——捍卫道在势前的尊严，捍卫知识分子独立自由的人格。1943年，中央大学三位教授，张扬知识分子独立自尊的精神，坚拒了蒋介石专门的宴请——这绝对会是一则美好的传奇。这样的学者才是真正一流的人物，他们摆脱了书与食之类的物欲，只为真为美而活，即使穷到断炊，痛失至爱，高越的风骨也不曾被磨损，知识分子的精神大旗由他们高举在历史的天空，供后辈景仰和学习。

可是，我又觉得这样的希望太不近人情。生是生活的根本，在食不果腹、存亡未卜的境况下，他们曾为摸不着看不见的“道”做过挣扎，为知识分子的“面子”矜持扭捏过，在那个时代做到这些已十分难得，怎么可能要求他们以身殉道？将物质和精神对立起来，让道德品性和个人欲望进行撕扯，让知识分子脱尽一切世俗性，站立成一尊闪闪发光的高大全英雄形象，这是不人道的想法，经历过真正苦难的人更有权鄙视这些。说到这里，我想起阿城的《棋王》，王一生的九局连环车轮大战，不能不算一种英雄传奇，但是造就传奇，并非王一生的本意；甚至开始之前他还害怕，无奈将母亲给的无字棋交朋友保管。轰轰烈烈的一场鏖战，千人围观众目睽睽，王一生却不是孤胆英雄，他没有古希腊阿喀琉斯那般高贵的额角和为荣誉燃烧的心，不过是过河卒子没了退路，唯有“死顶”而已。阿城通过“王一生”坦率地揭露了英雄荒谬的本质，进而正大光明地让形而下的吃欲与形而上的“道”在他的小说里并驾齐驱。我们对《蒋公的面子》里的三位知识分子，何尝不应该有阿城这样的理解和体恤。孟子所谓“无恒产而有恒心”，事实上只能期之于极少数突出之“士”。

知识分子为何要做殉道者？知识分子的本职是做文化薪火的传递者，社会本应善待这个群体。我们真不必再为《蒋公的面子》里教授们的选择忧心，他们去不去赴宴并不重要，他们在那个时代曾有过“扭捏”，这已足够。还是想想我们自己吧，为何在政治安稳物质充裕的当下，知识分子的精神反倒越来越萎缩，形象越来越恶劣？《蒋公的面子》就像一面镜子，如果你用它观照自身而有所反省，那算看得值得。如果，它能引起众知识人的醒觉，那真是功莫大焉。看看网络和报刊上有关它的热评，显然明白这部话剧已然获得了成功，这成功大概跟票房无关，而应归于思想。

●【争　鸣】

诗歌翻译存疑
——读江枫先生纠错译诗长文随想

黄东成

■ 论证译诗的优劣、高下、良莠、正误，光从字、词、句的纠错辨正来解读其准确度远远不够，那是舍本逐末，重了枝节轻了本质，为什么不从是否译出了原诗的原汁原味进行辨正呢？不论直译或意译，诗歌能翻译出原诗的原汁原味吗？我怀疑，开门见山地直白，诗歌能翻译吗？当然包括中国诗歌和外国诗歌。

■ 我们的艺术作品，至少都是抒写性灵，为审美而作，那就必须与审美对象——读者，能进行交流心灵沟通。如果作者明知不能让人读懂的结果，会阻塞与读者的交流，那就只能变成孤芳自赏的自娱自乐。某些诗人诗风的改变，不知是否受某些英汉两种文字尚欠驾驭能力而又不知诗为何物的译者所译现代诗作的影响。难道是探索之路必须付出的代价？

读近期《文学报》“新批评”栏发表翻译家江枫先生写的对另一翻译家曹明伦先生译诗的批驳长文《戒骄戒躁，且莫拈花笑》，文章列举了曹译许多诗歌中字、词、句准确度的欠缺，甚至毫不忌讳同时列出自己的译诗逐字逐句对照进行纠错辨正，引发我颇多感触。诗歌固然仰赖字、词、句的组合，但字、词、句的随意组合并不都是诗，诗是经诗人“长期积累一朝触发”，融入了诗人的情感、心志、思想、见解、阅历、操守、涵养和哲思，展开想象的翅膀独到的精心构筑，匠心独运巧妙而精当地将没有生命的字、词、句，精挑、细选、组接、排列，即俗话所说“将每一个字都按在最确当的位置”，顿时质的飞跃，组成具有鲜活生命力的诗歌，使人读后产生共鸣、思索、感动、省悟，获得豁然开朗的启迪。

可见，论证译诗的优劣、高下、良莠、正误，光从字、词、句的纠错辨正来解读其准确度远远不够，那是舍本逐末，重了枝节轻了本质，为什么不从是否译出了原诗的原汁原味进行辨正呢？

这就引申出我阅读实践中长期思考的一个问题：不论直译或意译，诗歌能翻译出原诗的原汁原味吗？我怀疑，开门见山地直白，诗歌能翻译吗？当然包括中国诗歌和外国诗歌。

这其实是个老问题了。对此我是持否定态度的。

前年 12 月份在台湾举行的世界诗人大会。我有幸应邀出席。大会印了一本厚厚的中英文对照诗集，近百位诗人代表均有两首短诗选入。在最后举行的一次朗诵会上，选定了近 20 位各国诗人登台朗诵。先由作者朗诵自己作品，再由译者用英文翻译一遍。点名我朗诵时，我不需要翻译。有人疑问，不翻译外国诗人怎么能懂。我认为，诗是不好翻译的。不比小说，有个核心故事情节，不论用哪种语言讲述，都能了解个梗概。诗是纯语言艺术，讲求诗的意境、诗的情味、诗的神韵、诗的理趣、诗的格律，一经翻译，就不是诗了，或者说就没有原来的诗味了。因此当时我建议不懂汉语的外国诗人朋友，请只管听我朗诵时的语气和表达的情绪，至于内容，大家手中都有诗集在，可以适当翻阅对照。我当然首先声明，肯定主办方翻译、出版这本诗集，付出了很大的辛劳和努力。我肯定所有翻译家的劳动，对中外文化交流作出的贡献。我在这里只是针对诗歌的翻译而言。记得鲁迅曾说过:“译诗,真是吃力不讨好的事。”

中国的汉语言,有着非常神奇的魅力,是世界上任何国家任何民族的语言不可比拟的。汉语,经过千百年民间口口相传的锤炼,融汇和总结了生活中种种人生经验和劳动智慧,加上历代文人的不断提炼、加工打造,它的丰富性和多义性:生动、形象、幽默、含蓄、隐喻、哲思、多采、传神,使世界惊异。不仅有方言俚语、俗语、谚语、成语,更有耐人寻味的口头语、歇后语、双关语。这实在是一门有着精深学问的语言学,够让翻译家们棘手的。譬如气象谚“日落胭脂红,不雨就是风”,看天色,就知明日阴晴;“雷打正月节,二月雨夹雪,三月桃花水,四月塘开裂”,那是农民多少代劳动生活体验的结晶。成语、歇后语、双关语,更显出我们先辈的睿智和聪颖。有个非常典型的例子,美国著名作家斯诺,他还在延安民间生活了一段时间,写了著名的《西行漫记》,但是对汉语仍不甚了了。他在1970年国庆节那天在天安门城楼上观看焰火,毛泽东曾兴致勃勃地对斯诺说:“我是‘和尚打伞,无法无天’。”这是一句歇后语。无法,取自和尚没有头发的谐音;无天,则是指打着伞看不见天。无法无天的意思,原本指不顾国法和天理,任意为所欲为。经斯诺翻译,却成了“打着一把破伞在雨中游荡的孤僧”,与原意相去何止十万八千里。习近平总书记最近在一次反腐讲话中引了一句民谚:“打铁还需自身硬。”本意是说,反腐败的人必须自身清廉过得硬。现场口译说“自身”这块铁要硬,如果铁的材料不好,这个铁的器具就不好。美国有线电视新闻网翻译成:“打铁时铁匠要功夫深才能把铁打好。”英国《每日电讯报》则翻译成:“要把铁打好你的锤子一定得好。”一句中国话翻译后变成了三句外国话,而且句句没有离开“铁”。其实这句中国谚语仅将“打铁”作为借喻,非实指。中国四大名著之一的《水浒传》,在美国著名作家赛珍珠笔下,书名竟译成了《四海之内皆兄弟》。还有更多翻译的笑话,不胜枚举,让人哭笑不得。

记得20世纪90年代，有一个欧洲艺术表演团体，到北京演出一场中国古典诗词歌曲，内容有李白、杜甫、王维、苏轼等的名篇巨制，当然都是经他们国家精通汉语的翻译家翻译的。演唱会之后，根据打出的字幕，观众席上的中国诗人、学者、教授，居然都不知道他们演唱的是李白、杜甫的哪一篇作品。找遍了李白全集，翻遍了全唐诗，都没有找见，因为译文与原文已面目全非。李白、杜甫若地下有知，一定也会否认那是他们的作品。

不要说汉译英不易了。即便汉语的古诗今译，也难。一经翻译，诗的神韵诗味顿失。比如屈原的《离骚》、《天问》、《九歌》，皆有名家今译，意思倒是八九不离十译出了个大概，但原汁原味的诗，不存在了。另有个显例，王安石的"春风又绿江南岸"，许多诗论家向来都将句中的"绿"作诗眼解，一经翻译，"春天来了，暖风一吹，江南的花花草草都绿了。"意思不错，诗呢？诗的意境、神韵、诗味、格律，都没有了。更有难以翻译的古诗，如杜甫的"红稻啄余鹦鹉粒，碧梧栖老凤凰枝"，完全不合语法的倒装句，怎么译？不论是直译还是意译，即便将意思全翻译对了，诗呢？还有诗吗？更何谈诗的原汁原味了。中国诗历来讲究曲笔和含蓄。言有尽而意无穷的言外之意，可意会而不可言传的弦外之音，再高明的翻译家，我想，也断难保证能百分之百译出原貌。

前一时期，香港有一家出版社为两岸三地诗人，出版了一套上百本的中、英对照短诗集，虽只薄薄40面，据台湾诗人讲，英译错误太多，大概是请一些初通外语的学生译的，出版商仅为满足热衷于将诗作"走向世界"的一些华文诗人，热闹一下而已。其实，外国诗歌的中译更是问题多多。记得20世纪80年代初，现代诗刚盛行的时候，东北一家出版社及时出版了一本厚厚的获诺贝尔奖诗人诗集。出版社抓住商机，印行了十几万册，广大爱好者出于好奇，都纷纷购买阅读。本想从中学习到一些难能可贵的技巧，不想希望变成了失望，渐渐发现了问题，纷纷提出质疑。有好几个青年诗人拿着诗集来问我，这些诺奖诗人的诗作，还不如我们《诗刊》上发表的作品，都是些七零八碎没有任何内涵的分行文字，就这些，也能得诺奖？我只得解释，诗集里的这些诗不是诺奖诗人的原作，已然是译者的作品了，与原汁原味的原作已不是一回事。不过，即便对诺奖诗人的作品，也不要迷信盲目崇拜，尤在当今文艺多元制，每个人心中都有好诗的标准，他们只不过是得到了诺奖评委的赏识，诺奖评委的标准并不能代表全世界所有诗人和爱好者的审美趣味和审美品位。当然，译诗水平的高下优劣，良莠不齐，差距甚大。不能说所有的翻译诗都是劣质赝品。有诗人兼翻译家再创造的译诗，便比较的接近原作，至少保留了一定的诗味，但也各有不同。明显的例子，鲁迅推崇的由"文联五烈士"之一殷夫1929年翻译匈牙利诗人裴多菲的"生命诚可贵，爱情价更高，若为自由故，两者皆可抛"一诗，已成传诵的经典，因是五言译法，对原作原貌作了较大改动。后来有著名翻译家孙用教授的一首译诗，"自由，爱情！/我要的就是这两样。/为了爱情，/我可以牺牲生命；/为了自由，/我愿将爱情牺牲。"就很少为人所知了。我年轻时爱读朱生豪译的莎士比亚全集，莎翁诗剧里许多富有哲理的诗句，译得很美，半个多世纪来还记在脑子里，依然能背诵。

曾经有一位澳大利亚华语诗人对我说，现在国内一些他接触到的年轻现代诗人、先锋诗人，有的很肤浅，不知何为流派，竟将"现代"、"先锋"当做时尚和新潮的代名词，理解为与当代社会同步。他们不懂外语，都将译本当做范本，照葫芦画瓢仿写现代诗。碰到劣质译本就免不了贻害无穷了。难怪现在刊物上发表的有些现代诗，散文化极为严重，无韵无节律无内蕴，完全是分行的散文；或者像谶语一样的文字游戏让人堕入云里雾里。诗人雷抒雁对此曾有过精辟的概括："现代诗就是，将一句明白的话说得让人不明白"，再或者无病呻吟像随地乱吐的口水。前个时期网上围攻所谓的口水诗，如《一个人来到田纳西》："毫无疑问/我做的馅饼/是全天下/最好吃的。"其实，口水就是废话，不是诗，不能归类诗歌。胡适最早提倡白话诗，主张"我手写我口"，即诗应口语化。有些年轻人误以为"口语"、"口水"意思差不多。错！口水可以笼统属口语，但口语诗绝对不是口水。流沙河的《故园六问》、余光中的《乡愁》，均是动人心魄的口语诗，不在乎有没有警句，诵读全篇，让人心灵受到震撼。务须记住，胡适还有后半句话："我口说我心"。全句为"我手写我口，我口说我心"。心者，志也。即古人云"诗言志"。诗所以为诗，应具有诗的内涵和灵魂。口水只是泡沫。

以上即是我久存心中的对翻译诗的一点看法。有人说难怪你主编《扬子江诗刊》时很少发翻译诗。我表示有这方面原因。但为什么现在才说出来？因为读了《文学报》载翻译家江枫纠错辨正另一翻译家译诗的文章触发。也因为一件小事触动：前个时期，一位我熟识的当代青年诗人，为自己新出版的一本诗集，召开了一个颇具档次的研讨会。他诗集里90%的诗，都让人不容易读懂，或读不懂，作者自己也说他的诗不好懂。我们的艺术作品，至少都是抒写性灵，为审美而作，那就必须与审美对象——读者，能进行交流心灵沟通。如果作者明知不能让人读懂的结果，会阻塞与读者的交流，那就只能变成孤芳自赏的自娱自乐。奇怪的是，据媒体报导，出席研讨会的诗评家，几乎都捧场称好，"好就好在：读不懂"。可真是奇哉怪也。即使真正的西方现代诗，也不是完全读不懂的，作者也因有情要抒，有感而发，诗既然是抒写性灵，就决不会让读者眼前一抹黑摸不着头脑。我熟识的这位诗人，原来写的诗不是这样。他诗风的改变，不知是否受某些英汉两种文字尚欠驾驭能力而又不知诗为何物的译者所译现代诗作的影响。难道是探索之路必须付出的代价？

让批评家说话,天塌不下来

韩浩月

电影《云图》中,有位滞销书作家在一次酒会上,怒将曾写书评批评他并且在酒会现场仍然讽刺他的书评人当场击毙,这个情节会让不少写批评文章的作者心头一凛:如果搞批评的都是这个下场,恐怕没几个人愿意批评了。

想起这个电影片段,是因为看到《收获》主编程永新宣布罢看《文学报》的消息。为什么罢看?因为《文学报》刊登了对王安忆、贾平凹、莫言的批评文章,程永新认为,《文学报》对莫言的批评使用了"文革"式的语言,感觉是"已经疯掉的批评家要把有才华的作家逼疯"。

程永新是以微博的形式表达对《文学报》的不满的,但他的观点似乎缺乏足够的证据支持。罢看某种报刊,是个人选择,无可非议,但有何理由认为批评者的语言是"文革"语言?"文革"对汉语的污染尚且需要漫长时间来清除,轻易将批评文字说成"文革"语言,本身似乎就有暴力定性的倾向。而"疯掉的批评家要把有才华的作家逼疯"的说法,实在是夸大了批评家的影响力,同时也小觑了作家的承受力。

现在是批评家最没市场的年代,各个领域、各种势力都在竭力"消灭"批评家,批评家在当下想要针对大多数事物展开批评,都要找角度、讲技巧。"有话不能直说",让太多的批评家消极退场,取而代之的是表扬家。难得还有人愿意为文学写点批评文章,发表在一家文学媒体上,那些文章根本没机会进入普通大众的视野。因此,过激反应,或许是太在意批评本身,而非批评内容。

鲁迅说过,"创作家大抵憎恶批评家的七嘴八舌",但鲁迅还是对批评家有客观的认识,他把作家和批评家比作厨司和食客,食客可以对厨司的"菜"品头论足,但厨司却不能反过来要求食客掌勺一试身手。批评家的水平有高有低,但评判作品却是他们的权利,身为作家不能因为批评家说了好话就引为知己,说了不中听的话就火冒三丈。有的作家会在小说里"公报私仇"丑化批评家,有的作家被批评家骂急了也会披挂上阵写文回应,这么做都能理解,但唯一不能做的,就是要求批评家闭嘴,这只能暴露作家内心的脆弱和对作品的不自信。

允许批评家说话,天塌不下来。请放心,这个时代还真没有几位疯了的批评家,也稀缺天才的作家,文学本就疲软得一塌糊涂,文学江湖更是一片你好我好他也好,有那么几个人愿意提点不同的意见,用尖刻的话刺痛一下作家,该好好珍惜才是。被批评的作家,愿意亲自上阵奋起回击就反击,不愿受累说话就本着"有则改之,无则加勉"的态度来对待批评吧,如果这点胸怀也没有,只能说,我们的作家被吹捧给惯坏了。

文学批评很可能对作品造成误判,但却很少会对一位作家形成污蔑。说一个厨子做菜不好吃是因为他长得难看,这是胡搅蛮缠式的批评;但批评一个厨子做菜难吃,这毫无问题。20 世纪八九十年代,报刊媒体上有关文学作品、文学思潮的笔战不断,这并没有把天才作家逼疯,反而"逼"出了诸多优秀作品。文学的繁荣必然伴随着批评的繁荣,如若连批评都消失得无影无踪,衡量文学自身斤两就失去了标准。

《收获》主编的这次微博表态,除了能吸引一点眼球外,于提升人们对文学的关注度毫无帮助。真想反驳,大可以拿起笔来与批评家对战,这样反倒可以帮助读者认识到,作家的天才究竟体现在哪里。

而反观《文学报》总编辑陈歆耕的表现,也有点令人失望,他其实完全不必说"新批评"栏目"不代表本刊立场",而应该力挺撰写批评文章的作者。批评,需要勇气,需要锐气,同时也要有一点担当,只有如此,"文学批评"这一快要消失的文体才有望再度活跃。

《收获》主编批评《文学报》的这场"口水风波"的唯一好处是，制造了一个文化话题，给了大众媒体关注文学批评的一个借口。但如果"文学批评"这一文体要靠此类"口水战"才能引起舆论的关注，那才是更大的悲哀，因为，真正值得文学界人士讨论与反省的是——我们的文学批评是如何逐日减少的。

●【主流媒体评议《新批评》· 中国国际广播电台国际在线 4 月 15 日】

文学批评的底线究竟是什么?

肖　鹰

4 月 7 日,文学期刊《收获》杂志的执行主编程永新发了一条微博批评《文学报》"新批评",稍后《新京报》刊发叶开的呼应评论。依程叶二人的标准,李建军对莫言的批评是"越过了批评的底线"。相比之下,叶开对《文学报》的"判决",不是有过之而无不及?

下面,我们从四个层面分析程叶二人对《文学报》和李建军指责的问题。

其一,李建军针对 2012 年诺奖颁奖辞作尖锐的分析和批判,是否没有"合法性"?

诺贝尔的遗嘱中对设立文学奖的说明是,文学奖"奖给在文学界创作出具有理想倾向的最佳作品的人",一个合格的文学编辑不应读不出其中强烈的意识形态诉求。阅读诺贝尔文学奖评奖史,我们会看到,数以十计的具有重大影响的 20 世纪世界文学大师,被诺奖的意识形态选择"公正地拒绝"了,同样也是数以十计的不入流的作家被诺奖的意识形态"文学性地选择"了。

在 2012 年诺奖评委会给予莫言的颁奖辞中,有这样一句话:"他用如此独特的方式描写了一种猪圈里的生活,一种令我们感到久远,过去也曾经历过的生活。意识形态和改革运动反反复复,但人们的自私和贪婪始终不变。"

在今天,除了那些极度自恋而又顽固无知的西方人,还有谁会一言以蔽之地认定中国人在 20 世纪过着"猪圈里的生活",而且保持着"自私和贪婪始终不变"?然而,号称高雅而且纯文学的瑞典学院的院士们,就是这样看待20世纪以来的中国人的人生的。

这句“颁奖辞”表明诺奖评委只是在“纯文学”的角度评价莫言作品吗？试问，面对如此严重的意识形态偏见，批评家没有权利作意识形态的反批评吗？

其二，李建军的评论对莫言作品的文学价值是否定的。一个批评家对一个作家的文学价值做否定性批评，就是“突破批评的底线”，而且就是“‘文革’檄文”吗？

“文革”式批判，是特定时代的产物，这种批判的目的不仅是要在思想上打倒异己，而且要从思想到政治甚至到生存，全面剥夺对方的合法权利。李建军（或《文学报》）拥有这样的能力吗？有见哪一个作家因为其批评遭受打击？有见哪一部作品因被其批评（“批判”）而遭封杀？

我们应当清楚认识到，在当下，真正严肃认真的批评的生存是非常艰难的。仅以几位《收获》一线作家为例：他们每有新作问世，都会收获到出版单位以“作品研讨会”为名义组织的数十成百篇的歌颂赞美文章，对这种集体炒作无人见怪；现在《文学报》发了几篇尖锐的批评文章，程叶二人就出来声讨《文学报》和批评作者，甚至给批评者扣上大帽子。

不客气地讲，正是在某些文学编辑的误导和纵容下，现在的中国作家（尤其所谓“一线名家”）普遍已经没有接受否定性批评的遗传基因了。似乎接受赞美歌颂是天经地义的，一遇否定性批评，就条件反射地抵制。由此产生的效应，就是我们看到的现状：作家日趋自大和作品日益平庸重复。

其三，“‘新批评’见一个灭一个”：《收获》名家头牌都是泥水货？

程永新给《文学报》定罪称：“‘新批评’文章是‘见一个灭一个’。”程永新说这话的时候，难道忘记了这几位《收获》名家头牌每有新作付梓，都必以“作品研讨会”名义为之组织数以百计的集团式吹捧文章造势？

“新批评”才发了区区几篇批评文章，就把《收获》的名家头牌“见一个灭一个”了？果真如此，岂不是这些名家名作不过是经不起批评的泥水货，而那些成百上千的追捧文章都是没有公信力的王婆卖吆喝?

程永新执行主编应当记得自己去年(2012)在媒体向文学青年广告:"你在《收获》上发表三部小说,你就成为一个真正的作家。"《文学报》"新批评"发文批评的几位《收获》的名家头牌,各在《收获》发表不下三部小说吧?既然《收获》已经给镀了金身,还受不住几篇批评文章的"攻讦"?难道他们的"力作"真是泥水货?

哦,程执行主编的大言,究竟是"《收获》三部小说作家说"靠谱,还是"'新批评'见一个灭一个"当真?

作为《收获》执行主编,实际上是作为经营这个杂志的书商,程永新被"新批评"逼疯了——程永新对《文学报》的批评,是一个缺少文学诚信的文化商人面对真正的文学批评的心虚和失态。

其四,批评的底线究竟是什么?

批评的底线,是鼓励严肃认真的批评,不是只许叫卖、不准批评。概括讲,突破批评底线的基本类型有三:第一,歪曲事实,造谣诽谤;第二,贪财图利,无耻吹捧;第三,欺行霸市,打压批评。

轻易将"否定性批评"判定为"越过批评的底线",并且肆意将其定性为"文革"式批判,这样的作风是不是太霸道了?如此棒杀批评,批评不只有以"颂扬"讨碗饭吃?实际上,当下的一些貌似很主流的批评难道不是以群捧群歌的方式在权利和市场之间穿梭讨饭吃吗?

只要是严肃认真的批评,否定性批评和肯定性批评都在批评的底线之上。针对作家作品,批评家有权力依据自己的认识和判断自由地进行批评;而且批评家同样有自由采用自己认为适当的批评方式和语言风格。

●【主流媒体评议《新批评》·《新华每日电讯》4月19日】

“批评莫言”引争议，文学批评“病”在何处

徐　刚

4月7日，《收获》执行主编程永新在微博上批评某文学报刊“新批评”专刊，认为其刊登的李建军批评莫言的文章“已经越过文学批评的底线”，是纯意识形态的思维，“文革”式的语言。其后，程永新再次发表微博：“……批评必须专业在行，出发点是与人为善。见一个灭一个这叫文学批评吗？这叫‘毁人不倦’！”

程永新的微博言论，一石激起千层浪，引发了一场关于文学批评的边界在哪里的争议，也引发了人们对当代文学批评现状的思考——文学批评到底“病”在哪？且看不同人士对此的看法。

当事人李建军：只褒不贬体现不了批评家的价值

我觉得是因为真正的文学批评太少了，这才显得我的批评特别与众不同。或许我的有些评论比较尖锐，但绝不是凭空而来，我是在大量的文本分析和事实判断的基础上做的评论。所以，我觉得我的批评是负责任的，我的批评态度更是严肃的。

事实上，文学批评无法做到绝对客观，因为这其中不免包含个人的趣味和倾向，但一名成熟的文学批评家，必须是理性的、公正的，并具有相应的美学原理和伦理道德的尺度，这也是文学批评的底线。

当代文学批评的主流就是吹捧和说好话，因为真正的批评会给自己带来不便和麻烦，这其实是一种既得罪人又没有好处的“傻事”，但是，好的文学评论家就应该直面问题，而不是回避问题，只褒不贬的评论态度，根本体

现不了文学批评家的价值。

其实,文学批评与拳击场上的情形类似,都是通过对抗而使彼此更为强大。所以没有对抗的批评,对作家的影响就如同拳击手不能获得基本训练,只能停留在孱弱的状态。真正的文学批评就应该是充满对话性甚至对抗性的,要能产生一种良性的碰撞。

近日有人批评我有关莫言得奖一事的批评过于苛刻、流于意识形态,这其实是一种误解。我觉得每个人都可以有自己的评论,但如此血脉贲张的发飙似乎大可不必,我的评论是站在文学的立场上,不涉及任何人际关系、利益冲突,我不会因为某个作家获了奖有了荣誉,而给予他文学批评的豁免权,我关注的一直都只是文学本身,而非其他。莫言的主要作品我都阅读了,不仅不及鲁迅文学作品深刻、有内涵,而且与当代别的优秀作家比起来,也有不小的距离,例如,路遥、汪曾祺与史铁生就比莫言的作品更成熟、更博大、更有价值。

在我看来,一部真正伟大的文学作品可以描写人性的复杂丑陋,但必须拥有伦理自觉和文化自觉,而不是渲染人性恶的一面,优秀的文学作品应该提供给读者一种生活的启示和方向,即使是直面社会的罪恶和苦难,也会怀着对人性怜悯的情怀。在这一方面,莫言的小说是令人失望的。

中山大学中文系教授谢有顺:过度赞美和过度苛责,都是审美瘫痪的表现

每次评论作品时,我必定会坚守三个准则:首先,它在艺术上必须是有新意、丰富而值得品味的;其次,我看重一个作家的语言才能,语言的个性、韵味是判断一部作品是否具有风格化的重要标志;再者,作家的道德勇气也不可忽视,它关乎作家是站在什么精神立场上说话,他有什么样的价值发现。

但遗憾的是，如今，过度学术化的趋势损毁了文学批评最重要的直觉和感受，批评越来越成为没有体温、没有个人发现的理论说教。早年，文学批评强调个人风格，强调对一部作品的艺术直觉并勇敢地作出判断。现在，这种可贵的品质正在消失。

我认为，批评一部作品有时是好事，但过度苛责有时就会失去公正。批评还是理性些、诚恳些好，不必那么怒气冲冲、真理在握的样子，批评是一种专业，还是应该多一些专业精神。对莫言的批评也应如此。莫言大部分作品，我是喜欢的，但他也有作品是粗糙的，如《红树林》。莫言的获奖是个案，不必过分夸大他对于整个文学发展的意义。但不可否认，尽管莫言的写作植根中国乡土、描绘中国人的生存状态，可他的艺术手法、精神线条风格强烈，易于被西方读者所辨识，这对他的获奖也起到了助力作用，也是一个不争的事实。莫言小说的现代性比他的传统性更加显著，他终究还是一个才华横溢、想象力超群的作家。

北师大文学院教授、博士生导师张柠：文学批评不是做学问、做广告

对比早年的文学批评，如今文学批评显得更多元化，这其中当然包含了好的一面，比如对文学研究更透彻、对文学推广更普及。但是不能否认的是，如今的文学批评不再推崇一种对话的关系，而是倾向于做学问或者做广告。

所谓做学问，就是文学批评家不关注当下文学的发展，而是把自己封闭起来，以自己的思路为主，并从过去的文学中找出相关的理论依据证明自己的想法，这种批评更像是在做学问，而不是通过与同时代的作家进行对话产生良性的互动。至于做广告，则更多体现在一些批评家与出版社等合作，撰写一些吹捧作品的文章。如果文学批评都是这两种形式，那么文

学批评存在的价值就没有了。

我认为，一名成熟的文学批评家除了必须具备创作的激情和独立的思想，还应该真实、客观、公正，这是一名文学批评家最基本的素养，要敢于讲真话，而不是人云亦云。同时，如何讲真话也是一门学问，不能简单粗暴地下定论，必须得有充分的理由。另外，文学批评也必须符合批评文学的文体要求，如同我之前说的，文学批评也是一种创作，那么这种创作本身应该获得作家的阅读兴趣，才有可能对其文章中的观点表示认同。最后，文学批评家在进行批评时，必须在文学批评的界限内开展。

莫言的作品是符合文学要求的，也表现了作家自身真实的一面，虽然包含了残酷的经验，但是不乏积极向上的精神。不过，"新批评"专刊设置的初衷非常好，可以在当下文学批评以做学问和做广告的为主的风气下，发出不同的声音，这是件好事。

●【主流媒体评议《新批评》·《中国艺术报》4 月 19 日】

意气用事无助于优良批评的形成

徐　刚

近日，自创刊以来一直争议不断的《文学报》“新批评”专栏，因刊发了评论家李建军的长文《2012 年度“诺奖”〈授奖辞〉解读》而再度惹来非议。先是由《收获》执行主编程永新表示“罢看《文学报》”以示抗议，接着编辑部主任叶开以“批评的底线”为名，对李建军的重头文章及“新批评”栏目大加挞伐。在此，姑且不论“新批评”所倡导“久违的”“唱反调”的文学批评，给死气沉沉的文坛所注入的“一丝活力”是否具有现实意义；也不论事件的“导火索”——李建军文章对“授奖辞”的扎实细读有没有点到实处，单就其批评姿态而言，他对莫言小说的评价，虽包含诸多过激的言论，但《收获》方面将其指责为“巧立名目、杜撰莫须有罪名加以棒杀”的“‘文革’檄文”，则未免有些言过其实。

对当代文学历史稍加了解便可得知，相对于特定时代文学批评与作家本人身家性命之间所发生的悲剧性关联，如今的批评可谓皆为“浮云”，纵然批评家来势汹汹，巧舌如簧，也无力将任何人“批倒批臭”，更别说“再踏上一脚”。本来莫言获奖该是当代文学重返公共生活的一次契机，然而这次文学界内部的“互掐”，则实在有失斯文和体面。

一直以来，《收获》也都被认为是“中国当代文学史的简写本”。毫无疑问，它当属国内文学第一名刊，所登小说，亦多出自名家，既是如此，这些作品则理应更能经受得住各方的批评才是，正所谓，“浮云遮望眼，公道在人心”。既然有人发声，就必能代表一些人的想法，《收获》及其编辑部没有权利阻止这种声音，而一个有气量的文学大刊，一位有胸襟的优秀主编也没有必要这样做。更何况，从学理的角度来看，李建军的文章并非一无是处，甚至有许多观点还是切合实际的。因为无论对于专业的文学研究者,还是一般的文学阅读者来说,莫言的小说在其“伟大”之外,都存在着显而易见的问题,这些问题并不能因为莫言的获奖而假装视而不见。而批评家的任务就是将这种“不见”揭示出来,以引起当局者的警示。

表面上看,程永新和叶开瞄准的是“新批评”的所谓“不良风气”,认为他们是“博眼球的谩骂”和自我炒作,并以坚守批评底线的名义,倡导一种积极健康的文学批评形式。然而,他们的言论只是停留在观念层面,更多只是意气用事的成分。反观程永新的微博,倒是能从他提到的几部小说中看到其更为隐在的愤怒缘由。比如《天香》、《古炉》等,这些都是《收获》杂志近期刊发的作品。或许在他看来,“新批评”似乎是在揪住《收获》不放,“不负责任”地批判而有意为难。这种“刁难”无疑是对《收获》编辑文学鉴赏力的亵渎,更是对作品本身的诋毁,而至关重要的是,担心这种“负面曝光”会对杂志的销售链条形成侵害。对于程永新来说,《文学报》“新批评”已然触犯了《收获》的核心利益,似乎他们就是派来专“黑”《收获》的。在这个意义上,我们就不难理解被此事惊动的京城著名酷评家肖鹰先生的强势介入了。作为“新批评”的作者之一,肖鹰的立场当然不言自明:他们要求的“批评底线”,就是不准碰他们手下的“名家名作”!这一切无非出于一个“利”字。

说到“利”字,在此值得一提的是,随着莫言的获奖,最近无比活跃的《收获》杂志因曾发表莫言的首篇小说,而沾沾自喜地以莫言小说的发现者自居,一下子将其知名度又提高不少。另外,也是乘着莫言获诺贝尔文学奖的东风,编辑叶开将自己研究莫言小说的博士论文和旧作《莫言评传》改头换脸,火线鼓捣出专著《莫言的文学共和国》,并四处走穴大肆宣传。联想到此前《收获》大幅提高作家稿酬,对于“选刊”“摘桃”的大张旗鼓的拒绝和指责,无非也是为了提高刊物的影响和发行量。当然,这些都是闲话,与本案无关。一言以蔽之,其实《收获》杂志大可不必如此焦虑,以其文学品味和在当代文学界的重要地位，秉持开放包容的心态则势必拥有更加宽广光辉的未来。

最后回到本题，文学中人一方面倡导创作自由，但另一方面却不允许批评家自由地发声，岂不谬哉？窃以为，批评的权利需要尊重，批评的效果和有效性则应交给时间检验，交给文学共同体里的大多数人来检验。“新批评”的对象都是阅读面甚广的文学大家，其批评的有效性自然会得到大多数行家里手的检验，胡搅蛮缠还是一针见血，明眼人还是一清二楚的。对于真正的不良批评大可以用“反批评”的方式予以回驳，出于一己之私上纲上线的批判，不仅无助于优良批评传统的形成，也容易造成文学界内部的紧张和分裂，使原本就极为狭小的文学共同体更加狭隘。什么是好的批评？这是一直以来人们的疑问。我以为，这恰是一次普及教育的机遇，期待程永新和叶开二位先生就李建军或更多“新批评”的文章提出自己“反批评”的意见，而非意气用事地将之打入另册，如此也能让更多初涉批评的年轻人拜读学习，好的批评说不定就真的来了。

不可随意设置文学批评的框框

熊元义

中国当代社会对作家创作是相当宽容的。但是，与作家这种比较充分的创作自由相比，文学批评家的批评自由却不是很充分的，至少存在着一些或明或暗的框框，譬如不应为批评而批评，文学批评不应专门盯着文学名家批评甚至不要批评名家，等等。这些明的暗的框框严重束缚了当代文学批评的自由发展。

中国当代文学批评在各种框框的束缚下出现了极为鲜明的反差现象，真正有利于文学发展的好处说好、坏处说坏的科学的文学批评极难开展，而那些涂脂抹粉的文学批评却极度兴盛，涌现了大量的不着边际的报喜不报忧的文学批评。为了杀开一条血路和冲破铜墙铁壁，从 2011 年 6 月起，《文学报》大力倡导文学批评的新风，先以讲问题为主，希望矫枉过正。虽然这些以挑毛病为主的文学批评屡有失误，但却有力地冲击了日渐板结的当代文坛。

可是，《文学报》这种集中推出以挑毛病为主的发展文学批评的方式却遭到了或明或暗的抵制，甚至还被冠上"灭人"和"毁人不倦"的称号。如何对待这些不无偏激的专挑毛病的文学批评呢？很简单，有则改之，无则加勉。无论是作家，还是文学批评家，在碰到这种专挑毛病的文学批评时不能反应过敏，更不能利用各种形式压制甚至打击这些以挑毛病为主的文学批评家。否则，文学批评家就将彻底丧失批评的自由。

按说，批评家选择什么样的文本进行分析、评论是十分自由的。但因为是批评，于是很多名家大腕就很反感。文学名家能不能批评？本来，这不应是一个问题。很简单，没有对文学名家的批评，就没有对文学名家的超越。而没有对文学名家的超越，就没有长江后浪推前浪、江山代有才人出的文学发展。现在这之所以成为问题，是因为文学界出现了一些既得利益群体，他们千方百计地阻止这种批评，以至于文学名家不得批评和批评不得。那些由批评文学名家所引起的文化官司明的暗的时有耳闻就不难令人感受到这种批评的困厄。

奇怪的是，文学批评家在贬斥作家作品时言实相错，被批评的作家就反应过敏；文学批评家在赞扬作家作品时言过其实甚至达到飙捧浮夸的程度，被赞扬的作家却几无谦让。这就是说，有些作家并非真正排斥文学批评，而是只拒绝"说坏处"的文学批评，还是接受"说好处"的文学批评的。这种只接受报喜不报忧的文学批评现象，一是反映了一些作家缺乏应有的自省，不能自觉地主动地优化自身的精神结构；二是反映了一些作家缺乏必要的自信，不能与外部世界进行广泛的交流。其实，一部文学作品如果经不起批评，或者一批就倒，那么，这部文学作品的价值是很值得怀疑的，甚至可以说是价值极少的。相反，不少优秀的文学作品都是在文学批评中日益完善起来的。

当然，《文学报》在倡导文学批评的新风上并非尽善尽美，还有很多不够完善的地方。不过，这些有待完善的地方并不在于刊登了一些不是很到位的文学批评论文，而是在文学批评的理念上亟待完善。一，《文学报》集中推出的以挑毛病为主的文学批评论文虽然令人耳目一新，有力地冲击了文学界既得利益群体的潜规则，活跃了文学思维，开拓了文学空间，但不少文学批评论文却仅仅停留在现象罗列上，不能从理论上更深入地解剖那些文学"病象"，可谓治标不治本，往往是"热闹"过后，又归沉寂。二，《文学报》虽然冒天下之大不韪，推动文学批评家批评名家名作，极大地解放了文学界的思想，推动了当代文学及批评的发展，却过多集中在批评名家名作上，还是有些美中不足。如果能够在批评名家名作的同时大力发掘新人新作，甚至可以不同流俗地挖掘文学史上不为人注意的优秀作品，就更为理想。这将在打破既定文学秩序和发掘新人新作上功莫大焉。

奥斯卡之梦
——中国电影发展的现状与展望

杨剑龙　孔小彬

一、从诺贝尔文学奖说到奥斯卡金像奖

每年奥斯卡金像奖颁奖前后都是国人热议中国电影之时，如在莫言获得诺贝尔文学奖之前一样，“中国离诺贝尔文学奖还有多远”是中国文学界长期以来的叩问和向往。今天中国电影人萦绕于心头的是“中国离奥斯卡金像奖还有多远”？长期以来，中国（大陆）电影在世界各大电影节上都有所斩获，唯独缺少这一尊奥斯卡小金人，对于有抱负的中国电影人来说，获得奥斯卡奖是心中的一个梦想。

我们对待诺贝尔文学奖和奥斯卡金像的态度似乎略有不同：2012 年

前，文学界似乎有一种诺贝尔文学奖焦虑情绪，这种焦虑表现在颁奖前总有各种预测，颁奖后又总是充满了复杂的心理，并常常谴责诺贝尔奖的意识形态偏见。相比较而言，电影界还是比较肯定奥斯卡奖的权威性，未获奖的导演一般大多遗憾自己作品的不足，往往鲜有怀疑奥斯卡奖的公正性。长期以来奥斯卡奖有比较严格的评奖程序，形成了完善的评奖机制，从而保证了它的权威性和国际影响力。

中国电影曾经一度相当接近奥斯卡奖：1990 年张艺谋的《菊豆》、1991 年的《大红灯笼高高挂》、1994 年陈凯歌的《霸王别姬》都获得了奥斯卡最佳外语片奖的提名，尤其是《霸王别姬》当时的呼声甚高，由于宣传不够等原因，该奖最终被巴西影片《四千金》夺得。中国电影在 20 世纪 90 年代前期频频为奥斯卡奖关注并非偶然，也正是在这一时期中国电影屡次夺得欧洲三大电影节的大奖，此时期的中国电影艺术上处于高峰期，这与当时中国电影的生态有关。

从 1995 年开始，外国商业片陆续被引进中国，电影市场以与对方市场分账的方式发行，中国电影直接面对外国商业片（90% 以上是好莱坞大片）的竞争。2001 年中国加入世贸组织后，逐步开放中国电影市场，允许外资投资国产片的拍摄，2003 年香港电影全面进入内地市场，在这种背景下，中国电影整体上迅速走上市场化竞争的道路。1995 年以来尤其是新世纪以来的中国电影考虑最多的是市场问题——票房的问题。艺术追求逐渐被弱化了被降格了，90 年代末冯小刚的贺岁片以及新世纪以来的中国大片的出现就是其征候。当下，中国电影已然进入以大投入、大制作为表征的大片时代，这似乎是中国电影在全球化时代的一种应对策略。

二、中国商业大片与奥斯卡金像奖的悖反

商业性是电影的固有属性，如果把商业性当作电影的唯一属性，那么

就有问题了,新世纪以来中国电影面临的最大问题可能就在于此。从中国电影近年来的发展脉络,就能清楚地看到这一点。90年代中后期,文学与电影同样面临市场化的冲击。在商业化大潮中,文学失去轰动效应、文学被边缘化,文学界有着诸多的困惑乃至失落情绪。文学的格局逐渐由一元化变为多元化,有人称为三元化:一部分专注于官方意识形态的主旋律写作;一部分坚持精英立场的知识分子写作;还有一部分投入大众化的商业性写作,这三者各得其所。文学界仍然保留了“纯文学”创作,像莫言、贾平凹、王安忆这些作家一直坚持此类作品的创作,虽然他们的读者群体已经小众化了,发行市场无法同郭敬明这些商业化写手相比,但毕竟保留了文学艺术创作的经典性追求,从而也保存了中国文学同世界对话的可能性,莫言2012年获得诺贝尔文学奖就是最好的说明。中国电影在转型的过程中恰恰缺少了拍小众电影的可能性,几乎只剩下了主旋律电影和商业电影的二元结构。今天的主旋律电影在制作发行上也借鉴商业片的模式,《建国大业》、《建党伟业》就是如此。电影并非如文学创作那样追求个人化的艺术,电影是一种综合性艺术,是一种文化产业,电影市场化的结果是制片人占据了电影制作、拍摄、发行的绝对主导地位,再好的剧本如果得不到制片人的支持,通不过电影公司的项目论证,也只能是胎死腹中。

在当下中国电影的语境中,评价电影似乎只剩下了票房的标准,电影的影响就看它能不能赚钱、能赚多少钱。有人谈中国电影怪现状:“年产量与日俱增,佳作数凤毛麟角,大片年年有,年年赚钱年年挨骂。电影的夹缝化生存,头顶电影总局,脚踩网络群盲。”很多电影人对中国电影的现状很不满意。张艺谋曾将中国电影以房地产作比:“中国电影发展到今天其实是日渐成熟和日渐浮躁夹杂在一起,就像房地产一样,有泡沫。大家都在开药方,我也没有妙方。我只是一个笼统的说法,今天它呈现的就是多元化。”张艺谋所说的“多元化”只是电影拍摄的表象,其实还是商业片占据了电影市场,电影的商业性成为绝对重要的因素,艺术片电影日渐隐退。在绝对市场化的左右下，连张艺谋、陈凯歌这些电影大师，也努力追求影片的商业化，拍出了如《三枪拍案惊奇》、《无极》这样令人大跌眼镜的商业性电影。在电影上座率的左右下，中国电影人在整体上似乎越来越浮躁，很多电影忽略内容注重形式，大投入、大明星、大场面、大制作，服装、道具、场景等极尽奢华，这明显是电影拍摄的舍本逐末。

近年来中国电影制作似乎形成了一种思维定势，好像大导演就要拍摄大投入、大制作的电影大片。从《英雄》投资超过 1 个亿，到《十面埋伏》、《夜宴》、《满城尽带黄金甲》投资额的不断攀升，《金陵十三钗》的投资已超过 6 亿元人民币。然而，大投入、大制作不一定能产出好电影。虽然大投资的大制作影片有场面的华丽、特技的精彩、演员阵容的豪华等，而不少影片的思想内涵、艺术追求方面则几乎乏善可陈，形式华丽而内容空洞，几乎是中国式电影大片普遍存在的问题。

反观奥斯卡最佳外语片的获奖影片，几乎没有大制作的大片，绝大多数都专注于内容的深度，往往有着感人的魅力。2013 年最佳外语片奥地利电影《爱》，讲述一对年迈夫妇的日常生活，在女主人公患病瘫痪后男主人公悉心照料她，最后为了减少她的痛苦，男主人公用枕头蒙住她的口鼻，让女主人公窒息而死。这部影片故事简单、场景单一、人物极少，但它留给人们的震撼和思考却是深远的。导演迈克尔 · 哈内克通过影片向我们诠释"爱"的内涵、人的尊严、老龄化问题等，它对我们的道德理念是一种冲击。伊朗电影《一次别离》(2012 年最佳外语片)这部投资才 30 万美元的电影故事也很简单，它触及到了伊朗当下的现实：中产阶级的人心思动，下层人民的债务缠身，社会矛盾层出不穷，都是在一个小故事中得到表达，故事写的是人的尊严、人的信仰问题。故事中的女佣虽然非常缺钱，但当一笔巨款摆在面前，只要说出一句谎言就能全家摆脱困境时，她感到良心不安，不敢对着古兰经发誓。

从以上的分析可以看到，奥斯卡最佳外语片奖获奖作品大致上有这样几个方面的共性：一是对表现人性深度的关注；二是关注现实人生；三是大多以个人小叙事为主，较少历史、民族的宏大叙事。再看近年来我们报送的“申奥”影片，诸如《天地英雄》、《十面埋伏》、《满城尽带黄金甲》、《唐山大地震》、《金陵十三钗》等影片，其基本上是与奥斯卡奖的旨趣背离的。有人说中国电影人以为美国的奥斯卡重视商业性，其实这是一种误解。2010年冯小刚回应《唐山大地震》冲击奥斯卡，他说“去了也没戏”。2012年陈凯歌也对《搜索》“冲奥”回应说“胜算为零”。导演们都很清楚，用商业片来冲击奥斯卡金像奖怎么有获奖的可能呢？

三、走向奥斯卡金像奖的未来之路

要想改变目前中国电影冲击奥斯卡屡屡受挫的尴尬局面，中国电影人可能还有很长的路要走。我们认为，中国电影走向奥斯卡金像奖的未来之路的着力点应该在以下几个方面：

第一，应该十分重视电影剧本的创作，应重视影片内容的丰富性深刻性。近些年来中国电影《无极》、《十面埋伏》、《满城尽带黄金甲》、《夜宴》等大片均为缺乏故事性的作品，或撷取经典作品的情节，或编造无稽之谈的故事，以至于让观众感到中国某些电影大片是“大骗”。剧本乃一剧之本，要高度重视编剧的工作，电影创作要以十年磨一剑的精神来打造好的故事。张艺谋曾经说过：“我想留出时间拍好电影，这种想法从未变过，很多人问我拍好电影难在哪里，就我个人经验来说，难在缺好剧本，为什么好剧本太少，因为好故事太少。”电影史上许多有影响的电影都改编自小说。好莱坞大师麦基说，近二十年全世界电影都不大会讲故事了，包括中国电影。他认为文学性永远是电影的灵魂，这将代表世界电影的未来。电影要有文学性，可我们很多电影恰恰缺少文学性。电影是一种综合性的形象艺术，通过电影故事本身的生动性、复杂性来打动观众、感染观众。电影不会讲故事没有感人的情节，怎么指望它能感动观众呢？

第二，中国电影应该走市场与艺术兼顾的路线，打破完全由商业化绝对主导的局面。李安的电影之路对我们有很好的启发，李安的电影大多有很好的故事性、观赏性，他善于将东西方文化作融合性思考，他的电影具有东西方文化的双重视野，其碰撞与交融产生许多有意思的看点。他的早期电影《喜宴》、《饮食男女》都获得了最佳外语片提名，2001 年他的《卧虎藏龙》获得了奥斯卡外语片大奖。《卧虎藏龙》有一个武侠故事框架，内在却是关于人的魔性与人性回归的问题，其实就是普遍的人性命题。

电影导演要有意识地杜绝"挣快钱"而不顾电影质量。作为掌握了资源的制片公司也要有长远眼光，要努力拍摄出真正能走向世界的影片，从而树立中国电影和导演的品牌形象。一方面多鼓励市场与艺术兼顾的电影，一方面也可以考虑"以片养片"的战略，即以商业片的盈利来拍摄艺术片，以艺术片的口碑来促进电影公司的商业发展，从而形成一种良性循环的面貌。

第三，应当努力培养与提高观众的品位，形成高雅艺术电影的欣赏氛围。客观地说，新世纪以来盛行的商业电影有它的阶段性历史贡献，那就是把观众重新请回了影院。据有关统计数据，1990 年以来，中国电影观众人数呈逐年下降的趋势。从 1990 年的年观众人数 162 亿，下降到 1999 年的 1 亿左右，票房收入也从 22.25 亿下降到 8.5 亿。而 2000 年以后中国电影虽然受到电视、网络的强力挤压，仍然保持着票房逐年上升的态势，这表明近年来的中国电影又逐渐重新唤回了观众。

现在的问题是观众整体的欣赏水平和欣赏趣味有逐渐下降的趋势，一方面浅俗的、娱乐化的电影受到热烈追捧，像《泰囧》、《西游降魔》这样的娱乐片票房都突破了 12 亿；另一方面，真正有艺术含量的电影往往票房惨淡。贾樟柯的《三峡好人》获得 2006 年威尼斯电影节金狮奖，国内的票房才 200 万元，同期的所谓大片《满城尽带黄金甲》票房却是 2.5 亿。《一次别离》在中国的票房与它的国际声誉极不相称，首周票房仅为320万。

第四代导演吴天明说：“观众是需要引导和培养的，唯独我们中国是看观众的。我们的影片比观众的水平还低。”电影应该引导和培养观众，努力提升观众的审美趣味，而不是以低俗化的电影作品去迎合观众。好导演的作品应该有他的个性，热闹背后应该有深层次的东西，一种打动人的东西，能让观众走进电影情境的东西，让观众随着电影中人物的命运沉浮，不管它传统也好，现代也好，人性的东西是共通的。就像沈从文、鲁迅的作品，经典的东西可以使你思考很久、回味很久。观众与电影应该是一种良性互动的关系，好的电影能培养好的观众，好的观众才能不断提升电影质量。

在文化强国、提升国家文化软实力的国策下，中国电影的发展有着新的契机，在中国经济不断腾飞的今天，中国的文化将得到长足的发展，打造中国电影的精品力作，推进中国电影的走向世界，在强化中国电影的文化内涵中，不断提升中国电影的艺术品位，中国电影人实现奥斯卡之梦为期并不遥远。

（限于篇幅，删去本文引文注释）

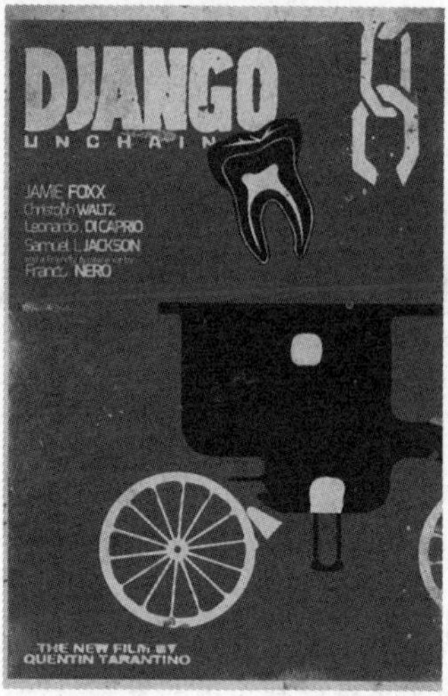

从删改到下线：观众何时才能真正被解救？

文森特

这可以说是华语影市近年来最黑色幽默的时刻，即使这层本来就异色的幽默还蕴藏着深深的无奈与不解。昆汀·塔伦蒂诺的最新作品《被解救的姜戈》在各方面将近半年的不懈努力下终于获准于2013年4月11日登陆内地院线，虽然影片的BD版早已在网络上流出，内地的公映版还依然遭遇了删减，但大部分观众和影迷仍表示将去影院观赏本片。不为别的，昆汀的作品能获准在内地公映本身就是一个极具话题性的现象，这其中包含了影迷的热情，当然，还有那一直被人们挂在嘴边的审查尺度问题。从片方公布的信息来看，《被解救的姜戈》只是删掉了些许与内地审查标准相违的镜头，形如夸张的飙血和对生殖器的表现，并补充了相应时长的情节，做到了同北美公映版等时长上映。其实就算是没有这些，内地接受塔伦蒂诺这样的导演，也似乎透露出了审查的逐渐开明，甚至极有可能推动分级制的出台，正当我们这些影迷为此欢呼雀跃之时，《被解救的姜戈》竟然出现了"1 分钟"档期这种荒诞的现象，于上映当日突然莫名地撤档，甚至有些影院是在放映途中强行中断的，刚刚放映了 1 分钟，接着便停止放映了，官方模糊地说是因为技术问题，这不禁让我更加心寒。

可能四月有愚人节，行进到一半的这个月可谓和影迷开了个大玩笑。刚刚步入四月，还和朋友为《毒战》的上映暗中欣喜，并因为《被解救的姜戈》的接踵而至而为逐渐向大众敞开的内地审查叫好。记得有人说《毒战》的上映是一个特例，半信半疑的我在看到各大主流媒体和影迷圈子对《毒战》进行各种诠释和剖析外也早早地开始讨论和宣传《被解救的姜戈》，便偷偷欣喜也许这确实是一种进步，而非《毒战》巧妙的周旋化解能力，如今看来，《毒战》没准真是一个特例。其实，仔细看来，娄烨去年便引起一阵有关审查体制的激烈探讨的那部《浮城谜事》中，最敏感的那段"敲几下"问题，最终通过淡出画面解决，这其实没怎么削弱影片的质量，娄烨放弃署名权也显得颇为浪费。再看《毒战》，其实影片的情绪还是积极的，虽然暗含着些许敏感的灰色想法和立场。所以，本质上，静下心来想想，非但不是审查的真正放开，反倒有几分我们这些影迷自欺欺人的感觉。这么看来，《被解救的姜戈》取消上映静候消息才显得正常一些，但是，撤档出现的背景实在是没法让人接受这个现象。

关注昆汀的影迷想必从去年就开始或主动或被动地知道了《被解救的姜戈》打算进军内地这条消息，仔细算来，从去年年末引进工作就开始进行了，到如今的四月份，接近半年的准备工作大家几乎是全程关注了下来，这其中，我们接受了"血不能喷得太高"、"虐待场面不宜太过激烈"、"生殖器镜头剪掉"，甚至莫名其妙的将之前片名中的"解放"改为"解救"，这些我们都认了，因为影片上映对我们来说便已经是莫大的惊喜，但是你突然来个"技术问题"就在首映当日匆匆而又突然取消公映，就显得十足可笑而不专业了。什么问题在半年时间里解决不了，非要到上映时才突然发现？这也太有损职业精神和专业形象了吧。其实，无论是什么原因，如此做法不仅是对影片的亵渎和对观众的不敬，更是对自己的不负责任：先释放，接着又突然抓回来判个死缓，其中的荒唐不言而喻。从另一个层面讲，此现象不仅没有彰显审查的进步，反而暴露了审查的不严谨和无原则。

是时候将一拖再拖的审查问题提上议事日程了，而分级制度在现在看来是明显的出路，亦是一切问题的根源所在，它可以在不成熟时作为无理取闹者的挡箭牌，却也在成熟时跃升成影像自由的罗曼司。即使这条路仍然需要漫长的时间检验，但再慢也比原地踏步强。因为缺乏分级制度，我们看到了许多比禁映还要悲惨和荒唐的例子。禁映起码可以保全，犹如英雄自刎，虽然悲情，却也豪迈，但许多为了生存而上映的电影，反而有如被人捅了一刀，还要扔到大街上被行人吐唾沫。国内影片放映史上无数原版堪称佳作的电影，因为主动或者被动的妥协而失掉了自己的尊严，也不被观众所接受，而更具讽刺意味的是，这些悲剧的导火索来自给予电影“自由”的制度本身。去年年底，导演谢飞通过网络发表了《呼吁以电影分级制代替电影审查的公开信》，在谢导看来，“将现行的行政管理式的电影审查，改变为法律制约，性质监督，行业自治、自律的电影分级制”，才是时代发展的需要。一个国家的电影产业，只有制度先健全了，规范了，透明了，产业才能受益从而也跟着健全。不然，像是《被解救的姜戈》这样的所谓“特殊案例”定会再次出现，而我们显然不想看到观众在对“删减”等手段麻木后连粗鲁的“强行下架”也欣然接受。

救赎的路漫长而似乎看不到尽头，指明灯握在少数人手中，身为观众的我们戴着脚铐行走在黑夜，带着怀疑跟随着微光。并不是人人都会遇上舒尔兹医生，我们之中也没几个是成为南方第一快枪手的料，何时观众才能真正被解救？谁也说不准，只能继续没有意义的猜测和吐槽下去。

从自我清洗出发

——就《安江事件》给叶辛的一封信

何　平

■《安江事件》的好处，是它没有个人记忆的偏执症，追求的是对历史的本质性和溯源性把握。而“文革”叙事中的个人经验的强调和偏执，正是当下中国“知青”文学的弊端。

■ 在一个罪恶的时代，“知青”是被侮辱被损害者，同时也部分地参与到时代的罪恶——以革命的名义对弱者的施暴。作为一个有良知的作家，是不能说“青春无悔”的，你们应该成为你们自己成长的目击者，当你们反思时代的时候，应该对自己作出严苛的反思。反思时代，应该从自我清洗开始。

叶辛老师：

您好！

您的新作《安江事件》早已读完。五一长假，本来想好好地整理一下凌乱的想法写一点读后感，但真的动笔，发现要厘清头绪并不容易，与其写一篇正儿八经的论文，不如给您写封信来得自由。直观的感觉，您这部小说是一部坦诚和勇敢的作品，至少没有回避曾经发生在中国大地的灾难和暴力。去年贾平凹的《古炉》对“文革”何以能够进入乡村进行了文学的思考，他是从国民性从家族政治的角度去写，而您的《安江事件》则从当代乡村政权（不是泛泛的政治）从人性恶的角度去写。贾平凹比您小三四岁，你们是一个时代的作家，你们都不约而同地回到过去时代和中国往事。说老实话，我认为也只有你们这一代人才具有写20世纪50年代到70年代中国的体验和能力。

仅仅用文学的审美尺度来讨论这部作品可能太狭窄了。印象中，尤凤伟的《中国1957》《1948》、阎连科的《四书》《受活》、杨显惠的《夹边沟记事》等小说才会这样“正面强攻”地去写当代政治的“中国往事”。在给您写这封信之前，我也检索了一下自己这些年写的东西，其中《因为怯懦，我们害怕赫塔·米勒》、《伤痕如何叙述?》、《小说不只对真相负责》、《比观念和技术更重要的》等文字中所谈的“小说和历史”、“个人记忆的见证意义”、“文学如何参与到历史建构”等问题和您这部小说应该是相关的，我曾经表达的意见有的也正可以用来讨论您的小说《安江事件》。

您是“知青作家”中比较早自觉地从“代际”集体记忆书写转向到个人反思的作家。和许多“知青作家”一样，您的写作起步于“文革”后，写小说从写自己的“青春故事”开始，记得您说过：“我把此书献给成千上万在‘文化大革命’中上山下乡的知识青年同志们。对于他们来说，这一段岁月，是永难忘怀的。”（《我们这一代年轻人》）我倒不像有的批评家站在今天的立场上说你们那时写作的伪饰和矫饰，相反倒是神话那时的清醒是不真实的。等到了20世纪八九十年代之交，您写《孽债》，已经意识到："好几年过去了，知识青年这个字眼已经让人感到陈旧和麻木。尽管北京、广州、武汉、成都好多大城市里的老知青们举行过类似'青春无悔'、'追忆当年'等等活动，顽强地想表现这一代人的存在，但人们再不像当年那样看待用血汗和眼泪浸染过的知识青年这四个字。"(《孽债·后记》)

一开始我想当然地以为您这次的《安江事件》又会在"知青"问题上深入拓进。等读到小说才发现，写《安江事件》您有比写"知青"更大的"野心"，小说中的"安江事件"除了贺兴雨的自杀，"饿饭时代"和"文革"都是思考当代中国绕不开的大问题。因此，小说中作家田健去查勘"安江事件"的真相，往大里说其实是您对"中国往事"的查勘。

虽然从小说技术的角度，我对1969年出生的田健和知青匡定邦作为叙述视角哪个更能够带动小说深入到幽暗不明的时代和人性，可能有和您不同意见，但我首先对您直面"中国往事"的血腥和暴力抱有深深的敬意。在这个前提之下，我认为田健作为一个探访者，一个过客，一个旁观者，虽然他有着做警察的经历，可能会有接近真相的职业能力，他所探访的真相也可能隐含一种国家立场的追认，但他显然不一定有匡定邦的反思时代的能力。选择田健作为叙述者，预先就制约了《安江事件》可能抵达的深刻。而如果选择匡定邦作为叙述者，他不仅和您对时代的经历和体验默合，而且从小说本身的逻辑，他作为"安江事件"中的见证者和受难者，他更有可能进入到时代真相的核心，如果入乎其中又抽身而出，其反思也更深刻更有力量。当然这样想，也包含了我对"知青"作家的反思和解剖历史，首先要从"知青"自己反思开始的期许。严苛地说，"知青作家"目前并没有写出一部伟大的能够将自己放置其中对他们和所处时代深刻思考的小说。而且，我猜想，您之所以将田健的故事带入到"安江事件"，包括小说中插入的万幼慧和领导的"风月"，段家三兄弟和贺兴雨死亡之间的"悬疑"，是不是有一种使得小说更好看，更适应当下读者阅读习惯的考量。小说中，本来是有一个机会，借助田健父亲和林旭的往事，从小说结构上可以缝合“安江事件”和田健故事的裂痕，但也被您轻轻放过了。简单地说，我认为田健根本扛不动您预想中的对中国当代基层政治的深刻查勘和反思，很多时候小说只能外在的“说人”“说故事”，而不是“人”和“故事”自足地呈现和敞开，这也使得小说中贺兴雨的“作恶”和“向善”都没有一种合于时代和心灵逻辑的力量。

但我还是要强调您《安江事件》写作在当下中国文学的意义。我曾经在一篇文章中批评过你们这一代出生在新中国成立到50年代中期前后作家的精神缺陷，批评你们对自己和时代政治之间的暧昧缺少深刻的自我清洗。这样说，我不是鼓励作家去做烈士和政治切割，而是希望你们为我们这些后辈树立一个独立思考者的表率。我们有理由期待有一些作家首先是一个公共知识分子，然后才是一个作家。当下中国文学需要你们说出时代的真相，也只有你们才能说出真相，因为你们是那个梦魇时代的一部分，《安江事件》只是一个开始。我不否认小说是想象和虚构的艺术，但同样无法否认的是身体在场和身体不在场的文学想象是完全不同的。

文学参与到历史建构自有其合法性和传统。就中国文学而言，不说史传和文学的纠缠，历史和演义的暧昧，以中国当代文学为例子，文学从来就没有缺席历史的建构，甚至有过显赫地参与到现代民族国家建构的前史。只是到了20世纪80年代文学从“三红”时革命史的“添砖加瓦者”俨然成了“拆迁队”。“先锋小说”、“新写实小说”早就对巍峨庄严的历史动手动脚了。而正是因为从“先锋小说”、“新写实小说”到“新历史小说”的文学“述史”，当我们谈论历史，特别是中国近现代革命史的时候，自然是花开多头，文学也别树一枝。应该看到“新历史主义”固然解放了文学对历史的想象，但也使历史越来越偏离本质性的历史，而使历史变得碎片化。

更为重要的是,20 世纪 90 年代知识分子启蒙理想的全面受挫。大众传媒和政治意识形态合流,共同塑造我们时代的意义世界。像“文革”这样的精神事件也被安放在大众消费的生产流水线。而且 20 世纪 90 年代以后是一个“图盛字衰”的影像时代。以“影像”为呈现形式的文学叙事逐渐成为时代的主流。而事实上,“影像”叙事由于没有文字叙事的反思性的转换很容易造成一种“似真”的假象。经过剪辑、拼贴、逻辑重建后的“影像”叙事也容易“假作真”地做出“赝品”式的历史。这种现象是全球性的。“有许多研究报告证明,美国的中小学生已不再从历史书,而是从好莱坞电影中获得他们的历史图像了。较年轻的这代人在接受《阿甘正传》、《拯救大兵瑞恩》和《辛德勒的名单》这些电影时,不是把它们当作故事片,而是把它们视为文献证据。这就是说,年轻人是把影片中的画面当作对历史本身的忠实模仿而加以感知的。我们的记忆已经不像在 19 世纪那样充满了故事和人物,而是充满了浮动的画面。”(阿莱达·阿斯曼:《回忆有多真实?》)当影像成为我们建构历史的主流方式,关于“文革”这些大事件,我们的电影往往提供了一个幻觉世界。韩琛在讨论姜文的《阳光灿烂的日子》、张杨的《向日葵》等 60、70 年代的童年与少年,70、80 年代的青春和成长的怀旧电影系列的时候,认为这些电影“在一种自我耗散性的历史叙事里,一种‘审美性’的历史代替了‘本真性’的历史,一种‘无深度’的冥想代替了对于历史规律的沉思”,陷入后现代病的怀旧和过敏。(韩琛:《后革命时代的失忆与记忆》)

您《安江事件》的好处是它没有个人记忆的偏执症,追求的是对历史的本质性和溯源性把握。当下中国文学,“文革”叙事对历史进入个人经验的强调和偏执。这瓦解、稀释着“文革”作为 20 世纪中国最重要精神事件的内核。应该看到,和其他民族相比,这 20 年,我们对“文革”这个关乎民族命运的精神事件还缺少能够注入民族当代和未来的代际承传意义上的思想推进。经历过“文革”的人好了伤疤忘记疼痛,更年轻的一代把它看作祖辈和父辈时代的陈年往事。事实上,记忆和反思是可以作为精神遗产被再继承的。从"伤痕"文学到现在,我们的文学还没有能够充分揭示"文革"这个精神事件,如何深刻地影响当代中国?如何参与当代中国人的精神建构?许多时候,当我们的作家沉溺在细节的把玩,其实已经离开他书写的世界很远。因此,如何重述"伤痕",如何重述"文革",如何重述"当代政治",必须重提个人记忆和集体记忆的相遇。

但文学仅仅是对真相负责吗?这是我读《安江事件》的一个疑问。我理解您把《安江事件》的写作作为思考中国乡村政治的样本,但问题是当下中国文学的"历史癖"正在伤害某些文学本质的东西。还举这些年甚嚣尘上的"小历史"写作吧。批评界对这些作品关注的热点往往集中在和"宏大历史"叙述的意识形态对抗。问题是文学的任务仅仅是提供一种不同于国家正史的"小历史"吗?必须警惕,"小历史"的叙述正在日渐成为一种对抗的文学政治学。所以,"小历史"其实是另一种变种了的"大历史"。当代中国文学往往在一些常识性的问题上屡教不改。我认为当下以村庄"小历史"或者"个人记忆"为视角的文学书写动辄就牵扯到对"大历史"或者"集体记忆"的祛蔽和反抗,正在陷入另一种形式的"观念先行"和"政治正确"。而事实上,从新世纪中国的文学现实看,谁在压抑?谁在反抗?已经是一个新的问题。即使存在所谓的对抗性书写,除了持政治异见的文学书写依然存在着意识形态的对抗性,文学的压抑和反抗也更多应该从这些非文学领域回到文学自身,回到审美惯例和审美创造之间的对抗性书写。所以,对于这些写"小历史"文学如果我们还只是将其全部意义设定在历史的真伪之辨上,显然是一个背离文学常识的伪命题。而且写小历史、生态史、生活史、文化史、底层史以及庶民日常生活也并不必然保证通向的就是文学之路。必须意识到:历史如何被叙述和历史如何被文学叙述是两个完全不同的问题。因而必须重新回过头思考"小历史"和"个人记忆"书写的文学性。也就是如果不从意识形态对抗的角度,这些"个人记忆"或者"小历史”书写有没有自足的文学意义。

文学不只是“史余”一类的历史下脚料，小说不应该只对历史真相负责。“历史”在焉，“小说”何为？台湾作家张大春这样说“小说”：“当小说被写得中规中矩的时候，当小说应该反映现实生活的时候，当小说只能阐扬人性世情的时候，当小说必须吻合理论规范的时候，当小说不再发明另类知识、冒犯公设禁忌的时候，当小说有序而不乱的时候，小说爱好者或许连那轻盈的迷惑也失去了，小说也就死了。”（张大春：《小说稗类》）是的，历史犹在，小说需要的是“另类知识”。于是，不是官家正史说大，我之稗史说小的“小”说，而是开始“发明另类知识”，发明一个真正的“小说”想象的异邦。你有你的“历史知识”，我有我的“小说知识”。本质上，如果小说只是反抗正史，它和臣服正史的逻辑是一致的，从文学的角度，那就是将小说作为“史余”。只有当“小说”从历史的层层束缚中挣脱解放出来，舒展着手脚想象并虚构着自己的世界，发育生成着自己的“另类知识”，那才是文学的本业。所以，小说不应该仅仅是正史，当然也不应该只是稗史，而应该是正稗之外的“文学”。因此，我肯定您《安江事件》对历史的“正面强攻”的坦诚和勇气，还是感到在这样历史真实之下，对贺兴雨，对段家三兄弟的人性开掘得还很不充分。说到这里，我想，文学是不是可以径直就写没有任何历史参照系的人伦、人性、人情？我想起前几天在阅读课上给学生读安妮宝贝《眠空》中写父亲和母亲的片段，那些我们习焉不察的细碎生活和感情，竟然让一个90后的小女生流下眼泪。我的阅读课，往往都是希望学生不是凭借“知识”，而是从最朴素的是否打动你，哪里打动你的直觉和印象进入一部作品。我承认中国当代政治的那些巨大历史事件更能凸显复杂人性，但一个作家在处理这样的题材的时候，除了文学理想，还涉及文学能力，不是所有的作家都适合去写复杂历史中的复杂人性的，作家要学会示弱。当下文学批评界鼓励作家强迫症似的趋鹜历史与人的复杂纠缠，其实完全违背文学自身的规律。所以，我尊重您《安江事件》这样的“正面强攻”

的写作，也尊重所谓的“小历史”写作，同样我也尊重安妮宝贝那样的细弱写作。无论写什么怎样写，最终要回到文学本身。事实上，您应该是有能力写“安江事件”的。因为“安江事件”是您身体和心灵在场的“事件”。

叶辛老师，最后我还想借曾经获诺贝尔奖的赫塔·米勒谈谈您小说中贺兴雨这个人物吧。仅仅就其“罗马尼亚三部曲”，赫塔·米勒讲述的伤害史已然就是当下中国的“前史”。对“文革”这段“前史”，我们曾经有过伤痕和反思文学的热闹，但也止于热闹而成文学思潮。而赫塔·米勒说：“我本可以寻找这种无辜，但这无济于事。因为我出生在第二次世界大战之后，父亲是个回了家的党卫军战士。而我出生的年代恰逢斯大林主义时期。父亲和时代二者均是事实，它们令优雅的再现成为不可能。”（《1994年在克莱斯特奖颁奖仪式上的讲话》）您知道吗？就是这个赫塔·米勒，她的《呼吸秋千》被我们的学者做这样的误读：“德国法西斯在二战中对全世界人民犯下了滔天罪行，这是无法抹杀的历史。赫塔·米勒在齐奥塞斯库被处死后还公开发表讲话说，罗马尼亚人保持沉默是想遗忘历史，必须对旧账进行彻底的清算等等。如果说齐奥塞斯库的账要清算，那也该由罗马尼亚人民自己来清算。赫塔首先要清算的应该是她的先辈们对全世界人民所犯下的罪行。她不该如此健忘如此张狂，忘形到连反法西斯战争的案都想翻，联系近年来欧洲右派势力的抬头，这是必须引起我们警惕和深思的事情。”（周明燕：《对赫塔·米勒获诺贝尔奖的思考》）事实上，赫塔·米勒迄今最出色的作品恰恰是《呼吸秋千》。这部小说讲述了一位名叫奥斯卡·帕斯蒂奥尔的罗马尼亚日耳曼族青年于 1945 年 1 月被苏军抓获并被送往苏联劳改营，以及他在劳改营里的生活。小说反映了斯大林政权对罗马尼亚日耳曼少数民族的迫害。《呼吸秋千》让我们警惕的是作恶者有作恶的“罪”与“罚”，但这不是凌驾其上的强权伤害作恶者的理由。我们能够接受的限度也许是为弱者辩护，谁能为作恶者申说？赫塔·米勒说得很明白：“他们是以集体罪的名义被驱逐的，德裔少数民族也牵扯其中。他们在德国党卫队或是德国军队服过役。安东内斯库统治下的罗马尼亚是一个法西斯政府。我想集体罪总是不公正的,因为那些被驱逐的人没有卷入战争。他们是1945年1月被驱逐的,而战争结束是5月份,我在党卫队的父亲还没有从前线回来。他们抓捕的是平民,抓捕的是像十七岁的奥斯卡·帕斯蒂奥尔那样的年轻人。当时的罗马尼亚是以安东内斯库为首的与希特勒站在一边的法西斯政府,它只是在最后一刻改变了立场,或者说是迫于苏联的压力改变了立场。这也使得德裔少数民族在反思与国家社会主义有牵连方面固执己见,因为罗马尼亚人和安东内斯库都在斯大林格勒。1945年以后,只有少数民族承担责任。霍尔蒂的追随者、匈牙利少数民族和德国人是希特勒的支持者,当时整个罗马尼亚都站到了纳粹德国一边,但是1945年后历史被篡改了。是的,我的母亲也被驱逐在外达五年之久,但是我都试图在特定的背景下看待这些事情。假使纳粹德国没有犯下如此罪行,就不会有驱逐,人总是必须将它铭记在心。那不是空穴来风,但是那是少数民族也卷入其中的所犯罪行的结果。"谁能为作恶者申说?赫塔·米勒做得还不彻底,还只是在给奥斯卡·帕斯蒂奥尔辩诬,撇清他和纳粹父辈之间的关系,而就算奥斯卡·帕斯蒂奥尔的父辈,那些被裹挟到战争罪恶中的人,从文学的角度是不是可以超越,或者不拘囿于历史的是非判断,而从细微的人伦、人性、人情与宏大的国家、民族纠缠中窥看他们的内心真相。

您现在能够理解我为什么和您谈《安江事件》要绕这么远说赫塔·米勒了吧?且不说我对《安江事件》结构上以及由此带来的小说在表现时代和人性上的浅尝辄止的不满意。我认为,《安江事件》在中国当下文学中的重要性就是您在为贺兴雨这个曾经的作恶者申说的"文学"。而对于中国文学而言,这样的申说的"文学"才是开始,是不是每一个作恶者在我们时代都还能够像贺兴雨这样全身而退?对于那些曾经风光,却没有全身而退得以善终的作恶者,我们的文学应该失语吗?我们的文学在为当代中国政治事件中的被侮辱被损害者发声的时候，恰恰让许多像贺兴雨这样的“作恶者”成为沉默者和被湮没的人，成为文学中“恶”的脸谱和符号。事实上，当那些罪恶的时代过去，他们的身上可能承载了更多的人性的强大和渺小，存在的无奈和无常。而这正是文学所擅长的，但我们的文学还只能对历史做简单的是非判断，不能贴着时代和人，不能抵达时代和人的最黑暗处。换句话说，我们有赫塔·米勒这样的勇敢和反思能力，甚至恰当的修辞和文体吗？问题是在德语文学里，不只是赫塔·米勒可以做到。比如还有格拉斯的《剥洋葱》。在他们那里，这不是一种个人风格，而是一种文学传统。从这种意义上，你们这一代是对那个过去时代作恶者有深刻感受的过来之人，《安江事件》是不是又才是一个开始？我期待您下一部小说会把另一个贺兴雨的人性写得更丰盈。当然我也更希望您写出“知青”一代的深刻心灵。因为在一个罪恶的时代，“知青”是被侮辱被损害者，同时也部分地参与到时代的罪恶。我在很多回忆录里读到你们那个年轻时代年轻懵懂的你们以革命的名义对弱者的施暴。如果看到这一点，作为一个有良知的作家，是不能说“青春无悔”的，你们应该成为你们自己成长的目击者，当你们反思时代的时候，应该对自己作出严苛的反思。反思时代，应该从自我清洗开始。我知道“清洗”是一个能够引动你们和数代中国人创伤记忆的词，但我说的“清洗”不是暴力的、泯灭人性的，而是一种自我觉悟。从这种意义上，每一个人都是需要“清洗”的。我想，只有这样“清洗”才能通向人性向善和完美之途。当然不只是仅仅你们这一代人需要“自我清洗”。曾经读过夏榆的《黑暗的声音》。夏榆是当下作家中少有的把“黑暗”作为自己一贯文学志业的作家。此前我就读过他的《白天遇见黑夜》，他有的话说得很有启发。在夏榆看来：“写作对我个人而言，更多地像是某种清洗行为。我试图通过写作清洗生活和境遇加给我内心和精神中的黑暗，以回复我作为人的本性的光亮；通过写作我清洗虚假的知识和伪饰的逻辑带给我的非真实感。让自己行于真，坐于实是我给自己的生活要求。”夏榆写人在矿场的劳作,写人在漂泊中的命运,也写强权对人的奴役,资本对人的剥夺,写底层生活的喑哑和无权者的屈辱。如他说:“是把它们看成是‘自由的试金石’,‘繁华的检测体’,‘文明的显示剂’……我书写当代生活的现场,从个人的境遇和经验出发,从个体的人类身上,我看到时代的光影和时间的刻痕。”

信写得有点长,话说得有点论文腔,因为许多观点直接取自旧文,只是希望和您不局限《安江事件》谈一些自己的看法。

期待您的新作。

何为“文革”文风

谢　泳

编者按：本刊转载此文，不是因其刊在权威媒体上，并与本刊有关，而是因谢泳先生用精简的文字厘清了一个文艺批评中经常“遭遇”的学术概念。

最近偶然看到《收获》杂志社程永新、叶开二位批评《文学报》。程文认为，《文学报》有“‘文革’式的刻薄语言”；叶文认为：“这些文章大多为批评而批评，语言风格都是斧砍式，不按文理出牌。这些作者看起来要把批评对象当成‘地富反坏右’，批倒批臭踏上一脚。现在自然是做不到‘踏上一脚’了。”

我近年看当代作家小说不多，文学批评，也只是见到早年熟朋友的文章才读。程、叶二位的文章所指，主要是近年写文章批评当代作家的李建军，而他的文章，我倒是每见必读。李建军文章的观点，我不是都赞成，但说他的文章有“‘文革’式的刻薄语言”，这个判断，我断难认同。

文学批评现状，当今是表扬多而批评少。李建军文章不是不可以批评，但这种极少的、有勇气的文学批评，恰是我们当前最需要的。莫言、贾平凹、王安忆等作家，绝对不会因为李建军的批评就丧失了他们应有的文学史地位，诺贝尔文学奖该给谁还会给谁，并没有因为李建军的文章而放弃了莫言。文学创作和文学批评是不同的行当，文学批评有它的尊严和独立性。当代作家应当努力从李建军等人的文学批评中感受真正文学批评的力量，哪怕它是偏激的。我们宁要过分刺耳的批评，也不要一团和气的廉价表扬。

这些年来，有些人只要一看到尖锐的文字，常常会联想“文革”式文风，但下此判断须极为谨慎。

何谓“文革”文风？要害不在文字如何尖刻，关键在文章本身有无政治背景。有，文字再和缓，也是“文革”文风；无，文字再刻薄，也不能视为“文革”文风。今天判断文风，于此不可不察。

“文革”文风，今天可以视为一个专用名词。它包括抽象和具体两类。具体即指发生在“文革”期间有政治背景的文章，它一般具有四个特点：一、多发表在主流报刊；二、文章作者都是奉命而作；三、文章背后均有明显主流政治意图；四、不允许讨论。比如姚文元《评〈海瑞罢官〉》、《评陶铸的两本书》，戚本禹《爱国主义还是卖国主义》以及出于“写作组”之手的多数文章。抽象意谓“文革”文风并非只产生在“文革”时期，但通常具备上述四个特点。比如1954年批判俞平伯和《红楼梦研究》时，李希凡、蓝翎的第一篇文章，虽然文风有问题，但因为是自发的，没有政治背景，此类文章即不能认为是“文革”文风。但此文以后，凡有明显政治意图的奉命文章，文字再平缓，也可视为“文革”文风。如1955年批判胡风时主流报纸的按语，即典型的“文革”文风。1981年，二唐批判电影《苦恋》的文章，文字本身已相当和缓，但因为具备前述四个特征，所以也属“文革”文风。

文人作文，因学养、个性和风格不同，文风自然也就不同，我们提倡宽容、宽厚的文风，但文人各自性情不同，批评文章尖酸刻薄，也时常难免，不然何以称得上个性和风格呢？要说文风的犀利，何人超过鲁迅？要讲言语的刻薄，何人不甘拜其下风？但鲁迅的文章是个人的，是独立的，所以再尖刻，我们也不以为是“文革”文风。

《文学报》为上海一张普通报纸，李建军不过一介书生，“文革”文风这顶帽子，实在太大了。

我曾花钱买批评

李祝尧

好久没有见过尖锐犀利的批评文章了。听说《文学报》开辟了"新批评"专版，遵循"真诚、善意、锐利"的原则开展批评，我高兴极了，立即去邮局订阅。每期必读，读得特别仔细，有的还反复读几次。

我认为，好作品是在不断修改中提高的。俗话说，当局者迷，旁观者清。所以，我的作品写完之后，总是交给朋友们挑三拣四，评头论足。然后根据大家的意见认真修改。有的改过之后，还要让朋友看，如有不足继续修改。因为我欢迎听取评说，所以，我的朋友都愿意对我的作品指指点点。

早在上初中时，我就在《河北青年报》上发表过诗歌；1958 年开始发表小说。后来工作忙了，也就没有时间写作了。我重新拿起笔来创作是 1991 年。当时农村在推行大包干责任制，日新月异的新气象，激励着我利用业余时间创作了长篇小说《村夫情》。当时河北省委领导还写了评论，作为此书代序。《长城》杂志不仅以《滏阳春》为题，选发了五万多字，还配发了副总编的评论文章。之后，我听说山东省诸城县搞"农工商一体化、产供销一条龙"，帮助农民致富，先后去那里两次，之后创作出了长篇小说《枝叶情》，很快由天津百花出版社出版。那时，我在政府机关工作了 30 年，一直从事公文写作。这两部长篇小说是我由公文到创作的练笔之作，肯定存在着不少问题。为了找到不足，专门开了一次作品研讨会，请来朱寨、阎纲、何西来、刘锡诚、王必胜、朱晖等大腕及河北省的评论家，让他们指点。我真诚地说："我是个业余作者，这两部长篇小说是我从写公文到文学创作的转型之作，问题肯定不少，敬请诸位专家开诚布公、单刀直入、一针见血地提出批评。"这些评论家见我态度真诚，发言也就没了顾虑。他们在主题思想确定、章节结构布局、人物塑造及语言等方面提出了不少中肯意见。特别是何西来先生,尖锐地指出:“李祝尧的小说是新华体,不能用新华社的政治语言写小说!”一下子击中了我创作的要害!

这个研讨会给了我批评,指明了方向,也给了我鼓励。从此,我信心十足地开始了创作反映中国农村半个世纪的长篇小说《世道》。我经过三年的准备,又经过三年的写作和认真修改,初稿写了88万字,分上中下三卷。为了得到帮助,我把稿子送给河北省作家协会王文计老师请求指导。在他的帮助下,我四易其稿,后由作家出版社出版。2004年5月,五洲传播中心和山西省委宣传部要将此小说拍成30集电视剧《乡里乡亲》,人民文学出版社和花山文艺出版社也要将其再版。我想,小说再版给了改正缺点的机会。在听取读者意见的同时,我拿出一万元审读费,委托时任《文艺报》工作的张陵,要他帮我请几位著名评论家给我指点。一些知已朋友却反对我这样做。他们说,小说已经出版了,而且得到了读者和专家的好评,也得到了社会的认可。不仅荣获了河北省“五个一工程奖”,还要拍电视剧,何必再花钱请人指点。为了对读者和社会负责,做到精益求精,我依然请郑伯农、何镇邦、何西来、曾镇南、张陵等五名专家指导我修改。我首先声明,“对这部作品,已经有不少人说了好话,这次就是让大家提意见和建议,帮助我把它改得更好”。他们敞开心扉,直言敢谏,在主题深化上、材料取舍、人物塑造及语言运用上,给我提了不少中肯意见。我按着这些意见再次认真修改,删除了一些重复的情节和赘述的语言,增加了两章新情节。内容丰富了,文字简练了,人民文学出版社在作家出版社出版的上下两卷、63万字的作品基础上,精简到46.9万字的单本。无论在主题深化、语言精练以及风俗描写的强化上,都有很大的提高。著名评论家何镇邦发表评论文章说:“这是一部描写半个世纪来我国农村变革的史诗,也是一轴冀中平原农村风俗画的长卷。从其按时间为序的线型结构,对事件和风俗轻描淡写的笔触以及带有泥土气息的语言等方面看来,这部小说具有孙犁所开创的荷花淀派的神韵，是荷花淀派的又一重要作品。”

对我花钱买批评的做法，有许多人反对，也有不少人赞赏。2006 年 7 月 4 日的《文艺报》，在头版发表了小可写的题为《李祝尧上门求批评》的文章，说“在今天，一些作家受市场利益诱惑，逐渐放弃了社会责任感和严肃态度，逐渐放弃了对作品质量的重视，热心快餐式写作，致使作品注水过多，质量下降。然而，更多的作家深刻认识到，商品市场越发达，越规范，对作品的质量要求越高。作家必须创作高质量优秀作品，才能站得住脚，才能赢得市场，才能受到读者欢迎。作家李祝尧正是这样看待文化市场，也是这样坚持严肃创作态度的”。

陶醉于表扬和赞美，容易使人迷失前进的方向。只有批评才能使作家头脑清醒，看到自己的不足。鉴于这种认识，我一直希望批评，欢迎批评。为了回顾这 20 年的创作，清楚地看到自己走过的路，看清自己创作中存在的问题，最近，市委宣传部又支持我开了一次作品研讨会。对此，许多朋友说：“你都 74 岁了，还能写几年呀，开这会干什么呀！”我说，活到老，学到老。我想总结一下这 20 年，继续从事文学创作。在这次研讨会上，一些评论家尖锐地指出我创作中一些缺点，希望我注重细节，在人物的个性化描写上再下工夫。缺点看到了，方向明确了。我将在今后的创作中，继续发扬优点，努力克服缺点，争取写出更好一些的作品。

作家需要批评。只有批评，才能明确方向，找到前进的道路，充满前进的力量。希望读者和评论家们，继续批评我的作品。在这里对向给我的作品提出批评意见的读者和评论家表示感谢。

文学排行榜之我见

李伯勇

仅从商品属性，文学（作品）是一种类别的商品，流通同样是其天然的属性，接受者（社会）也就会有比较和鉴别，不管在媒介上宣传与否，特定的商品（作品）已在某个范围某个层次“被排名”之中。如此优胜劣汰，才有今天水平（电脑和互联网普及）的现代化，这种现代化也不会停留在一个水平上，沿着自身规律而与时俱进。文学亦然。

生活多元化、文学多元化是当今的一个现实。作为生活之一元——文学，文学之一元——小说（又可分为长中短篇）、诗歌（又可分为现代诗和格律诗等）、散文（又可分为随笔、在场主义、纪实散文等）等，自然也就有比较鉴别，尤其是文学为时代社会精神生活的重要见证和标识，就会有行业性专业性的辨识标准，“排行榜”于是应运而生。对文学内部，它是一种文学生态的体现，对文学之外，它也具市场效应，满足社会的精神需求。这种“排行”虽受到特定的社会语境所制约，但其思想倾向性、价值理念还是明显的，如此，某项排行才有一席之地，才形成当今社会有机的文学生态，而在如此生态之中，文学才能继续有机地担负社会精神生活的神圣职责，文学自身才能被不断刷新。因此，排行非文学之累。

石华鹏《文学作品排行榜可以休矣》（文学报 2013/3/28）针对的，显然是当下好几种年度“文学排行榜接二连三出炉”，所发出的严正质疑。他问道：谁更值得信任？谁的发布最有权威？谁又有资格代表整个中国文学发言？他断言：发布这些排行榜的，不是某家报社、某个杂志社就是某个学会的几个人，既不见写作者参与也不见读者投票，神不知鬼不觉地搞出一张“单子”来。那么几个人，粗暴而简单地，就把一年来全中国的成万上亿的文学作品用几篇给“秒杀”了，文学之“梁山好汉”的“座位”轻而易举地也给排出来了。由于缺乏普遍性、缺乏参与度和公开性，文学作品不适合排“座位”，于是，他建议：文学作品排行榜可以废黜。石文有为民请命、反文学特权的意味，在我看来，还颇有文学民粹的味道。

那么“几个人”怎么可能利用排行榜，把一年来全中国的无数作品给秒杀了？那么“几个人”是怎样产生的？难道不是文学运动中筛选出来的吗？如果不设排行榜，那么这成万上亿的文学作品就能“生长”得好好的，普遍而亮眼地进入中国读者的视野？石文的逻辑推理是经不起推敲的。应该说“排行榜”在张扬某些作品的同时，也会遮蔽别的一些作品，但那“几个人”显然不具备秒杀成万上亿作品的能耐。即使“排行榜”再密集再公正，也会有遗珠之憾。

文学作品是精神产品，即使一个发育健全的社会，读作品的人都不会多，但社会又需要文学作品，总得有一些人（学者和专业读者）在一些特定的文学园地，以评点评论的方式对当下一些可圈可点的作品进行推介。世界一些颇有影响的大报刊都设有这样的窗口，也意味他们联系着“那么几个”专业人士。而专业人士肯定有着职业良心，决不会我们所想象的大笔一挥，把一个次品升格为正品，把一个正品升格为极品。他们写评介文章当然是个人化（真正的文学都是个人化）的，此个人化的评介却有着专业性而普遍性的效果。当今世界形形式式的各类文学评奖（排名），其实都是起源于“那么几个人”的眼光和胆识，而绝不是包括作者在内的万千读者投票来决定的，某个普通读者的意见被采纳，也说明他建立在一定思想和审美素养上的意见具有专业水平。

任何文学排名（比如年度排名），都不是取自于读者的平均数，而是有其特定的思想和审美侧重或叫倾向，有着“化大众”的作用。像瑞典的诺贝尔文学奖、英国的布克奖、美国的福克纳奖，当然属于一种文学排名，他们之所以能够成为一种文学标杆，就是一代接一代的“那么几个人”不为时风所左右，专业敬业，而不断得到文学界和读者认可的结果。须知，有的排名没有奖金，但由于它的良好声誉，也能给作者带来声誉和意想不到的经济效益。近些年国内也盛行各种文学排行榜，有的是官方的，有的是民间的，有的是半官半民的，其评选规则都各有侧重，尤其是非官方指导的文学排名，更是小心有加，良知评论家在里面起作用是肯定的。当然也有为增加书刊销量即商业目的的“文学排名”。某项文学排名要能持之以恒地挺立于世，要在社会上有良好声誉（形象），关键在于，它亮出的标准是否真正立足于社会现实和精神现实，促进人的和民族的精神建构，是否面向未来，向未来敞开，同时要有“那么几个人”（并不固定）为核心的专业团队。

即使一个社会生态正常的国度（社会），也照样会出现文学作品的“遗珠”之憾，好在时间是公正的，可作些弥补。如［俄］茨普金的长篇小说《巴登夏日》从面世到被追认为“文学史上十大被遗忘杰作之一”，就有着相当的说服力。这部最初以英文出版的小书，在伦敦街头被著名作家、文学评论家苏珊·桑塔格偶然发现。在桑塔格看来，这部小说仅仅被出版是不够的，仅仅意识到它的杰出也是不够的——必须要确立它在文学史上的地位！

《巴登夏日》是一个人（桑塔格）的排行榜。迟到的排行榜也是排行榜。桑塔格是《巴登夏日》的伯乐，以石文的观点，桑塔格属于那“几个人”，神不知鬼不觉地搞出一部“杰作”来，何谈普遍性、参与度和公开性？桑塔格可以休矣。岂不知，在时间的冲刷面前，《巴登夏日》连同作者茨普金、伯乐桑塔格站住了脚。因此，以代表成万上亿被埋没的作品，呼吁文学排行要普遍性、参与度和公开性，心愿也许是好的，可效果往往不靠谱。文学民粹有蛊惑之能量，但不能行之久远。

●【文化观察】

电子书自我矮化堪忧

郑周明

读书这件事在中国如今变得有些奇怪，一方面文明古国文化大国向来以诗书传承为其骄傲，另一方面在当今社会，日趋下降的书籍销量与阅读碎片化颇有日薄西山的景象，但每一次有关阅读调查的新闻又广受关注，而关于电子化阅读的争议，又常常是本末倒置。我们只需思考这样一个现象，即实体书店与实体书有着相反命运，前者被网络书店挤压窒息，后者却并未被电子书重压胁迫。

近日中国新闻出版研究院发布了“第十次全国国民阅读调查”，调查中纸质化阅读与电子化阅读又被放在了针尖对麦芒的架势。电子书是否会取代纸质书这一话题被无限讨论与争议，然而，这个问题与书店的实体化网络化争论一样是个伪问题，电子书与纸质书只是传播介质区别，并不存在根本的涉及所谓阅读危机的问题。对媒介的管理是否有效才是导致这一问题的本源，倘若对纸质书的出版发行也管理混乱，同样横行市场的会是粗糙低劣的纸质书。电子书取代纸质书是否可能以及时间问题，并无多大意义，正如我们讨论电子音乐取代磁带 CD，只是介质的转换，人们照样听歌，照样收集收藏 CD 与黑胶碟，科技的发展带来的是产品体验的细化，这远远超过谁消灭谁这个表象问题。然而,电子书的崛起之所以被认为是一种危机,更大原因是其本身的制作质量以及对行业带来的利弊,这造成了人们认知上的选择,即宁愿相信电子书是个破坏性产物。中国电子书市场的成长率与发布量在2009年便超过了传统纸质书,然而,与此快速增长的量相比,其质并无多大提高。电子书在量上的急速增长得益于网络信息量的爆炸,这些信息量中大部分是毫无价值的信息,是不经挑选,随意上传的信息,它们算在阅读里,是一个误会。而对于经过制作可比拟纸质版的电子书,却因为众多缺点,在国内发展难以形成格局。所以我们会看到一个矛盾现象,实体书店被网络书店挤压得几乎窒息,但纸质出版却并未被电子出版给打趴下。

而这完全是电子书发展过程中自我造成的困境,既无传统出版业来围剿,也非第三方平台的不支持,相反,从传统出版业到作者、读者,都希望电子书能够进入有序发展轨道中,与纸质书同样获得口碑获得效益,即使电子书带走了纸质书一部分读者,但读者总量并未变,从纸质到电子,并不影响出版业的利益,更重要的是,电子化阅读是全球发展趋势,既然阻挡不了不如欣然参与其中,厚积薄发。但问题远没这么简单。电子书在其发展过程中有几大明显原则性失误。

其一,免费策略。应该说,电子书自诞生开始,便是以免费形象面市的,这虽然是国内大环境的一个惯性,但放纵这种行为,无异于慢性自杀。传统音乐市场的教训犹然在眼,到了电子书身上却又不加以注意。电子书初期免费化是一个重大失误,不仅是对原书作者及出版社的侵权,更导致了因免费而产生的电子书制作粗糙低劣,从而形成一个电子书质量不如纸质书的长期观感,从另一方面降低了电子书本身品质及出版效益。这里面不仅是传统出版业的集体沉默纵容,也有《著作权法》的滞后完善导致。在一个市场化不完全多处空缺失效的市场里,每出现一个新生事物,都需要漫长的沉默期和迟钝的反应期,直到它壮大到一个可怕的数字之后,才反应过来，各方关注期望能补救起来，不过往往这种时候，已是消费心理与市场接受处于成型的阶段，再破而立，必然花费极大精力与社会财富。明明国外与国内都有成功或失败的经验放在那里，许多业内人士到后来抱怨监管部门不作为，把问题扔给上面和外面，要我说，出版行业不缺有识之士，有远见之人，缺的是人心思齐，都偏安一隅，等到有危机了再凑在一起商量对策。我们无需再说美国亚马逊公司年出版30万种电子书，与纸质版同步发售，而与此相比，国内因电子书早已习惯了免费大餐，传统出版商想要出版电子版，定价极低都销量惨淡，更何谈同价出售，这就不能怪出版商不愿意让新书同发纸质版与电子版了。倘若不解决盗版侵权及定价问题，不可能有良性的电子书出版秩序，从利益出发，电子书的质量只会一直粗糙不堪下去，但这并不能够让传统出版业感到高兴，你们不做，自然会有人乘虚而入，袖手旁观常常是导致自食其果，想想音乐市场与网络电商发展过程，对传统行业而言，残酷与否只是一夕之间。

日前，亚马逊中国、当当与京东网站又掀起免费电子书大战，它们原本便开始储备电子书战略，与作者签约获得版权，说到这个版权，又是一个问题，传统出版商常常忽略了电子出版这一条款，因此如今作者往往可以分别和不同出版商签不同介质版本书籍，从这点上说，传统出版商需要有应急策略来弥补。由大型网络出版商牵头的电子书战略，至少能够在书籍制作质量与发行渠道上得到一定控制，尽管在书籍质量上，由于定价原因，仍然是大量陈旧版本或是没有版权的古代文本，无法与新书同步发售，难以引起读者兴趣，但仍然是一个有序的开始。不过，最近的免费大战又是一场大闹剧大倒退，亚马逊中国此举可以说是恶意为之，它不仅没有接受其母公司在电子书销售上良好的管理理念，反而迎合国内市场低劣的免费大战策略，让电子书形象又退回到免费层面上，这几乎是电子出版的大溃败，从以百度文库、新浪爱问的免费侵权开始，到电子出版商的免费大战，电子书受到内外夹击，毫无发展空间。

免费在市场经济时代完全可以定义为恶性行为，短期是好处，长远是自杀，免费建立不起正常的制造质量、消费观念与互动合作，免费只能提供粗劣产品和厌弃情绪，免费让侵权行为大行其道，送到读者手里的只能是赝品。

其二是电子版权问题。版权对于纸质书和电子书都是重中之重，饱尝免费痛苦的电子书往往在版权问题上比纸质书更糟糕，除去电子读物因传播快侵权速度远比纸质书高之外，电子书自身的版权问题也纠缠不清，同一部作品往往有不同版本在传统出版商手里，而电子版权又可以单独另签一份，这使得整合电子版权变成一项庞大难以企及的工作，不仅涉及原作者的著作权，还涉及不同出版商的编辑工作的知识产权，不同版本的第三方知识产权等等。三联书店总编李昕先生在谈到这个问题时说“中国和西方国家相比，由于出版产业的集中度较低，导致了版权资源的集中度也较低的情况。以美国为例，在图书市场上，大型出版传媒集团排名前 20 名的占据了 85% 以上的市场份额。这就是说，如果网络出版商能够同这 20 家大型出版传媒集团达成合作协议，就可以获得绝大部分传统纸质图书的网上出版权。但是在中国有 582 家出版社，数千家民营工作室，还有数以百万计的作者，他们分别掌握着数字出版的权利。没有他们的授权，任何网上出版都寸步难行”。

电子书的正规化显然需要细致踏实的工作，抛弃那些大口号，大战略，从源头开始改善，呼吁修改完善版权条款，合并纸质版与电子版的复制权与版本，尽管国内大型出版集团较少，图书版权经过几十年发展早已分散各地，但同样的，一个纸质版对应一个电子版，尊重编辑工作，出版商与作者需要合作的共识即在此处，把纸质书与电子书的出版发行编辑工作看作一种版权，把传统出版商与网络出版商的发行流程也看作是一种工作。作者愿意和谁签电子版权就像纸质版权一样，可以有多种电子版，但首先需要明确是谁编辑校订的版本，内容原创加编辑工作才能形成一个完整的版本。同时,完全遏制免费电子书现象的产生,既然纸质书没有免费版,电子书又有什么理由存在,免费只能是建立在侵害别人付出成本劳动上的行为,电子书仍然存在成本,并且理论上是和纸质书相近的。

电子书需要到达它最适合的位置,在云端参与城市文化创新,随时随地,口袋藏有一座私人精选的图书馆,排放整齐,编订完美,有笔记摘要与即时分享……

也说董桥

金　星

近读《羊城晚报·人文周刊》"文化大家重估"系列之董桥篇，从大标题看，似乎是要就董桥文字的"你一定要读？你一定不要读？你一定要少读？"展开讨论，但从已有文章的引用及采访对象的选择上，却颇有一边倒的轻视乃至贬低意味。好在董桥先生已年过七旬，早就宠辱不惊，更何况他依然健笔纵横，字字句句都是"我写故我在"。若再退一步，在如今这个鼎铛玉石、金块珠砾的时代，一个人的只关乎"风雅"的白纸黑字被一再地"示众"，如不是珍视，至少也是正视，或许该暗自庆幸才对。而报章如此这般的"炒作"，或许也是大有深意存焉？

看上董桥，确是受了1989年4月《读书》上柳苏那篇《你一定要读董桥》的诱导。柳苏是言之凿凿的，又似乎是谓予不信，还特地引用了董桥的《中年是下午茶》一文，当时看了顿觉这样睿智而又精警的表述在国内几乎是见所未见，而那一派沧桑的中年腔调更是再切合不过。因文而人，只要是关乎董桥的，于是就多愿见识。显然他是写中年的圣手，但他也别具只眼地写童年、老年及其他，而且在文风上越来越"删繁就简三秋树"，所以其独存的意味，终因字字珠玑而难以小觑。

纯粹的老派文人是少之又少了，董桥自称"文化遗民"，却是名实相符。有一点值得一说，那就是他拒绝学习电脑，明言"我对新世界没有兴趣"。这使人想起英国小说家赫胥黎在1931年以讽刺的笔调写就的《美丽新世界》，"新世界"的外表尽管"美丽"，科技也尽管突飞猛进，但总体社会文化却显得越来越肤浅和没有灵魂。无可奈何花落去的哀愁或许谁都有，但"虽千万人吾往矣"那样的清醒和坚执，却往往寥寥无几。在落寞与淡定中，董桥式的独善其身便在“沉于文心、潜于艺海”中显得格外冷峭和超拔。所谓“煮字炖句”，董桥更是独有会心并自成一格。他所有的文稿都手写，而且“一般改到七八稿”。近来在行文上，除了不愿意用成语，“有一些句子我故意写得很长，因为不能用标点，用标点就断掉了”。2012 年 4 月，惯于写随笔的董桥由牛津大学出版社出版了他的第一部小说集《橄榄香》。三十个短篇，每篇控制在两千五百字以内，为何如此？董桥说这是他的刻意为之，因为，“台湾、内地的文章都太松了”。至于这些小说的写作意趣，他说是“不写一株老树，只写树上的几片绿叶，不写山中草药，只写云兴霞蔚”。小说家刘绍铭先生由此赞叹道：“这是董桥以文字回呵过往、承担现在的一炉香火。”对文化的传承不知已说了多少年，但真正担当起传承之责的又能有几人？而一旦高人在前，又仅以“遗老遗少”视之，或以皮相的挑剔为能事，就难免悲哀无重数。

鲁迅有诗句“破帽遮颜过闹市”，那里边有悲怆，也有不惮于前驱。董桥也自有其骨子里的伤感，但在表现上却多为优雅与从容，这也自有其底子与底气。从小就饱读诗书，又留学英伦，年轻时听过胡适的讲座，听过林语堂、苏雪林等人的课，痴迷明清笔记，爱读周作人的文章，更与“遗老遗少”过从甚密……如此阅历，左右张顾，能有几人？所以，在回顾自己的为人与作文时，他才会这样说：“我扎扎实实用功了几十年，正正直直生活了几十年，计计较较衡量了每一个字，我没有辜负签上我名字的每一篇文章。”自然，也正因如此，这样的人又往往是自得而又自负的，在评说内地的作家时，他一般只推崇周作人、沈从文、杨绛等人的文字，再往下数，就有些目无余子了。有孤高自许的成分，也自当有着苛评之下的那一种期待。

去年是董桥七十大寿，著名历史学家余英时先生曾为之题诗，其中写道：“少时浮海记潜修，文史中西一体收。下笔千言瓶泻水，董生才调世无俦。”在汉字道性的传承已气若游丝的当下，对董桥那样的文字理该看重，而不应是无知者无畏，或是哗众取宠式的调侃与戏言。

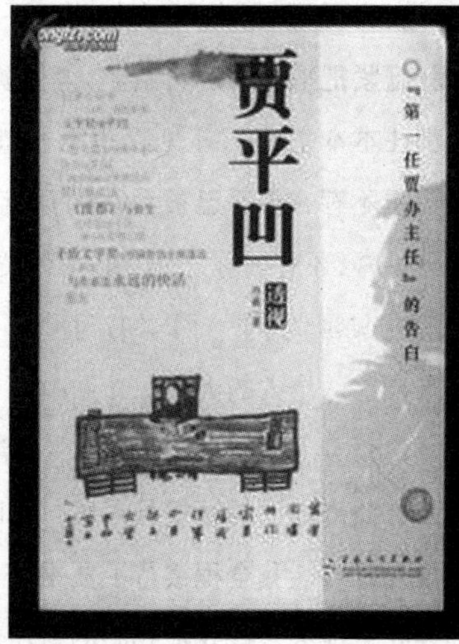

如此“不实”的贾平凹“纪实文学”

健　涛

《文学报·新批评》创刊不到两年,从首期开始至今已对贾平凹进行过三次集中评论;首届《文学报·新批评》优秀评论奖获奖的八篇文章中,就有两篇是批评贾平凹的。可以说贾平凹已经是谈论《文学报·新批评》绕不过去的一个话题。

对于各位评论家批评贾平凹的文章和观点,我认为不乏一针见血的独到之处,对于广大读者和贾平凹本人来说,都应当是一件好事。但是应该指出的是,有的文章批评贾平凹的作品,除了从文本出发外,还把贾平凹的生活经历作为立论的依据。而这些所谓对贾平凹的了解,基本上都是来自几乎泛滥成灾的关于贾平凹的纪实文学中的误读。岂不知这些关于贾平凹的纪实文学,贾平凹本人就很反感,曾多次公开言明写他的书和文章,他“一律不看,文责自负”。被唐小林称之为“一个地地道道的‘贾平凹专业户'"的孙见喜,早在20多年前贾平凹前妻韩俊芳就对我讲过,见喜一进门她就赶紧把平凹书房门锁上,得像防"贼"一样防着他,不然他进去了看见啥都往本本上记。孙见喜也曾抱怨贾平凹"不配合嘛,人家一点也不配合",更不存在似乎已被公认的孙见喜是贾平凹的"御用评论家"一说。除了孙见喜,还有被称之为"第一任贾办主任"的何丹萌,先后有《贾平凹透视》和《见证贾平凹》两本书问世。不熟识贾平凹者对于贾平凹的了解,大都来自这两个人的大作。

1983年夏天,贾平凹由时在商洛地区中心文化馆的何丹萌陪同,来到陕西省商洛地区的镇安县采风。我时任镇安县委办公室副主任,也是一个文学爱好者。我全程接待了贾平凹,为其采风活动提供了种种方便。贾平凹要我带他去一些我最熟悉的村庄,把我最熟悉的东西介绍给他。我便带着他和何丹萌一起,去了我曾经蹲点包队五年之久的结子公社农科站。我和贾平凹与何丹萌去结子公社农科站,受到了人们的热情欢迎和接待,跑遍了结子公社农科站的沟沟岔岔,爬上一些有人家的大坡,在一个名叫杨家洼的山洼里待了好长时间。东家进西家出,和主人聊天,我也就把每一家的情况介绍给他和何丹萌听,前后在结子公社农科站访谈了两天。其中我给他讲了这里的两户人家老婆是相互换了的,各自都过得不错,两户人家的关系也处得很好。贾平凹对此很感兴趣,专门让我在这两家分别安排了一顿饭,吃着聊着,进行了深入的观察和了解。

这两户人家所谓的换老婆发生在20世纪50年代末。一户男主人有一些文化,自学了一些医术,家里生活条件不错,因为成分和父亲新中国成立后被政府镇压,婚事成了大问题。后来,这个人到偏远地方带回来一个女人,总算是成了家。这个女人长相一般,老实憨厚,斗大一字不识,男主人从心里不喜欢。另一户男主人因为脸上长相较差,年龄不小后才找了本大队的一个女人。而这个女人聪明伶俐,不知道当初为什么却嫁给了根本不相配的这户男主人。两对夫妻过得都不顺心。之后都因另生感情,两家人便对换了女主人，双方在默认中各自过起日子，村上人也都不加干涉，认为这样也好。后来公社干部下乡发现了这种违背《婚姻法》的事情，强令各自回到她们原来的家里去。可是公社干部一走，她们又都跑回了新家。经过这样三番五次的折腾，最后公社同意让他们先各自办了离婚，接着又登记了结婚，于是便都名正言顺了。

贾平凹从镇安回到西安后，根据在镇安采风时获得的生活素材，写了中篇小说《鸡窝洼人家》。小说的框架也是一个换老婆的故事，但是时间却在改革开放后的当今时代，故事发生地“鸡窝洼”直接参照了在结子公社农科站的杨家洼的地理环境，其他情节细节则是结合在镇安山区的全部采风所见所闻，把换老婆的故事赋予开放与保守两种思维方式的碰撞，而使之两个家庭重新组合，产生出不同的结果，最终提高了认识，共同走上了致富之路。后来，西安电影制片厂根据这篇小说拍摄了电影《野山》，而后获得了不少大奖。于是，中篇小说《鸡窝洼人家》便成了贾平凹创作上的一个转折点，也成为孙见喜和何丹萌在关于贾平凹的纪实文学中刻意抒写的一个重要内容。

围绕贾平凹在镇安的采风活动，孙见喜和何丹萌都在他们关于贾平凹的纪实文学中进行了比较详细的叙述，意图说明贾平凹是怎样从生活到作品，天才地进行艺术创造的。然而人们有所不知，这两位自诩为在研究贾平凹的文学创作上最有发言权的“权威”，却跟广大读者开了一个天大的玩笑！他们按照自己的逻辑，对贾平凹在镇安期间的采风活动，反过来从小说到生活，进行了演绎式的胡编乱造，欺骗了广大读者，也造成了研究贾平凹者的误读。这里，我以一个亲身经历而最具发言权者的身份，来揭穿一下他们的一次又一次胡编乱造，还事实以本来的面目。

孙见喜距今时间最近的《贾平凹前传》第一卷第十四章《商州逛山》中，关于贾平凹在镇安县的采风总共写了将近 9 000 字，其中前边 6 000 多字写了贾平凹与何丹萌独自去了深山野岭，时间长达五天四夜。详细记述了听到“瘦小娘子”唱山歌、逛“鬼洞”和“玉皇炉”、黑夜里迷了路宿在一座残败凄凉的破庙、发现墙上有“抗日必胜”标语和“五百三十八年”前题于“景泰三年”字样的壁画等等耸人听闻的场景，无一不是搞文学的人十分难得的素材。我可以肯定地说，这些完全都是子虚乌有！何丹萌在《贾平凹透视》中亦有过类似的叙述，只是写了一段与贾平凹两个人“漫无目的乱窜”到一个山洼里，在一户陌生人家吃了一顿十分丰盛的酒席而已。如果确有孙见喜所写的那么多精彩内容，何丹萌又岂能轻易放过？在他们的作品问世之前，全面负责贾平凹在镇安接待活动的我这个县委办公室主任，可是闻所未闻。贾平凹也许在其他地方有过这种经历，但绝对不会是在这次去镇安县，不然贾平凹没见了踪影五天四夜，那还不是要大动干戈寻找的事情，我怎能压根儿不知道？

孙见喜在书中写到与中篇小说《鸡窝洼人家》有关联的结子公社农科站采风，可能是从何丹萌那儿听来的，反正没有向我打听过，听说也不是贾平凹告诉他的。这一段叙述大体上与何丹萌《贾平凹透视》中的记述相同，为了缩短篇幅，我这里只就何丹萌的记述予以逐段批谬。

《贾平凹透视》在写到去村里采风途中是这样描述的：

> 车行15公里后，就徒步进沟，然后爬山。山上的田坎边，有绿油油的桑苗，老马说：这是那年学习湖北罗田县的经验，开展因地制宜的多种经营，就搞起了植桑养蚕。以前这儿的山民，养的是柞蚕，把蚕放在野生的柞树上生长，动辄就被老鸦吃光了。平凹噢噢地点头，边喘气边听讲，不时举目四顾，还欣赏那云蒸霞蔚的好风光……

这一段属于完全瞎编。结子公社农科站现在叫栗园村，至今都没有过绿油油的桑苗，我也没有说过也不可能说那样的话，罗田经验是独立划出生产队办公社农科站，搞科学种田而不是多种经营。这里的山民也没有养过柞蚕，甚至都不知道养柞蚕是怎么一回事。因为贾平凹在《鸡窝洼人家》中写了禾禾栽桑养蚕，结子公社农科站也就成了“植桑养蚕专业村”，“山上的田坎边，有绿油油的桑苗”。另外，结子公社农科站海拔仅400多米，从来没有看见也不可能有“云蒸霞蔚”的风光，那种自然景象是我曾经带领他们去接近山岭上的云盖寺时看到的。

《贾平凹透视》接下来记述了分别去换老婆的两户人家各吃了一顿饭的过程。写到在其中的一家，编造之处不少，但还不太出格：

> 队长家有五间半旧的瓦房，屋内却空荡荡没啥家具，四面墙壁被烟熏得油黑，屋梁上吊下来几串腊肉，许是怕猫糟蹋，而用枣刺围着；刚收回来的包谷和洋芋等粮食，小山一样堆在进门的当地上。屋子很零乱，让人无处下脚，但墙角的一应农具，却十分齐全并摆放得整齐。这对平凹触动很大，后来生发成《鸡窝洼人家》中灰灰这个人物因循守旧只重农耕的细节描写。

这里关于这户人家家里环境的叙述，只有“五间半旧的瓦房，屋内却空荡荡没啥家具，四面墙壁被烟熏得油黑”为真，其余皆不实。镇安县农民盖房是把檩条直接放置在土墙上，没有关中平原房子那种横梁，这户人家的腊肉一直挂在墙上，下边是冬天生火的火坑，猫爬不上光墙，没有必要用枣刺围着。这时候正当盛夏，包谷棒子青绿尚未收获，洋芋早已挖出来堆在里边屋子床下，堂屋此时不会堆放这些东西。另外，这户的男主人不是个因循守旧的人，也不是带头苦干的那种干部，家里农具几乎没有，墙角绝对不会“一应农具，却十分齐全并摆放得整齐”。这里是把贾平凹小说《鸡窝洼人家》中人物回回家里的东西，全都搬到这户人家里来了。

而到了另一户家吃饭，则编造得十分出格。书中写道：

从沟里下来，又专程去那位复转军人家喝酒。踏进这家门槛，可就全然是另一番景致了，舍内窗明几净，室中四面生辉，水泥地板，白灰刷墙，一套捷克式家具用生漆染得明光交盏。往床上瞅，尼龙围帐，太平洋床单，枕头旁一摞书籍杂志。随意翻了翻，文学类有《延河》、《长安》、《十月》、《收获》等等；科普类有《养蚕知识》、《家禽喂养》、《天麻栽培》多样。顺手拿出本《青年作家》，我小声问平凹："看看这上面有你的作品没有？"掀开一页，目录上果然有他的《少不入川》。平凹立即眼睛放光，说真没想到在如此偏僻的山洼也有人读他的文章。

这户的男主人一辈子没有也不可能当过兵，大约只有初小文化程度，除了几本小医书之外什么书都不看，其抱养的儿子此时正在上初中，也不可能读这些杂志。有贾平凹文章的杂志情节，是在去一家地主成分的人家里看到的，也只有一本《青年作家》和几本通俗读物，《延河》、《十月》、《收获》、《养蚕知识》、《家禽喂养》、《天麻栽培》等绝对没有。这户人家屋内是土地面，老式的方格木窗，高挡板的厚门，板柜、床和大方桌等简单家具，皆一律山里人的旧式模样，也不是生漆刷的并不放亮，墙是土墙，黑乎乎没有刷白灰。孙见喜的描写是"墙壁四面装修，水磨石地板，瓷砖砌灶"，"一套西式家具"，"风扇吊灯之类"，"尼龙蚊帐、提花被罩、网络窗帘"。何丹萌让其掉了一个档次，变成了"水泥地板，白灰刷墙，一套捷克式家具"，"太平洋床单"。那时候连镇安县委大院里的房子也只是青砖铺地而没有水泥地板，什么是捷克式家具山里人尚不知道。

接下来还给我瞎编了一段打情骂俏的情节：

精明的男主人提着开水进来……他如今的这位落落大方的妻子跟脚进来，端着两盘水果，前脚进门就跟老马骂上了："你个鬼哟，这多日子死到哪儿去了，也不上洼里来看看？"老马也开起玩笑："哟，多日没来，嫂子你越漂亮了！我经常来看你，怕你那口子跟我打捶呀！”

我在结子公社农科站时，因为受当时极“左”路线的影响不停地抓阶级斗争，人们见我都有点害怕。这户女主人哪敢跟我开那样的玩笑，更何况此时我已是县委办公室的副主任了。孙见喜写我“冷不防用手指在她的腋下捣了一下”，说我讲了“多日没来嫂子你想我了吗？”的流氓语言，何丹萌在这里又让我在语言上更加“流氓”了一些。

在这户人家吃饭喝酒的过程也完全是虚构：

> 说说笑笑之间，酒菜就准备好了。那酒菜也十分便当，咸鸡蛋用大缸腌着，糖板栗用罐子盛着，油炸花生米在碟子现成，看来主人是每顿饭必饮两盅的。我们远道而来，主人拿出两瓶“西凤”，平凹拦住了，要喝自酿的甘榨酒，于是用马勺从小瓮里往出舀。酒盅选用了黑瓷粗碗，平凹和我一时间都成了梁山好汉，连干了几碗方才罢休。临别时，女主人又为我们每人分装了一塑料袋鸡蛋，我们不好意思吃了人家又再拿人家的，女人就说：“哟，几个烂泥巴蛋嘛，不是啥子好东西……”

这里所写的酒菜纯粹是城市或大平原上人们如今的习惯，结子公社农科站的人那时候没有腌鸡蛋的习惯，这户人家也从来没有腌过鸡蛋，花生米更没有，此时板栗即将成熟但还没有收获，上年板栗根本储藏不到第二年，至于糖炒板栗镇安人几乎都不会，也没有吃的习惯，西安城里卖的糖炒镇安大板栗，那是城里人炒的，我在镇安十年，从来没有吃过糖炒板栗。最后所说送给我们每人一塑料袋鸡蛋也是子虚乌有。那天确实喝的是自酿的甘榨酒，酒菜是以腊肉为主炒的几盘子，酒具是铜酒壶铜酒杯，那是山里人最看重的酒具，这户人家有一套，擦得金黄透亮。所谓的黑瓷粗碗结子公社农科站所有的人家都没有用过甚至见过。

撰写有关作家的纪实文学，理所当然地要对照作品，在作家的生活经历中去寻找那些与作品有关联的故事，把这些故事叙述出来，作者自己或提供别人去研究和分析作家从生活到创作的过程，从而探索作家的创造性。这里的关键必须有两点，一个是从生活到作品，而不是从作品到生活；另一个是真实，不得有丝毫的虚构，绝对不能当作小说来写，反之则会把对作家的研究引向歧途。孙见喜和何丹萌这样对照作家的作品，人为地编造一些作家的经历，曲意把它们关联在一起，纯粹是在为自己的书或者文章寻找卖点。

我不敢说孙见喜和何丹萌关于贾平凹的纪实文学中的全部情节都是这么写的，但是从其文字叙述的形式与格调，已经显露出他们是在用写小说的手法在写纪实的东西，虚构和想象超出了必要的底线。已有读者对此提出过质疑与批评，贾平凹也曾对我讲过，孙见喜“看见啥就往本本上抄，凭着只言片语就弄出一大堆来。我啥话都不敢给他说，他啥也不知道，写出来出了问题还要我负责。我弄得里外都不是人，被动得很”。关于贾平凹去镇安县采风的情况，孙见喜是“凭着只言片语就弄出一大堆来”，尚有情可原。而何丹萌是亲身经历者，却也照着孙见喜的路子胡编乱造，这大概就涉及文人操守问题了。因此，我希望所有关注着贾平凹的人，千万不要把他们写出来的关于贾平凹的纪实文学太当真，更不要以此作为评价贾平凹的依据，他们的虚构和编造实在是太离谱了！

（本文所述事实作者自负）

真人秀：如何从平庸复制中脱颖而出
——以《我是歌手》为例

孟　盛

从传统的农村、谍战题材剧到古装宫廷剧，现在抢占黄金档的电视栏目主体再次悄悄变更为真人秀节目。这类变更简直是突如其来，不知道怎么形成的，便开始席卷全国。《中国好声音》、《百变大咖秀》、《我是歌手》、《快乐男声》等节目的一路飙红让专业的导演、编剧直呼看不懂。尤其是刚刚结束的《我是歌手》第一季，根据央视索福瑞全国网络收视数据表明，《我是歌手》首播夺得了收视率1.06%，若换算成具体人数的话，差不多有两千万的观众。若真人秀节目持续高温不下，对传统电视剧的冲击是一次不小的考验。电视行业本身就是一个多元类型的发展，更像是你方唱罢我登台的“擂台赛”，比的是创新和创意！但仔细推敲真人秀的成功机制，可能不仅仅是收视率和广告赞助那么简单了。

拟真对抗演绎

在影视剧这个行业，鄙人以为中国电影基本没有什么发展而中国电视剧却发展得极为迅速,如今热门的家庭伦理剧就极为接地气。“接地气”是更接近于我们生活的很好指向。无论是电影还是电视剧,这些“接地气”依然不够深刻,观众的审美度或者说娱乐精神大幅度提升,随社会不断发展,观众需要的是更真实、更具有结果、更具有视觉冲击力的节目而不是连续剧般的漫长等待。观众看惯了完美的演技,漂亮的演员,动情的表演,这些离他们的生活依然有距离,他们需要的是舞台和自己的人生一样,需要有错误,需要有滑稽的表演,需要有失败。在这个前提之下,真人秀节目就有了自己的标签——即时性(真)、冲突性(人)、游戏性(秀)。我们可以看到无论是之前的《加油,好男儿》还是现在的《我是歌手》,它们更强调的是PK,是颇具残酷意味的对决。哪怕是再出色的实力唱将只要在本场竞赛环节发挥失误就遭到淘汰。因此,真人秀不光是在“秀”上,更是在“真人”的冲突上。比如《我是歌手》决赛的七位选手,都是早已成名的歌手,每位歌手都极具实力冲击最后的“歌王”。这种真实的代人感甚至还延续到了赛后观众对于最后“歌王归属”的议论。真实对抗演绎,它的群体不仅仅是舞台参与者更是观众们的参与,尤其是前些年《超级女声》观众的直接参与(利用短信投票)可以决定一名参赛者的去留。

创意对抗平庸

这是一个创意为王的时代。当一窝蜂的选秀节目开始在各大卫视播出时,湖南卫视的《我是歌手》为什么会成为一个重头戏?按理说观众的审美会疲劳,比如说红极一时《我型我秀》办了几期就无法施展,“快男快女”隔年一办也都在日渐式微。《我是歌手》胜在创意上。组委会自身定义为“中国首档顶尖歌手音乐对决真人秀”。如何做到最顶尖?最顶尖的音响设备,最顶尖的规模制作,最顶尖的观众陪审团,最关键的还是最顶尖的音乐歌手,拒绝过多煽情也拒绝无数的草根演绎,只是为了音乐而音乐,知名歌手也能 PK,歌手也可以淘汰,歌手不是歌神而是追逐梦想的音乐人。选择明星而不是草根,把《我是歌手》与其他真人秀节目区分开来。

这种创意性更体现在形式上,可以看出《我是歌手》每期形式都在变。每当一位歌手淘汰,另一位替代歌手直到上场之前任何人都不知道他(她)是谁?为了增加更大的悬念,节目组用足心思。淘汰赛采取抽签上场的形式,规定演唱曲目,到了半决赛抽签顺序不事先通知歌手而是直接由主持人通知上场,决赛部分更邀请知名歌手来帮唱。创意的形式不仅体现在选手还有观众,《我是歌手》最后的决赛在全国万达影院也同步上映,观众可在电影院欣赏到电视节目,实属罕见。在网络社交方面,《我是歌手》也不落后,QQ 空间、微博等平台同步更新,观众、粉丝可通过 APP 直接进行节目的评论。形式多样化、创意化对一般类型的选秀节目是一次突破。

观众本位意识

《我是歌手》的投票几乎全部来自在场的五百位观众。这些观众具有一定的音乐素养而专家只作点评不参与投票,到了决赛阶段,歌王的选举极为复杂,半决赛占总成绩的 40%,决赛两轮,各占 30%。此外还有复活赛等。这些措施显示节目组对观众"真诚"二字。节目总导演洪涛表示:"真诚是这个节目的最大特色,我们不仅用真诚的态度唱歌,用真诚的舞台呈现最本色的音乐,用真诚的节目回馈一直支持我们的观众,也希望得到最真诚的评价和反馈。"不是为了哗众取宠也不是凸显经济利益而是把观众放在本位,这点对于真人秀节目很重要。同类对比,同样来自湖南卫视接档《我是歌手》的节目《中国最强音》第一季就遭到诟病,它有庞大的前期宣传,它有最一流的音乐导师,可是看看专家的评论,云南电视台台长赵树清表示:"不是所有洋模式都一定成功,所谓的最强音差强人意,制作粗糙,浪费资源,接不上《我是歌手》。"编剧俞白眉:"这节目其实不应该叫中国最强音，少一字儿，最字后面少了一个勉励的‘勉’字！”接档节目为什么遭到如此批评？细看《中国最强音》，发现节目用太多的镜头渲染四位导师的风采，甚至在选手演唱当中还有插播导师的桥段，选手则真正做到“草根”甚至不如 KTV 的演唱水准。剪辑也显得凌乱不堪。不过，节目组已经开始有所调整。我建议其着重引入“观众本位”这个概念。

未来：想象力的终结？

我始终对真人秀的“真”保持一定距离，所以在第一个小标题中选用“拟真”。包括《我是歌手》等节目通常是从国外买到版权再进行播映。这个带来的好处是可以迅速征用国外的模式，同样带来的弊端导致自身原创力的不足。一个原创力不足的节目很难达到严格意义上的“真”。真人秀到底是想象力的再创造还是终结，这个问题值得专家和节目组的思考。总之，电视真人秀的时代已然进入了成熟竞争期。

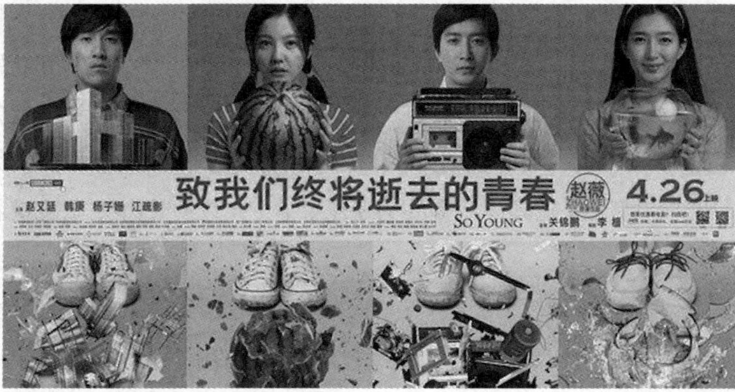

《致我们终将逝去的青春》：青春残酷物语

里 昂

凭借在电影圈混迹多年积累起来的颇广人脉，赵薇的导演处女作一经出手便不同凡响。关锦鹏监制，著名编剧李樯亲自操刀改编剧本，还有一帮圈内朋友的友情客串，集众前辈的宠爱护身使得这部处女作更加显示出一种底气十足的自信姿态。

如果按照类型划分的话，《致我们终将逝去的青春》（以下简称《致青春》）应该算是一部青春片。在目前大陆电影的创作环境中，青春片这一题材类型还没有形成像台湾、日本、韩国等国家和地区比较稳定的电影类型，至今还比较匮乏。《致青春》的出现很大程度上归因于导演赵薇对于这一题材的熟悉。七六年出生的赵薇刚离开校园生活也不过十多年时间，并且去年刚从北京电影学院导演系艺术硕士顺利毕业，所以，还夹着青春尾巴的赵薇对于校园生活，或者是对于青春的留恋与回忆是保持着新鲜感的。青春的年少轻狂，爱情的懵懂渴望她都感同身受过。在《致青春》中，导演赵薇将童话的梦幻与想象，青春的悸动与张扬，爱情的美好与感伤，现实的无奈与苍凉，共同交织构成了一则青春残酷物语。

90年代初的大学校园，炽热的阳光透过密布的树叶挥洒在一张张朝气蓬勃的青春脸庞上，一股青春气息如同一缕清风迎面扑来。学长在新生开学时对漂亮学妹大献殷勤，学生社团活动的如火如荼，学生在文艺晚会上高唱激情澎湃的《红日》，学生宿舍内张贴的电影海报《阮玲玉》等等，无论是服装、发型还是道具，影片都尽力还原了那个年代的时代氛围，充满着怀旧气息。

影片的叙事经历了十多年的时间跨度：从校园生活一直到社会生活。而这前后两部分叙事却呈现出了两种截然不同的影片基调。在前半部分的校园生活中，导演以较为轻松活泼的笔触去描写青春期男女的爱情、友情，充满了童话般的美好幻想。影片在开始部分运用了一些童话故事的拍摄手法描写女主角郑微（杨子珊饰）的美好想象，如同童话故事里灰姑娘穿上了心爱的水晶鞋那般美好。然而，在影片后半段，导演却打破了这种“乌托邦”式的美丽幻想，改以一种更为理性冷峻的笔触去摹写现实的种种苍凉与无奈。梦幻破碎的这种前后反差刺穿了现实的种种虚伪，更折射出了现实的残酷与无奈，冰冷刺骨。

或许，这是导演赵薇的个性使然。赵薇虽为女性导演，拥有着女性导演的细腻温婉，影片前半段的小清新风格可以为其证明。然而，在她身上却始终流淌着“小燕子”叛逆与不羁的血脉，这种血脉会促使她以一种更为冷峻与现实的角度去处理现实题材。“爱要狠狠爱，伤要狠狠伤”或许就是“小燕子”借赵薇之口最想表达的青春爱情宣言吧。

在影片中，我们很容易能够看出导演赵薇对待爱情的态度。总的来说，导演对于爱情的态度是比较悲观的。女主角郑微先是被自己青梅竹马的男友林静（韩庚饰）抛弃，接着又被大学里的恋人陈孝正（赵又廷饰）所伤害；阮莞在其男友一系列不负责任的行为过后选择分手，在准备与别人结婚时，却为了见前男友一面而遭遇意外车祸；黎维娟最终嫁入“豪门”，成为两个孩子的后妈。几乎影片中的所有爱情都以一种残酷而带有一丝悲凉的凛冽收场,没有对于爱情进行任何“乌托邦”式的童话建构。影片中的“女人们”大多成了这场爱情游戏中的受害者,而影片中的“男人们”也承担起了施害者的角色,成为这场爱情游戏中伤害“女人们”的罪魁祸首。唯独包贝尔饰演的张天然在影片最后为阮莞坟墓献花时,观众才明白那长达十余年的暗恋,为这部充满悲观爱情的青春电影增添了一抹温暖与一丝亮色。

作为一部学院派作品,无论是从影片的整体结构还是风格类型的把握上,导演赵薇都算是交了一张优秀的答卷。然而,影片在一些细节处理和人物性格刻画上还是有些美中不足的地方。影片开始慢镜升格镜头对于阮莞的“女神”形象有些过度渲染,一开始许开阳等人对阮莞大献殷勤,之后却喜欢上了郑微,转变有点着急;郑微的性格铺垫太薄,一开始挺正经一姑娘,后来却太过疯癫,为爱痴狂,在晚会上唱《红日》,上演 90 年代的女追男,显然有点过火。而郑微与陈孝正由欢喜冤家到甜蜜爱人的转变也不是太令人信服。

无论你是正在经历青春,还是青春不再,《致青春》都为观众提供了一个缅怀青春的机会,青春就是用来回忆的,致我们已经逝去或终将逝去的青春。

《娘要嫁人》：捡了长度丢了深度

周思明

由严歌苓担纲编剧的电视剧《娘要嫁人》，近期在各地卫视隆重推出，该剧讲述蒋雯丽扮演的"寡妇"齐之芳带着三个孩子一路坚强为生活拼争，并执着追求属于自己的真爱。蒋雯丽说，几年前与严歌苓的一次闲聊中，便有了《娘要嫁人》这个原创剧本的约定。《娘要嫁人》是个悲剧，它是一个据称是有历史感的史诗般的悲剧，剧中，齐之芳这个人物虽有悲剧的命运，但她用乐观的精神来面对这一切，这恰恰正是严歌苓力图使笔下人物具有较为厚重的人文精神的主观努力之处。

严歌苓的作品，无论是对文化魅力的独特阐释，还是对社会底层人物的关怀以及对历史的重新评价，都折射出人性的哲思和鲜明的批判意识。只是，这部《娘要嫁人》电视剧，由于涉及了当前电视剧创作的某些带有共性特征的问题，遂引发了人们的议论兴趣，也让笔者感到有话要说。

公正地说,《娘要嫁人》对于历史表现的基本诚意是具备的,整个电视剧的骨架也是结实的、牢靠的。只是,在一些历史的细密处,编剧、导演以及演员们出现了不该有的马虎,结果导致了观众和网友的质疑;还有,就是为了影视剧的长度(它的背后显然是注意力经济的唆使),编导演们为它注入了太多的水分,“三十集的剧情足足拍了五十集”。其实,在我看来,自打文艺进入市场经济体制这条快车道以后,类似《娘要嫁人》所犯的毛病,在其他历史影视剧中都十分明显地存在着。换言之,这不是一个偶然的个案,而是带有一定普遍性的共性问题,应当引起我们的影视剧创作者们的关注。

据说,此番严歌苓创作剧本,是在小说之前。耐人寻味的是,在收获主演和某些媒体一片赞扬之声的同时,电视剧《娘要嫁人》也招致了一些观众和网友的吐槽。有网友甚至说,齐之芳的“三个儿女个个都是混蛋级的”。齐之芳一生都在为子女奉献,她的感情总是与儿女利益挂钩,但她因正常恋爱而受身边同事亲戚的非议,连孩子都不能理解。三个儿女简直个个都很刚愎自用,以自己的意志逼迫其母亲:追求自由恋爱的大女儿二毛逼迫自己的母亲去嫁个手握实权却无关感情的老头;儿子狠狠痛斥她是“对陌生的男人卖笑”,而到涉及切身利益时又让妈妈去周旋;他们所做出的各种不合逻辑违反人性的荒谬举动让观众看了都感到厌烦,有网友直接批评,“小时候逼妈嫁给有权势的人,成家后更把妈妈的婚姻当成捞钱捞关系的工具”,“一个个都自私又势利,养孩子可真难”。很显然,这是编创为了电视剧的热闹,刻意制造的矛盾纠纷,这样的刻意所导致的后果,就是令人厌恶,违背常理,将人情、人性、人味搞得异化和变态,它们很难经得住理性的推敲和考验。

有道是萝卜快了不洗泥。也许是为了大干快上尽快赚到名编剧名演员加盟的市场热钱,《娘要嫁人》罔顾历史细节的真实与否以及观众的鉴赏能力,以至于让好几颗老鼠屎坏了一锅汤。按说一部影视剧作品应做到起码的真实，因为只有观众感到了真实，才能使剧作具备打动人心的力量。遗憾的是，《娘要嫁人》有些细节出现了不该出现的错讹和硬伤。比如1962年时街道边的墙上出现珍宝岛事件（1969年）后才有的标语。为了表现齐之芳生活的不易，也为了说明她与自己不喜欢的男人交往是迫于生存所需，剧中经常出现她的三个孩子喊饿、自己吃窝窝头果腹的镜头。实际上，只消稍做考证就可知道，按当时话务员工资标准和消防员的抚恤金标准，以及当时的物价标准，齐之芳的生活决不至于沦落到如此窘迫的地步。这些看似琐碎的轻量级错误，虽然看似无伤宏旨，但会让细心的观众产生不真实感，因而必然削弱剧情的感染力。

更匪夷所思的是，该剧多处出现反差很大甚至自相矛盾的镜头和细节：刚刚齐之芳和仨孩子在娘家与嫂子因吃饭的事儿吵得不可开交，马上她便在情人小戴的车上唱起了俄罗斯民谣且欢声笑语（这在当时似乎也是与国家反"苏修"的政治形势压根儿不符）。齐之芳的三个幼子和小戴叔叔在一个大盆里洗脚讲童话故事、大女儿晚上偷糖吃等等细节可以冗长到5分钟，所谓的长镜头从头到尾事无巨细，如此这般的"温馨场面制造"怎么看都有点刻意为之。全剧所使用的电视艺术杀手锏无非是，有事纠缠事，没事找点事，孩子事，家里事，男人事，单位事，总之一直在玩一个七扯八拉的游戏，直到齐之芳老了、黄了、魅力不再了，主创这才"卒章显其志"，托出全剧之结果。这与其说是编导安排材料的失控，不如说是为了长度而放弃了深度和厚度。

与当下不少电视剧罹患同样的毛病，《娘要嫁人》被指"反反复复让人无语的剧情"注水无度。其实，这部电视剧用一句话便可说得清楚：一个寡妇和三个男人的情感纠葛，而三个儿女百般阻挠让娘嫁不出去，直到娘人老珠黄方才放手。剧情冗长，推进缓慢，难以进展，齐之芳在几个男人间纠缠不休，扯皮拉筋，对话啰嗦，网友怨声载道，"三十集的剧情足足拍了五十集"。"看前十集后，出去玩十天，再看后十集，都能接上"。还有人半是戏言半是认真道：若不是看在蒋雯丽的面子，剧播出一半观众怕要集体暴动抗议了——齐之芳何德何能，竟让三个大男人为她要死要活追了半辈子？这种人为地制造爱情噱头的做法，很不自然，甚至不无矫揉造作，也缺乏现实生活理由。不如像《芙蓉镇》、《山楂树之恋》，将爱情写得单纯一些，反倒显得真实可信，感人至深。

进入互联网时代，影视剧创作已然不同于一切出版物，它们和戏剧一样，属于三度创作。一度创作当然是剧本，二度创作是在荧屏或银幕上的演出；不要以为上映了便可完事大吉，殊不知还有三度创作，即银幕或荧屏前的观众参与。观众与演员虽未像戏剧那样面对面交流，但在观看之后，他们一定会通过各种方式发表自己对作品的意见和看法。所以，《娘要嫁人》这部作品好不好，不能只听某些媒体或主创方怎么说，尤其要看观众和网友怎么说，这就叫“兼听则明”。对于主创方来说，唯有闻过则喜，常思改进，才能在影视市场竞争中立于不败之地！

欢迎"上海文学"的睡虎醒来
——评夏商《东岸纪事》

郜元宝

■ 夏商写浦东,不急于融入经典化了的"文学上海"。他野心不大,就想为消逝了的浦东树碑立传。但既然上海吞并了浦东,就不得不"被迫"消化浦东。问题是"上海文学"既有的想象模式并不那么容易消化(同化)夏商笔下粗暴野性充满血气的浦东平民世界。

■《东岸纪事》的意义在于凭借对浦东平民生活大规模成功描绘,以群像矗立的浮雕效果和粗犷奔放的叙述风格,冲破了50至90年代上海文学囿于浦西城区的空间想象,接续了现代作家开阔自由的空间意识。

夏商长篇新作《东岸纪事》背景是60至90年代浦东,主要写到川沙南码头、六里镇、艾镇和毗邻的南汇,重头戏是"拉三"(女流氓)与黑老大的故事,但辐射开去,竟一口气写了十多个平民家庭五十多位小人物在浦东开发前的命运沉浮,其中一些人的遭遇还上溯到50年代云南西双版纳,历史画面壮阔而深邃。

因为浦西几个区跨到浦东，60至90年代的浦东除了农民，也有上海市民、工人和征地后的“农转非”与合同制工人。一些浦东人工作在浦西或在浦西有房产，亲戚朋友在上海的就更多，这便造成临近黄浦江的六里等乡镇农村户口与城市户口混居现象，当地浦东话也接近上海话，不同于浦东腹地其他乡县。南码头、六里镇及周边地区是上海和浦东结合部，这里的浦东人和上海有千丝万缕的联系。尽管如此，把他们当“上海人”来写，写得如此规模宏大，在整个上海一地的文学史上还是第一次，夏商也因此成了在文学上开垦浦东这块荒地并改写上海文学版图的首创的功臣。

女主角乔乔形象的成功塑造是一个重大收获。她洁身自好，勤学上进，美丽自信，却被“小螺蛳”用掺了迷药的一碗馄饨夺去贞操，人生道路从此陡转。但乔乔并未沉沦，而是生出强烈的复仇意志和另谋出路的筹算。她主动委身给明知无结果也不会担责任却纠缠不清的南京诗人邵枫，是可怜诗人，让他“心理平衡”，也是要和不切实际的理想挥手告别。她离开家庭躲到南汇乡下打工，和劳教所“唐管教”同居，有欣赏报恩之意，也夹杂着绝望中希求安稳的心理。等到被青梅竹马的邻居马卫东寻回，很快下嫁给他，也是知恩图报和希求安稳。但她发现懦弱的马卫东无法帮她在险恶环境中立足，就坦然与黑老大崴崴私通，这除了满足情欲，更是欣赏崴崴的硬气，要借他之手除掉“小螺蛳”。崴崴父母因乔乔丧失生育力歧视她，崴崴也逐渐移情别恋，乔乔最后的离开绝不拖泥带水。她结束和马卫东的婚姻并非毫无留恋，还掺杂着对马卫东父母和姐姐居中挑拨的不忿，可一旦发现闺密娟子乘虚而入，俘虏了马卫东，就很快原谅娟子，接受她在崴崴开的饭店请的那顿意在谢罪的饭。这一笔直追古人：《傲慢与偏见》一段经典叙事，也是写主角伊丽莎白原谅了闺密卢卡斯小姐，后者看准时机，人弃我取，与惨遭伊丽莎白拒绝的乏味透顶的柯林斯先生闪婚。乔乔先前原谅《嚼蛆》诗社浅薄自私的任碧云，同样出于爽快旷达的个性。最后与“小开”

结合,因他并不令人讨厌,真心崇拜她,此时一个成了“拉三”,一个是刑满释放的流氓,正好相依为命,何况“小开”做副镇长的舅舅侯德贵还能为乔乔新开张的饭店保驾护航呢。夏商贴着乔乔的故事,追踪蹑迹,一路照实写来,不赞赏,不指责,唯有同情与怜悯。他不把人物当牵线木偶操纵,任由他们自行其道,过去作家赋予人物身上的各种先验光环一一脱落,人物以本来面目跃然纸上,格外显得新鲜活跳。

小说“下卷”荡开一笔,写崴崴父母柳道海、刀美香年轻时在云南的生活,有点破坏结构均衡,写浦东动迁,穿插1989年上海甲肝暴发和陆家嘴轮渡踩踏事件,也过于琐碎,但牵出“大光明”、侯德贵、“老虫绢头”三个活宝,足以弥补结构枝蔓的毛病。夏商写这三位,和写乔乔一样,皆运斤成风,涉笔成趣。柳道海、刀美香在版纳浓情蜜意,千辛万苦办回上海却成了“死夫妻”,最后因动迁要一致行动,感情才有点恢复。自命风流而豪爽仗义的大光明,弄权而不乏真情的侯德贵,凭色相诱人但也有情有义的老虫娟头,写这些平凡男女情感与命运轨迹,颇有点鲁迅评《海上花列传》时所谓“平淡而近自然”。他写“唐管教”够立体了,又写了一个同样立体的片警王庚林。妻子中毒身亡没几天,王庚林就去找并不怎么喜欢的寡妇顾邱娘寻欢,而当那些被邱娘儿子小螺蛳陷害的姑娘们来告状时,王庚林既要保护小螺蛳,又没忘记趁机狠敲老相好顾邱娘一记竹杠。他和派出所同事、老姑娘林家婉结婚也非常实际,“我是找个伴,你是赶紧嫁掉省得爷娘啰嗦,正好你当资料员,两本户口簿并成一本很方便”。可当勾引她女儿王月颖的技校政治课老师吴云朝迫于压力自杀,他却相信这个已婚男人真为他女儿殉情,临死还保护了女儿,因此宽恕了他:这都很像李劼人《死水微澜》那种不加褒贬、不动声色的写法,也如清人评点《儒林外史》所谓“直书其事,不加断语,其是非自见”。

在我们熟悉的一些上海文学中,人物上场没走两步,读者就知道作者怎么看他们,或希望读者怎么看他们,这样随意揉捏的人物很难有血有肉。

面对汹涌而来的浦东平民群像，上海文学以往各种模式都无所施其技，只能仰仗夏商扎实而粗犷的讲述。乔乔、崴崴、仇香芹、刀美兰、大光明、唐龙根、侯德贵、老虫娟头、小开、顾邱娘、小螺蛳以及崴崴那些黑道手下们，大概属于鲁迅所谓“辛苦恣睢而生活”的一群，柳道海、车建国、马卫东、金六六等则可归入“辛苦麻木而生活”的一类，他们个个有自己的逻辑，哭着笑着向你走来。他们的故事充满强暴、无奈、邪恶、堕落、愚蠢、残忍、野蛮、不被同情的饱满的烦恼、无人援手的深邃的痛苦、令正人君子皱眉的恣肆的快意，但绝无过去上海故事中常见的隐忍、猥琐、躲藏、阴暗、腐败、算计和狭邪下作。

长期以来，“文学上海”在地理空间上与浦西城区以外的郊区和周边乡县(包括浦东)关系不大，基本局限于孤岛似的海上繁华之地。孤岛外的周边地区在90年代以来偏于“怀旧”或“欲望叙事”的“上海文学”中处于黑暗状态，孤岛之内曾被现代左翼作家探索过的平民和革命者以及新中国成立后工人和普通市民也往往付之阙如。70后、80后新生代作家展现自己一代人的生活，几乎无例外地先要斩断与祖辈父辈的联系，这也遮蔽了90年代以来上海市民的真实生活图景，结果和偏于“怀旧”及“欲望叙事”的都市小说一道，汇入各种文化政治力量催生的想象空间——以“消费”、“财富”、“摩登”、“异国情调”、“情色”、“欲望”、“竞争”、“阴谋”、“跨国资本”、“冒险”、“游戏”为主导的“国际大都市”、“东方巴黎”、“十里洋场”、“租界”、“咖啡馆”、“舞厅”、“片场”、公寓、弄堂，其间出没的是才子佳人、前朝贵族、工商巨子、寓公、阔太、外侨、仆佣、混血儿、间谍、流氓、白相人、老克勒、嫖客、妓女、姘妇、政客、伶界明星、南下干部、红后代、白领、小资、遗产继承者、特权和食利阶层——似乎这才是“真正的上海”。

这种上海想象不仅使上海成为孤岛，还把偶尔映入眼帘的周边乡镇一厢情愿地涂抹一层上海情调和上海色彩，就好像把鲁迅的未庄或茅盾的林家铺子一律“上海化”了。《长恨歌》中王琦瑶外婆家“邬桥”就是上海气息笼罩下的上海的影子与附属品。在成为孤岛的上海内部，也排除了占城市人口绝大多数的平民，反复描写的是殖民主义与后殖民主义逻辑所构筑的富贵、冒险、悬空、奢靡、洋泾浜、西方化、颓败、感伤、奇特的上海形象。上海的参差不齐百态共存的历史与现实被温柔而粗暴地敉平。

这样获得的上海形象并非不真实，它无疑也是现代上海文化空间重要组成部分，这方面的开掘已经为上海乃至中国文学创生了相对成熟而流传有序的一个传统，涌现出许多优秀作家。目前来看，它还有足够的发展空间，许多有才华的作家还将继续效力于此。但这也仅是上海想象的一部分，倘若以偏概全，不及其余，上海文学可能或应该描写的上海将永远是被压缩被扭曲的一种奇特景观。

夏商写浦东，不急于融入这种经典化了的“文学上海”。他野心不大，就想为消逝了的浦东树碑立传。但既然上海吞并了浦东，就不得不“被迫”消化浦东。问题是“上海文学”既有的想象模式并不那么容易消化（同化）夏商笔下粗暴野性充满血气的浦东平民世界。这个世界闯入上海文学既有的形象构图，也唤醒长期被漠视的浦西城区居民主体，他们和浦东平民“分形同气”，一旦汇合，犹如孙悟空钻进铁扇公主腹中，毫不客气要打破以往所编织的由浦西某一地域某一历史时期某一特殊人群的文学形象一统天下的神话。

许多上海作家都曾走出上海，写到“外地”和附近“农场”，如王安忆《长恨歌》、《遍地枭雄》、《上种红莲下种藕》等大量作品，里程《穿旗袍的姨妈》、《气味》，西飏《河豚》、《向日葵》、《夜色蝴蝶》，金宇澄《繁花》。这样频繁“外出”透露了上海作家不甘蜷伏于都市的狂野的心，但文学趣味不曾因此而改变，还把无远弗届的“上海气”携带到外地和近郊，覆盖一切所经之地。

当代上海作家笔下人物偶尔“外出”，现代作家写上海人则经常“穿城而过”。郁达夫《迷羊》、《她是一个弱女子》穿梭于杭州和上海、上海与安庆之间。《春风沉醉的晚上》男女主人公“我”是喜欢“夜游”的作家，女工陈二妹主要活动空间在杨浦纱厂，亭子间只是被迫栖息之地，他们的心不被上海所围困，更无《长恨歌》所谓“上海的心”。茅盾《蚀》三部曲(《动摇》、《幻灭》、《追求》)从武汉、江西一路写到上海，《子夜》以上海为中心向周边辐射。即使沉湎于浦西城区的“新感觉派小说家”也常涉笔市区以外(如施蛰存《春阳》、穆时英小说集《南北极》和《公墓》中许多作品)。张爱玲早期短篇写上海总有香港做对照，正如小说《封锁》篇名所示，其相对封闭的空间想象与战时孤岛特殊地缘政治有关。40年代末50年代初根据短暂外地生活经历创作的《华丽缘》、《秧歌》、《赤地之恋》则由外地写到上海或由上海写到郊县，境界顿时开阔。徐訏30年代名作《鬼恋》和战后风靡一时的《风萧萧》中，上海只是人物诸多停靠站之一。有“流浪汉体小说”之称的钱钟书《围城》更把上海置入全国乃至国际空间打量。现代作家笔下的人物在上海来来去去，进进出出，落地生根、乐不思蜀的现象并不多见。

一头扎进浦西城区不出来的也有，那是《海上花列传》开始，中经周天籁《亭子间嫂嫂》和大量“小报文学”构筑的广义的“狭邪”传统。“狭邪”传统碰到50至70年代依托行政区划和户籍制度所开辟的将上海孤立起来的写法(如周而复《上海的早晨》)，二者交相为用，逐渐使上海成为文学想象的封闭空间。这是现代作家(包括号称专门写小说给上海人看的张爱玲)做梦也想不到的。80年代复苏、90年代热闹起来的“上海文学”就在这个封闭空间打转，即使许多作家频频“外出”，即使许多作家刻意经营某个“次中心”和“近郊”，如殷惠芬、竹林、彭瑞高的松江、嘉定，张生的五角场，张旻的安亭，也无力撼动以浦西城区为中心的空间想象模式。

《东岸纪事》的意义在于凭借对浦东平民生活大规模成功描绘，以群像矗立的浮雕效果和粗犷奔放的叙述风格，冲破了50至90年代上海文学囿于浦西城区的空间想象，接续了现代作家开阔自由的空间意识。

夏商笔下的浦东不仅是浦西城区一个参照，也是浦西城区被半个多世纪政治文化遮蔽的本我的一部分，这让我们认识到“上海人”本来就是跟“外地人”一般无二的“中国人”，浦西人、浦东人、上海人、外地人、中国人，生活记忆、文化习俗、活动空间、气质心性纵然有所不同，但“横竖是水，可以相通”。上海人“宁有种乎”？无非就是少数本地居民和大量外来移民的混杂，像“傣族公主”刀美香和上海知青柳道海这样来自外地或经过外地生活洗礼又回到上海的“新浦东人”/“新上海人”，比比皆是。《东岸纪事》成功解构了似乎“从来如此”的狭隘凝固的“上海人”概念，为上海文学带来一种粗犷凌厉的精神风貌。

血气的上海或上海的血气，在弄堂、公寓、单位男女被压抑被消磨的生命中也会偶尔爆发，但一闪而过，不成气候。只有到了夏商笔下，在迟至90年代初尚未开发的浦东平民生活庇护下，这才连成一片，蔚为壮观。野性、血气、血色，对“上海文学”来说多么陌生！但有了夏商，这些概念变得真实了，“上海文学”从此具备足以和外地文学佼佼者相颉颃的生命元素。

所以夏商并非上海文学的异数，亦非从外面突然闯入的他者，他属于被规训已久的上海文学内部的睡虎家族，这个家族在中国文学的“现代”时期非常活跃，50至90年代一度沉睡了，现在应该张开双臂欢迎他们醒来，其咻咻的吼叫，让我们想到外面，想到远方，也听到自己里面怦怦的心跳。

文学批评的伟大典范

——写在别林斯基逝世 165 周年之际

李建军

■ 用较高的尺度来衡量，我们时代的文学批评，并未达到令人满意的成熟状态。假如我们的批评家都能像别林斯基那样热爱真理，那样严格认真，那么，我们时代的文学风气一定会更好，我们的作家也不会因为批评家的无原则的夸赞和纵容，而在写作上肆无忌惮地粗制滥造。

■ 文学批评的直接客体对象是作品，直接主体对象则是作家。文学批评则是主体之间经由作品展开的对话和对抗。以开放的态度承受他者的批评，以对话的姿态回应别人的质疑，是每一个参与公共生活的现代公民的社会义务。

20 世纪中叶，德国学者马克斯·本塞曾经写过一篇题为《批评与论战》的短文，冯至先生将它译了过来，发表在 1944 年昆明出版的《自由论坛》上。这篇文章的作者认为，应该将“批评”与“论战”区分开来，因为批评家区分作品的真伪，评定它的价值，而论战家则以宣示和捍卫真理为己任，“热情饱满，思想充沛，同时对人类有强烈的爱，他的生存是有血有肉的。所以一个论战家的态度必须是道德的”。

这样的区分，其实并不很科学。因为，在批评家与论战家之间，并没有泾渭分明的界线。第一流的批评家，如别林斯基、勃兰兑斯、鲁迅、乔治·奥威尔，往往都具有论战家的道德姿态和精神气质。克尔凯郭尔说：“生产者、新的创造者，永远需要场所，所以他是战斗者。”事实上，批评家也需要有“战斗者”的精神，因为，只有具备了这种精神，他才敢于坦率而尖锐地表达自己的意见，才敢于颠覆固有的文学秩序，才敢于向文学界的权威们发出尖锐的质疑。

用较高的尺度来衡量，我们时代的文学批评，并未达到令人满意的成熟状态。我们缺乏“论战家”型的批评家，缺乏把文学当做圣物的纯粹态度，缺乏求真的热情和面对问题的勇气。我们把人情世故和利害得失，置于文学之上，害怕得罪人，害怕人家说自己苛刻和不厚道，因此，在展开批评的时候，便畏首畏尾，患得患失，就像刘知幾在《史通·直书》中所批评的那样：“宁顺从以保吉，不违忤以受害也。”

要想改变文学批评的现状，就需要在我们的意识里注入敢于质疑的勇气，就需要在我们内心培养善于“论战”的能力，就需要包容和鼓励像别林斯基一样具有“论战家”性格的文学批评家。假如我们的批评家都能像别林斯基那样热爱真理，那样严格认真，那么，我们时代的文学风气一定会更好，我们的作家也不会因为批评家的无原则的夸赞和纵容，而在写作上肆无忌惮地粗制滥造，而陷入一种沾沾自喜、莫予毒也的幻觉里。

那么，别林斯基到底是一个什么样的批评家？在他的批评里，有哪些东西至今依然像金子一样闪光和宝贵，依然值得我们肯定和吸纳呢？

就学术水平来看，别林斯基并非第一流的学者，也并不总是正确的。在政治上，他曾经赞美过沙皇发动的波罗金诺战争；在美学理念上，他曾经宣扬过“纯艺术”论；在文学上，曾经贬低甚至否定过乔治·桑和席勒，对圣博甫的“历史批评”，也曾做过不正确的评价；从认知方式来看，正像普列汉诺夫所批评的那样，“一般来讲，别林斯基在抱有妥协情绪的时期，往往滥用先验论的逻辑体系，并且轻视事实”。然而，“他痛心而愤恨地回忆自己以往思想上的迷误，并运用自己的全部才智和力量来补偿这些过失”。所以，在这样的错误和转变里，人们所看到的，不是见风使舵的摇摆，而是一以贯之的真诚态度与自我纠正的勇气，正像以赛亚·伯林所指出的那样：“他的一贯，是道德上的一贯，而不是思想上的一贯。”

做为批评家，别林斯基远不是一个人人都喜欢的人，而是一个招怨树敌甚多的人。他是专制政府和斯拉夫主义者的眼中钉，也是文学界许多人的肉中刺。他之所以成为不少人集矢的怨府，很大程度上，是因为他的极为罕见的坦率和正直，按照伯林的形象而夸张的描述：“他常像一只肉食鸟，扑击一位作家，酣畅尽言，将其人片片撕碎。”作为一个新型的知识分子，别林斯基热爱真理和自由，富有正义感和同情心，是一个热情的理想主义者和高尚的利他主义者。他反抗权贵阶级和社会不公，同情那些受奴役与受损害的底层人。对他来讲，为了自己的利益而随波逐流，或者，因为恐惧而沉默或撒谎，简直就是可耻的堕落。他将文学批评当做追求真理和正义的事业。别尔嘉耶夫说：“对他来说，文学批评只是体现完整世界观的手段，只是为真理而斗争的手段。”正因为这样，在表达意见的时候，他的态度就特别坦率和勇敢，没有一丝一毫的犹豫和畏惧。

在一些人的错误的观念里，文学批评是一种低级的依附性的精神现象，是任何一个略有表达力的人都可以搞的事情。然而，在别林斯基看来，文学批评却是一种极有难度、极为复杂的工作，需要具备多方面的能力和修养才行。他在《论〈莫斯科观察家〉的批评及其文学意见》中说：“批评才能是一种稀有的、因而是受到崇高评价的才能；……有人认为批评这一门行业是轻而易举的，大家或多或少都能做到的，那就大错特错：深刻的感觉，对艺术的热烈的爱，严格的多方面的研究，才智的客观性——这是公正无私的态度的源泉——不受外界诱引的本领；从另一方面来说，他担当的责任又是多么崇高！人们对被告的错误习见不以为怪；法官的错误却要受到双重嘲笑的责罚。”别林斯基无疑就是这样一个具有这种“稀有”才能和“公正无私”态度的人，而他的文学批评，则因此有了近乎完美的典范意义。

文学是一所特殊样式的学校。如果说，教育人是文学的固有功能，那么，文学批评则是强化文学的教育作用的重要手段。别林斯基明白这一点，所以他要用自己的批评，改变人们的意识结构，提高人们的鉴赏力，指导人们对艺术和文学的认识和理解。他说：“我们的批评应该对于社会起家庭教师的作用，用简单的语言讲述高深的道理。它在原理方面应该是德国式的，在叙述方式方面应该是法国式的。”所以，他的文学批评是深刻的，也是活泼的，没有一点儿迂腐沉闷的学究气。他在《论巴拉廷斯基的诗》中说：“我们必须指导人们的审美口味和关于典雅事物的理解，拓展人们对典雅事物的爱好。”为了实现这一目标，他在帮助读者理解和欣赏第一流的杰作的同时，毫不宽假地批评了那些有问题的劣作。他认为，杂志应该为读者提供“批评”：“批评应该是杂志的灵魂、生命，应该是它的一个经常持久的专栏，是一篇绵长的、不中断和不结束的论文。”在为《望远镜》、《祖国纪事》、《现代人》等杂志所写的大量的批评文章里，别林斯基深刻地分析了普希金、莱蒙托夫、果戈理、陀思妥耶夫斯基、柯尔卓夫、克雷洛夫、波列伏依等人的文学成就和局限，描述了俄罗斯文学的流变轨迹，指示出俄国文学应该前行的方向。伯林高度评价他在这一方面的伟大成就：“他传给别人一种真理神圣之感，从而改变了俄国人的批评标准……他改变了众多俄国人思想与感觉、经验与表达的品质与格调。”

在人们的印象中，别林斯基像契诃夫一样，是一个没有宗教信仰的人。他因为“极其粗野地谩骂基督”，受到陀思妥耶夫斯基的尖锐批评和猛烈攻讦：“他在骂基督的时候从来不对自己说：我又能以什么来代替基督呢？……他极端地自满，这已经是他本人的讨厌并可耻的麻木了。”事实上，别林斯基有自己的“上帝”；他的上帝是这样一个“理念”——“它不仅是智慧的，并且还是有爱心的！人啊，为你崇高的使命骄傲吧，骄傲吧”；在这伟大的“理念”里，正确的道路只有一个，那就是“摒弃利己主义，把自私的我踩在脚下，为别人幸福而生存，为同胞、祖国的利益，为人类的利益牺牲一切，爱真理和善良，不是为了求得报酬，而是为了真理和善良本身，背起沉重的十字架，受尽苦难，然后重见上帝获得永生……”他将这称作“永恒理念的道德生活”。由此看来，陀思妥耶夫斯基对别林斯基的批评，是很不准确、很不公平的。

是的，别林斯基全部的文学批评，都植根于这个伟大的“理念”之中；他的批评不仅是一种求真的认知行为，而且是一种求善的伦理行为。他的文学在表达爱意和善念方面所达到的高度，一点也不比那些伟大的俄罗斯作家低。他怀疑并排斥“基督”，但他用自己的“理念”和方式来行善。他特别关注政治和社会问题，关心人类的处境与幸福。所以，虽然别林斯基一度曾经宣扬过“纯艺术”的主张，但是，进入文学上的成熟时期，他便将自己的文学观念放置在道德和伦理的基础之上，将“善”置于“美”和“真”之上。在关于德罗慈陀夫的《道德哲学体系试论》的书评文章里，别林斯基用充满激情和诗意的语言，体系性地表达了自己的文学伦理思想，阐释了“道德法则”和“对人类的爱”，甚至谈及“灵魂”的“永恒的秘密”等伦理学范畴的问题：“文学和艺术也是为最高的善服务的，而这最高的善同时也就是最高的真和美。”根据这样的文学理念，别林斯基所理解的文学批评，就不再是一种狭隘的专业行为，而是近乎宗教信仰一样庄严的伟大事业。

文学批评的直接客体对象是作品，直接主体对象则是作家。文学交流本质上是人与人之间的交流。文学批评则是主体之间经由作品展开的对话和对抗。以开放的态度承受他者的批评，以对话的姿态回应别人的质疑，是每一个参与公共生活的现代公民的社会义务。在作家面前，批评家必须保持不卑不亢的对话姿态，要把作家当做一个可以质疑的对话者，必须向他发问并陈述自己的真实判断。与作家之间产生矛盾和冲突，难免会因此受到误解甚至伤害，对此，批评家无须觉得委屈和不平，而应该将它看做自己必须承担的压力和考验。1834 年，二十三岁的别林斯基写出了天才的评论文章《文学的幻想》。在这篇文章中，他表达了对依然处于幼稚阶段的俄国文学的不满，甚至认为俄国"没有文学"。他说："文学是民族的自觉，凡是没有这自觉的地方，文学如果不是早熟的果实，就是博取生活资料的手段，某一阶层的人的手艺。"为了帮助自己时代的文学摆脱对欧洲人的"模仿者"角色，他试图改变批评界的那种拍马溜须、只说好话的风气。别林斯基对那种低三下四地讨好作家的势利的批评家深恶痛绝："到现在为止，我们的文学界仍旧流行着一种可怜的、幼稚的对作家的崇拜，在文学方面，我们也非常重视爵位表，不敢对地位高的人说真话。碰到一位名作家，我们总是只限于说些空话和溢美之词；不顾情面地说真话，我们就认为是亵渎神圣。"他反对"文学中的偶像崇拜"："什么东西曾是、现在是、我认为将来还有很久一段时间将是极度妨碍在俄罗斯传布文学的基本概念以及培养口味的主因？那便是文学中的偶像崇拜！……盲目的狂信常常总是社会幼稚的命运……要冒犯几个芝麻大的小权威，我们还得拥有对真理的公正无私的爱以及性格的力量才行呢，大些的权威就更不用说……"别林斯基知道冒犯这些"偶像"，会有什么样的后果，但是他无所畏惧："跟社会舆论进行战斗，明目张胆地反对它的偶像，是一件非常可怕的事情；可是，我胆敢这样做，与其说是因为有勇气，毋宁说是为了对真理的无私的爱。"别林斯基受到了猛烈的攻击。他被称为"冷评家"和"酷评家"。有人则编造谣言侮辱他的人格，试图从道德上击垮他。他一如既往，毫不畏葸。

以平等而自由的姿态向作家说真话，一针见血而又有理有据地指出问题，是别林斯基文学批评的基本原则。在别林斯基心目中，没有哪位作家是不可以批评的，也没有什么问题是不可以谈论的。他绝不讨好任何作家，无论他社会地位有多高，无论他曾经享有多高的文学威望。他批评以“俄国的伏尔泰自居”的苏玛罗科夫：“他的全部艺术活动，不过是可怜亦复可笑的装腔作势而已……然而，这个可怜的劣等文士却坐享了怎样的盛名啊！”他批评卡拉姆辛，认为他的作品的主要缺点，“在于他那常常是幼稚的、至少是永远没有丈夫气概的对事物和事件的看法；雄辩家的夸夸其谈”；他批评欧仁苏的“声名远扬”的《巴黎的秘密》是“最可怜最平庸的作品”；他毫不客气地否定杰尔查文的全部文学成就：“杰尔查文的全部作品基本上都是一些仅仅在细节部分镶嵌着珍贵发亮宝石的不成样子的粗笨玩意儿。”他批评玛尔林斯基“才能非常片面，他的作品没有任何深度，任何哲学，任何戏剧性；结果，小说中所有一切的主人公们都从一个模子里刻出来，差别仅仅在姓名而已；他在每一部作品里都重复着自己”。尽管时间已经过去了一个半世纪，但是，别林斯基的这些判断和评价，至今仍然被认为是正确而可靠的。

别林斯基文学批评的典范性，他对文学真理的无条件的热爱与忠诚，近乎完美地体现于他对果戈理的肯定与否定兼而有之的批评。在世界文学史上，像果戈理与别林斯基这样的相得益彰的创作-评论共生现象，极为罕见。阅读果戈理的作品，而不读别林斯基的评论，就好比游览巴黎而漏掉了卢浮宫。

果戈理的幽默和讽刺，不同于拉伯雷和莫里哀，也不同于萨克雷和菲尔丁。他对自己笔下的人物充满温柔的怜悯，甚至深深地爱着他们，所以，他的讽刺就谑而不虐，有一种含着同情的诗意性的感伤，让人在捧腹大笑之后，顿觉悲从中来，心里别有一种酸楚而怅惘的感觉。对果戈理作品的这一特点，别林斯基的阐释准确而深刻，令人拍案叫绝。尤其是1835年发表于《望远镜》的《论俄国中篇小说和果戈理君的中篇小说》，激情饱满，酣畅淋漓，不仅提出了“熟悉的陌生人”、“含泪的喜剧”等经典性的概念，而且还在开阔的比较视野中，揭示了果戈理作品的“显著特征”：“构思的朴素、十足的生活真实、民族性、独创性”，以及“那总是被悲哀和忧郁所压倒的戏剧性的兴奋”；揭示了果戈理“纯粹俄国的幽默”的特点，“平静的、淳朴的幽默，作者在这里装扮成傻子的模样”，以及“诗歌的秘密”：“当你一直读到那悲喜剧的结局的时候，为什么会那么悲痛地微笑，那么忧郁地叹息呢？这便是诗歌的秘密！这便是艺术的魔力！你看见的是生活，看见了生活，就不得不叹息！……”他认为果戈理的中篇小说的“纯洁的道德性”，将“对世道人心发生强烈而有益的影响”——“啊！在这样的道德性面前，我是随时准备屈膝下跪的！”别林斯基的这篇评论文章，凡认真读过的人，莫不击节称赏。正是通过别林斯基的引导，读者才更深刻地认识到了果戈理的价值，才理解了他的喜剧性作品的意义。

然而，后来，果戈理却出版了他的《与友人书简选粹》。在这本新作里，他自我作践，贬低自己的创作成就，否定自己昔日的文学精神，并且宣布，“只有到了自己的作品获得沙皇满意的时候，您才会对这些作品感到满意”；还赞美俄罗斯的官方宗教，赞美落后的沙皇制度和宗法制度。果戈理的这本“极为有害的书”，“深深地激怒了和侮辱了”别林斯基。在他看来，果戈理误解了俄罗斯民族的“天性”，因为“神秘的狂热不是他们的天性”；这本书不仅降低了果戈理作为作家的身价，特别是降低了他作为人的身价。作为一个伟大的人道主义者和启蒙主义知识分子，别林斯基认为俄罗斯“最迫切的民族问题就是消灭农奴制，取消肉刑，尽可能严格地去实行至少已经有的法律”，然而，果戈理却教导地主“向农民榨取更多的钱财，教导他们把农民骂得更凶”，别林斯基说：“这难道不应该引起我的愤慨吗？……即使您有意要谋害我的性命，我也不会比为了这几行可耻的文字更仇恨您。”在《给果戈理的信》的开头部分，别林斯基说过这样一段话：“自尊心受到侮辱还可以忍受，只要一切问题都局限在这里，我在理智上还是能对这个问题沉默不语的，然而到得真理与人的尊严受到侮辱，这却是不能忍受的；在宗教的庇护下和鞭子的防卫下把谎言和不道德当作真理和美德来宣传,这是难以沉默的。”别林斯基就是这样一个为真理和正义而战的“论战家”,就是这样一个高尚而伟大的文学批评家。

别林斯基生于1811年,死于1848年,死得实在太早、太可惜了。在1840年3月24日致鲍特金的信中,别林斯基说过这样的话:“我将死在杂志岗位上,吩咐在棺材里,在头旁放一本《祖国纪事》。我是文学家,我带着病痛的、同时是愉快而骄傲的信念这样说。俄国文学是我的生命和我的血。”为了俄国文学,他不知疲倦地阅读和写作,实可谓鞠躬尽瘁,死而后已。

虽然只活了短短的37年,但别林斯基却完成了许多人活到老年也未必能完成的工作。他却留下13卷俄文本《别林斯基全集》,而由满涛和辛未艾先生翻译的中文版《别林斯基选集》,也有皇皇6卷,总计290多万字。书籍是作者的人格镜像,是通向真理的林中小路。别林斯基的著作,就是他伟大人格的“客观对应物”,就是他不朽的纪念碑。有这样的著作留存下来,就意味着他的精神将薪火相传。只要人们仍然热爱文学,仍然热爱真理,那么,他就会作为文学批评的伟大典范,而常常被人谈起,就会受到人们永远的崇敬和怀念。

●【直　言】

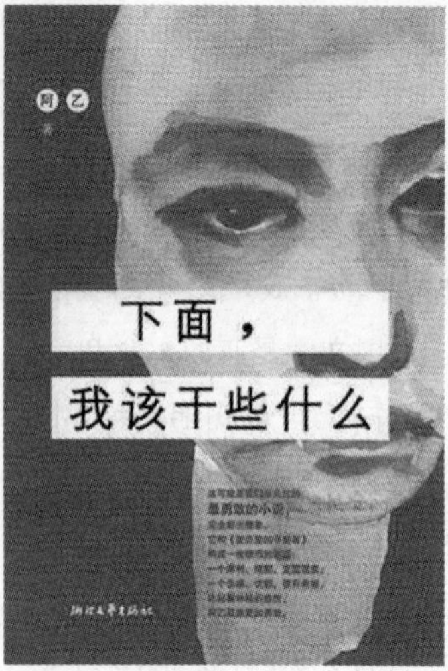

山寨“局外人”

——读阿乙长篇小说《下面，我该干些什么》

白　草

阿乙的小说里有一种比较独特的因素。以前读他的小说集《灰故事》和《鸟看见我了》,那种对实施犯罪行为前后心理变化的描写,可谓曲尽其致,往往于平静处,突生波澜,令人大感惊讶。这种很特别的成分,无以名之,姑且称其为残酷。这与题材选择有关,更与其深度的体悟以及擅写心理相关。就目前已发表的作品而论,阿乙以写底层社会尤其农村的犯罪见长,而且作为题材的案件本身往往没有什么复杂纠结、扑朔迷离之处,真相大白之时,令人慨叹原来内情竟如此简单,是予人以丰富之后的简单,因为作者的独到写法,由一点生发开来,把人物及相关的众生相写出来了,那样一种繁复的描写中,有着尖利的质感。作者似乎并不满意于仅仅将情节的丰富性呈现出来,还要从中发现某种理念或象征,这是他的小说一大优点;

可有时意图强烈了，外附的痕迹随之变得明显，此亦所谓向前一步，优点即变为缺点。他近期的长篇小说《下面，我该干些什么》，即是一个典型的例证。在这部长篇中，他先前那些最为擅长的描写，恰恰成了一种短处，一种缺陷。

与阿乙中短篇小说情节描写上的丰富性全然相反，这部长篇的内容甚至都可以说太过简单，不夸张地说，用几句话即可概括其全部故事情节：一个农村青年学生因贫穷受辱、穷极无聊而杀死自己的女友，被捕后告白自己只为杀人而杀人，关进牢房里竟然认为此时正可思索人类都要经历的无聊少趣的一生。

小说的意图是外显的，要藉一桩杀人事件来表现人的存在的无意义状态，可是，意图太强烈了，反而使叙事难以承担其功能，于是在描写上虚虚实实，近乎于卖关子：杀人的理由，一定要追问下去，那就是没理由。简单地说，作者没有给出一个至少在表面上让人信服的理由：一个农村青年来到城市读书，受了自家婶子的歧视，郁积于心中的委屈、愤恨等转化为仇恨的力量，最后于不得不爆发之际，将自己的女友骗来，捅了几十刀。关于理由，杀人者有两种说法：一是他无力杀掉自己的婶子，只好对付一个弱者；二是其婶子根本“不值得一杀”，他要毁掉一个代表了美好的人，毁掉一个有价值的人，那才是一种没有杂质的、“纯粹的杀”，即为杀而杀。

作者在序言中说，他写小说之前，读到一则关于学生杀死自己同学的新闻，几个月后，这则报道在他的内心变得强烈起来，终于诱发了其写作。实际上，这种新闻缺乏叙事转化意义。学生确实背负着包括学业、生活在内的压力，严格地说，这种压力折射出的仍然是比较变态的社会机制。大体而言，学生是一个相当单纯的、仍在成长的群体，即便在这个群体中发生过杀人行为，那也是偶发现象，将一种偶然当成必然事件，此出发点即为有误；而欲在此偶然之中寄寓某种普遍性的理念，单从题材上说，即缺乏叙事方面的合理性。

不幸的是,作者要急于表现一种浸透到骨子里面的无聊感,一种关于存在的厌倦感,便不顾情节破绽、理由破碎,一路直奔主题:第一,让主人公毫无理由地杀掉一个人,然后打发他急匆匆地跑向了逃亡之路,“唯有逃亡,我才能感到生命的充实”;第二,将主人公送进监狱,去思考人类的大问题,世界上再也没有比这再“安静的地方”,以便“更适合思考人类和宇宙的了”,思索的内容包括:人与动物没有区别;生命最终无非变成衰朽的肉身,没有什么尊严;出生、成长、结婚、死亡,“每个人都是这样”;人生失去意义,连意义这个词语本身也是无意义的云云。这些内容并未转化为细节自身,很多时候以机械的、贴标签的方式出现,缺少内在生气。

小说人物塑造也是失败的,从根本上说,这个人物身份虽为学生,出场时则是一个面目模糊的社会青年,无论从受教育程度还是人生体验方面来说,均无能力来思考涉及人类、宇宙之类的重大问题。这里有一个证据,是全部小说最致命的失误:主人公翻箱倒柜,偷拿了婶子家的一块玉佛,前去和玉器店的老板讨价还价,费尽心机,最后令对方付了两万元成交。正当交易时,一个乞丐出现了,主人公竟然顺手将其中一万元给了乞丐。

并不是说一万元不能给乞丐,给谁都可以,问题在于,当给出这个动作完成后,小说的内在逻辑已经自动生成,由此,细节本身就包含了确切无疑的信息,即,主人公已经全然不在乎了,不在乎人世,不在乎生命,一切皆不在乎,那么,他还在乎钱吗?因为他“下面”就要“该干些什么”了,干些惊天动地的大事,杀人,逃亡,然后在监狱那个“安静的地方”思考人类命运等等。可是,在接下来逃跑过程中,这个年轻人花钱却精打细算,每一笔都非常清楚,连小饭馆里十块钱卖三样“杂碎”的招牌也注意到了,这样的细节随处可见,简直就是一本流水账。试举几例:

花几百元钱买了一张“折扣票”;在一座小县城,被摩的司机拉着东南西北地绕了几个圈子,多收取“五十元”;警察在后面包抄,逃回旅馆后第一眼看到的竟是“电风扇吹着账单”;进入一家小超市里,看到店主就着冷水吃面包，联想到自己母亲亦是如此吃法，掏出“二十元”让人家扔掉；到洗浴中心花“二十元”洗澡，“又花十元过夜”（召妓）；花最后三张钱时，相当仔细地观察到其中一张上面写有一个人的姓名，还有闲心思猜测并断定“它一定曾被一位赚不到钱的农民拥有过”。

一个随手将一万元扔给乞丐的人，自己的花费怎么会精细到以十元为计算单位？这不是自相矛盾吗？而一个花几十元钱都分明记在脑子里的人，是绝不会思考大问题的。此处矛盾的细节，标志着整部小说在逻辑上的坍塌。

这显然是一个败笔，而败笔本身也充分表明了，小说主人公不过是一个为了基本生存而活动的农村青年，他的全部兴趣、思维或注意力集中在吃喝花销上，住在婶子家里，“每天蜷缩在阳台，羞愧得恨不能自杀”。让如此可怜的一个农村青年去思考人类命运诸问题，未免太难为他了；即使让他在那里使劲地装，比如，让他在母亲、婶子、法官以及任何一个人面前装得“神情冷漠，若无其事”，他能装得像莫尔索一样逼真吗？

加缪名篇《局外人》中的主人公莫尔索，觉得世事一无可为，毫无意义，因而为人冷漠。郭宏安评析道，这个令人感到“凄然”、“愤然”、“愕然”的“局外人”，行事怪异，不合常理，他究竟是何等样人呢？解开此谜的一把钥匙名为“荒诞”，以此视角去认识，莫尔索就展示了“人与世界的关系”，迫使读者思考一些诸如世界是清晰还是晦涩、人生是幸福还是痛苦等问题。莫尔索的出现，有其社会文化背景，其人吃饱了肚子，无所用其心思，他已超越了基本的物质需求层面，觉得世界就是荒谬，人的存在即为荒诞；可是，阿乙的主人公，一个借住在亲戚家里的年轻人，因着贫穷，为人直不起腰杆，抬不起头来，羞怯软弱，对他而言，一块面包，有口吃的，远比所谓荒诞要来得实在。让一个肚子都吃不饱的人，面向读者阐发世界的荒谬无聊、无益无趣，那才让人觉得荒唐。

其实，像莫尔索及其体现出的荒诞性特点，在认识上也早已被超越了。

当年小说发表后，萨特曾著文誉扬，视莫尔索为“特殊的一类人”，其人身上交织着荒诞与反荒诞：荒诞意味着人与世界的“割裂”，反荒诞则是人于行动中确立其本质和价值。可是，几十年后，萨义德从政治地理的角度，重新阐发了小说内涵，他认为加缪只字不提被杀死的阿拉伯人的背景，单单表现“法国人的意识”即“无能为力的殖民主义的敏感”，源于此时法国无可挽回地失去了殖民地阿尔及利亚，这只能反映出了加缪本人的“冷酷无情”。

外国作家早就写过，且于认识上被超越了的东西，很难再翻出什么新花样，山寨出一个莫尔索，其实是没有多大意思的。

“垃圾书”时代

金　星

1995 年联合国教科文组织做出决议，将每年的 4 月 23 日定为“世界阅读日”，在全球范围内，其倡导作用无疑是很明显的。然而，最近来自联合国教科文组织的一项调查数据，或许触目惊心，那就是全世界每年阅读书籍数量排名第一的是犹太人，平均每人一年读书 64 本，而中国 13 亿人口，扣除教科书，平均每人一年读书 1 本都不到。但又令人讶然的是，我国的出版社在 2011 年的时候就已有 580 家，到 2012 年，我国的图书出版数量已冲破 40 万种大关，中国年出版图书数量更已跃居世界第一。这就不禁要问：如此庞大的出版数量下怎会有那么低的阅读率？尤其这其中到底有多少是难以卒读、不值一读甚至是终于败坏了阅读者胃口的“垃圾书”？

出版与阅读的关系理应相辅相成，互为因果。这也正如我国杰出的出版家邹韬奋所提倡的“好书皆备，备书皆好”，他甚至主张出版人“不以赢利为目的”。当然，图书作为一种特殊的产品，自有其商品的属性，但其理想的境界当是社会效益和经济效益的齐头并进。现在人们普遍怀念“文革”后的那一股读书热，虽然那是由动乱造成的书荒和知识荒所致，但那种对书籍的珍视和急于充实的愿望，使人感到一种源自整个民族的蓬勃生机。然而我们的“国情”，似乎又总是显得很特别，从 20 世纪 50 年代末的全民写诗，到近些年来的全民出书，看起来都与文化的体现有关，可其实仅仅是貌似而已。或者全民出书也是为了所谓的与国际接轨，因为身居巴黎的捷克作家米兰·昆德拉也曾有过感慨，他觉得在如今这个大众社会中，“写作癖好在人群中如此泛滥，其中有政治家、出租车司机、女售货员、女招待、家庭主妇、凶手、罪犯、妓女、警长、医生和病人。这向我表明，每一个人都是一个潜在的作家，没有谁是例外，所有的人都有权冲到大街上高声大喊‘我们都是作家’”。结果也就可想而知，几乎所有人都有写书、攒书、出书的欲望甚至举动，这固然体现了现代社会一种文化民主的趋势，但若无人倾听，无人阅读，写书出书也终将会成为一种灾难。“一旦每一个人心中那个沉睡的作家梦苏醒了，那么我们就陷入了一个相互成为聋子和哑巴的世界，一个互相无法理解的世界。”这便是昆德拉的预言，而这样的预言在我们这里显然早已成为一种现实，因为只要一走进书店，一种莫可名状的淹没感就会紧紧地攫住你，使你既望而生畏，又一派空茫。

近日，中国青年报社会调查中心对31个省、市、区的9 116人，进行了一项题为“你遇到过‘垃圾书’吗”的在线调查，结果显示，73.2%的受访者直言当下“垃圾书”很多，其中34.2%的人认为“非常多”。有网友指出：“以前都说开卷有益，我看现在却是开卷未必有益。一些书要么是内容胡扯，要么是在东拼西凑，根本没有一点对读者的诚意和敬意。看这些书浪费了买书钱不说，关键是扫了读书的兴致。”这样的评判和感受无疑很有代表性，而许多书籍严重脱离生活实际，甚至高调宣扬暴力、拜金主义等不良价值观，对年轻读者产生的负面影响，也更为有识之士既嗤之以鼻，又忧心如焚。而如此这般的“垃圾书”竟然纷纷出笼，出版机构显然难辞其咎。唯利是图，俯身低就，缺乏独立思想，一味跟风，或许就是一些良知与责任缺失的出版社受人责难的主要原因之所在。而针对“春风”催又生的各类“垃圾书”，最近网上有篇《焚书指南》的文章，认为“励志”、“养生保健”及明星自传这一类的书就当在必焚之列，赞同者不在少数。

与“垃圾书”相对的自然就是“经典书”。当然，经典不是自封的，也不是少数人评定的，而是要经过历史、群众、市场的检验。近读《书城》上一篇对美国作家埃默·托尔斯的访谈，该作家2011年以一部具有浓厚怀旧气息的长篇小说《社交礼仪守则》震动了美国书界。在问到他都读过些什么书时，他说：“我和三个朋友组成了一个文学名著读书小组。我们严格筛选作品，只有经过历史证明，值得一个人一生中读好几次的书，我们才选。我们从《追忆逝水年华》开始，然后是马克·吐温、惠特曼、狄金森、梭罗，之后是福克纳。然后我们先读塞万提斯和博格斯，再读马尔克斯。去年我们通读了纳博科夫写美国的作品，现在我们转向契诃夫和托尔斯泰。”他之所言，使笔者颇有旧梦重温之感，然环顾周遭，还能找出几个这样的读书人呢？

谁在制造文学批评的双重标准
——与郭小东《“打工文学”论辩》商榷

柳冬妩

近读郭小东的《“打工文学”论辩》，如鲠在喉，不吐不快。“打工文学”在当代中国的兴起有着复杂的社会文化与文学自身的原因，对它的发生、发展、提升乃至演变都应该有更多的辨析、更多的反思和批评。艺术的领域是广泛的，在那里没有人能掌握绝对真理。对于“打工文学”写作，可以因文学观念的不同，生发出各异的认识，而且有些还相去甚远，可用风马牛不相及来形容。这一切都是可以理解的。但问题在于，郭小东对“打工文学”的批评却在制造文学批评的双重标准：只许州官放火，不准百姓点灯。郭小东对“打工文学”的批评，不单单是“打工文学”本身存在的问题，更多的是判断标准的问题。

一、“打工文学”的命名问题

郭小东认为，“人为地把中国文学、中国作家划分出板块，谓之‘打工文学’、打工作家。这种思维在某种意义上，是反科学反逻辑的。”实际上，郭小东对“打工文学”“打工作家”命名的质疑，完全可以置换成“知青文学”“知青作家”。众所周知，郭小东曾经是“知青作家”，也是研究“知青文学”的专家，把所谓的“知青文学”“作为一种文学史现象或文学潮流加以匡扶”。郭小东曾在专著中将知青文学分为“前知青文学”、“知青时期文学”、“知青追忆文学”、“知青后文学”、“后知青文学”等等。郭小东数十年如一日将“知青文学”作为“一个文学口号，加以鼓吹与张扬，其乖张的命名”，有没有挟千万知青部落而“虚拟其文学盛大仪式的嫌疑”？他资证“知青文学”这个文学命名“或文学口号的文学理据”是什么？知青出身的作家，从知青到作家，是不是“一个投机的过程”？他们是不是以“知青文学”抑或知青作家“自诩而格外地获取体制的恩赐或政治的青睐，完成鲤鱼跳龙门的投机”？如果我们这样反问郭小东，不知他意下如何？

我认为，“打工文学”与“知青文学”应得到同等的对待。两千万城市青年的“上山下乡”和几亿农民进城“打工经商”，都是史无前例的“人的放逐”。回答知青运动与民工潮的因由和结局，自然成为历史任务。这些年来，很多人从政治、经济、文化、文学甚至“现代化”和“民族国家”等角度，分别对知青运动与民工潮进行了分析、解释、再现和追问，都有可能让我们接近历史的真实。前者产生了知青文学，后者产生了打工文学。在郭小东那里，“知青文学”可以成立，“打工文学”不但不能成立，还成了“文学的厄运”。这是什么样的思维逻辑？这是不是在制造文学批评的双重标准？

“打工文学”作为一种文学类型的出现，正是中国当代文学丰富化的一个重要表征。改革开放以来，我们拥有了多种类型的文学：“伤痕文学”、“知青文学”、“先锋文学”、“寻根文学”一直到“知识分子写作”、“底层写作”、“身体写作”等，这些概念都是临时性的，它们都还不是科学的概念，但这些概念是可以通约的，文学界都知道这些概念具体指的是什么。很少有一个命名能毫无偏差地契合于被命名的对象，几乎所有的命名都是有偏差的，不是外延扩大，就是内涵缩小。因为名字，包括一些学术用语本身就带有符号性质。“打工文学”就是带有符号性质的命名，只要约定俗成即可，“打工作家”之间在个性色彩、精神特质、美学趣味上的差异不一而足。就是对每一位作家而言，他创作风格的形成往往是一个不断发展的过程，其阶段性的特点也往往非常明显。正像布罗茨基在讨论“流亡作家”的窘境时说：“如果说我们有共同之处，那么我们还缺乏一个共同的称呼。”郭小东把“打工文学”仅仅看作高玉宝似的写作、“六亿人民六亿诗”的“集体命名”，是对“打工文学”审美存在的简化、取消和歪曲。

郭小东在文章中，还以鲁迅没有被冠以“打工文学”为由，佐证“打工文学”抑或“打工作家”的所谓投机行为，让人啼笑皆非。20 世纪 30 年代，鲁迅是第一个提出“乡土文学”概念的人。1935 年，鲁迅在《中国新文学大系 · 小说二集 · 序》中指出：“蹇先艾叙述过贵州，斐文中关心着榆关。凡在北京用笔写出他的胸臆来的人们，无论他自称为用主观或客观，其实往往是乡土文学，从北京之方面来说，则是侨寓文学的作者。”鲁迅将王鲁彦、蹇先艾、许钦文等，称为乡土文学作家，这是现代文学史上的一般常识。鲁迅提出过“乡土文学”“侨寓文学”，难道就可以说他是为了“完成鲤鱼跳龙门的投机”？随着几亿农民进入城市打工，“打工文学”这种文学类型的出现，正是传统“乡土文学”的一种继承、拓展和延伸。

“打工作家”与现代文学史上的“乡土作家”、当代文学史上的“知青作家”一样，他们的作者身份是在中国发展过程中，随着不断变化着的经济条件、社会环境和制度设置而出现并相应变化着的一种“历史建构”，其本身就是“中国经验”的一个复杂表述。“打工文学”是“打工作家”情感、经验和遭遇的呈现，同时又是对这种经验超越的象征。而今天一些评论家对“打工文学”“打工作家”仍存在偏见，个别人甚至把“打工诗人”贬称为“它们”，郭小东则将打工文学称之为“催肥文学”，将“打工作家”称之为“速成作家”，特别是把“打工文学”写作看作一种投机行为。真是站着说话不腰疼！像王十月郑小琼这样“经由文学操作”进入体制内的打工作家可以说是凤毛麟角，他们从打工者到作家是一个“从生活中峭拔自我的过程”，他们的写作成就有目共睹。如果说是“体制对之的额外开恩”，需要反思的恰恰是这种“体制”。

二、经验作者的问题

今天的历史语境与过去已经有所不同,“打工出身的作家,都不约而同地强调了切身的经验,他们将个体在场与现场的经验当作文学叙述的依据”。这正是打工文学的可贵之处,而郭小东先生却对此进行种种质疑,并认为“打工文学”“执着于现场经验,放大了底层与小康生活与中产阶级的裂缝”,是“打工文学”的“先天弱点”。贺绍俊先生曾在《中国当代文学的丰富和贫困》里,将“打工诗歌”与下岗工人王学忠的诗歌进行了比较,说明了打工文学的精神特性:“打工诗歌中的形象基本上也是个人形象,很少像王学忠那样,吟唱的是工人群体的形象。但只要想想,今天的农民工是在集权体制与市场体制的夹缝中生存,是缺乏组织的散沙,那么要求他们的文学出现激昂、理想和群体等因素就显得不切实际了。然而也正是这种特点,决定了打工文学与现实和大地贴得更紧,触及中国当代社会最致命的伤痛。”“打工文学”作为一种审美存在,是嵌于现实之中的“他者”,它在本质上对现实秩序及其经验表象保持了天生的警惕和敏感。我们不能以“身份决定论”的简单方式处理“经验作者”问题,“经验作者”其实是一个关乎如何从作家自己的切身感受出发去表达人的生存本身的文学原则。在一般情况下,作家只能写他熟悉的题材。莫言说:“最好的打工文学应该是有过打工经验的人写的。专业作家当然也可以写,写出来也可以发表,别人看了也像那么回事,但最较劲处是虚假的。”“你可以在技术上写一个农民工在建筑工地怎么样搬砖,怎么样和水泥,怎么样在脚手架上双腿发颤,怎么样饿得头晕眼花,但你无法准确地体会到一个站在云端里的脚手架上的民工的心情,他的孤独,他的向往,他的恐惧,他的理想。”莫言还举例说:“假如一个乞丐本身就具备了一种写作的才华,他有这个潜质和才能,他又恰好是一个乞丐,那由他写出来的乞丐肯定是最好的,别人是比不了的,正是因为这种有文学才华的乞丐比较少,所以很多由‘假乞丐’写出来的乞丐也得到了很好的反响。”这些论述显示了莫言对经验作者的洞见。

“打工作家”作为来自社会底层的表达力量,他们记录了那些原本被遮蔽的生活经验。他们的书写,对这个社会的感知系统来说,是扫除了一片盲区,开辟了一片领地。郑小琼的《铁》写到身体对铁的痛感,这种经验史可能是其他作家写不出来的。“打工作家”在疼痛和苦难中寻找人生的走向,探索社会问题,反思人类命运。痛感的形式史、经验史、意象史,它们与社会表层的进步与倒退无关。它们自成一体,为世界经验体系增加新的内涵。但面对打工文学的苦难与痛感书写,郭小东却保持着高度警惕,认为“打工文学”“在某种程度上延续并夸大了社会群体的结构性分裂”,并轻描淡写地认为“打工文学”对打工“群体的苦况与惨相进行渲染,把他们描绘成无告的粗鄙的落后的弱势者,其实并非表明对这个群体的关怀与关爱”。郭小东试图给打工文学写作设置禁区,其文学批评上的双重标准昭然若揭。“打工文学”的社会伦理功能和美学意义,实际上在于它提供了社会心理自我康复的感受方式及其自我救赎的话语,而不是沿袭意识形态及其利益集团的话语。对社会伦理情感的康复而言,哀痛不是一种消极状态而是一种精神过程。

三、题材区别对待问题

郭小东对“打工文学”的存疑非常专断:“‘打工文学’概念存疑。它的所有言说与理据,都隐伏着对文学的文学性、诗性与神性的排拒。”这其实是一种新的“题材决定论”,是“题材决定论”的一种借尸还魂。郭小东认为,“打工文学”在创作上及价值观上,“包括题材及题材处理的同质性,阻塞了创作的异质性想象”。打工文学因为“执着现场经验”,因此“有浅表、缺失文化期盼的先天弱点”。题材决定论的实质是题材等级论,将文学作品的题材分等分类，分出高低上下，在以往曾经给文学创作造成极大的危害，在今天也还有种种表现，必须坚决予以摒弃。题材本身没有审美价值和文学意义，题材审美价值和文学意义的生成有赖于写作者对它的组织和演绎。从形式的存在来说，所有的题材价值都是一致的。马原认为，“阿城的《棋王》，准确地说，也是一篇知青小说”，但它同时也是一篇“先锋小说”“新潮小说”。不同的作家，甚至同一位作家在不同时期对知青生活题材的处理结果，往往存在着天渊之别。对打工题材的处理同样如此。从题材上看属于知青生活或打工生活的文学作品，并不妨碍作者写出更有艺术力度的作品。在《“打工文学”论辩》中，郭小东表面上在反对各种成分划分、等级划分，但在他的潜意识里却将知青题材与打工题材划分成了两个等级，将打工作家与知青作家划分成了两个等级，这恰恰是“隐约地表达着一个时代的畸形话语与病态文化”。因此，在对“打工文学”与“打工作家”的认知上，真正达到平等对话的境界尚有待时日。

在郭小东的意识形态话语结构中，“打工文学”的意义在评论之初就被预先决定：“放低了文学的本质功能与要求，消解或根本上否定了文学是由人类文明与心灵智慧、是由作家综合修养而成的语言艺术。”郭小东对打工文学的批评，存在着明显的错误预设。打工文学需要批评，但不需要这样刻舟求剑似的批评。“打工题材”被低级化妖魔化污名化。“打工”成了在艺术上低人一等的题材。这是一种变异了的“题材决定论”和“身份决定论”，是一种题材歧视，是一种审美上的假要求。胡风当年为什么尖锐批判文学创作上的“题材主义”和“题材决定论”？因为在他看来，不同的题材决定作品不同的艺术价值这一观念非常可笑。“打工”题材就不可以写出好作品吗？即使对“打工文学”中具有社会性、伦理性和阶层性的内容进行关注和阐述，就等同于牺牲文学的美学价值吗？我们不能以“艺术”“审美”的名义随意贬低“打工文学”，歪曲与遮蔽“打工文学”的文学性元素和审美性元素，去制造新的“题材等级论”，去制造文学批评的双重标准。

中国新诗为何处境“尴尬”?

李长空

中国是诗歌的王国,从商周的四言,到楚骚汉赋、汉魏乐府、隋唐律绝和宋词元曲,可谓灼灼其华,蔚然大观。尽管中华古典诗词曲赋曾经有过许多令人骄傲的绚烂与辉煌,然而中国新诗在诞生近百年后的今天,却遭遇到了前所未有的尴尬:它既没能与国际接轨,又与中华古典诗词曲赋优良传统脱节、断裂、割断了传承关系,令广大读者望其兴叹,最后只好弃其而去。那么,中国新诗为何会处境“尴尬”呢?我认为至少有以下几个方面的原因:

首先,是由于白话新诗至今未能构建审美规范更无法达成审美共识造成的。古人把诗歌称为韵文,把无韵的其他文体统称为散文。无论是《诗经》中的“风雅颂”,还是楚辞、乐府、律诗、宋词、元曲……不论其诗体形式怎么演变,但都是讲究韵律的,作品都具有节奏美、旋律美和韵式美。由于白话新诗“不拘格律,不拘平仄,不拘长短;有什么题目,做什么诗;诗该怎么做,就怎么做”的随意性和不确定性,自其诞生以来,便成为其发展的严重弊端和障碍。过分地强调创作上的自由,从而否定韵律规范的意义,割裂优良传统与现代诗艺的联系,作为探索是有益的,但对于诗艺传承和诗艺发展却是徒劳并且有害的。没了规矩的“自由诗”,常常演变成了口水或者分行散文,令读者不知所从,唯有望其兴叹。

其次,是由于某些诗人一味地强调诗体形式而忽略主题思想造成的。诗歌是形式美的一种体现,但形式美只是诗歌的美丽外衣而已。过分地强调诗体形式,认为不是主题思想决定诗体形式,而是诗体形式高于一切,并且形式也是内容,从而否定主题思想的意义,如近年来所谓的技术主义、玄学派、达达主义、超现实主义等等，脱离了主题思想的形式，就像失去了土壤的禾苗一样，必将枯萎。因为形式主义处理的素材只能是生命的表象，狭隘、极端、苍白、枯竭是其必然结局。所以在诗歌完美的构架里面，还应该具有灵动的“诗魂”，它还必须具有饱满的感情与丰富的想象，并高度集中地反映社会生活。捧读技术诗、图像诗、机器诗这类没有高雅思想性和真挚情感引领和支撑的诗歌，还不如去面对山谷中的石头，因为“诗产品”是没有生命力的。对于完美的诗歌艺术来说，首要的因素在于诗人拥有一颗热爱生活并敏感于诗歌形式的心灵。

再次，是由于当代诗人在商品经济时代的退缩、自闭、价值观念丢失和追名逐利造成的。同古典诗词曲赋相比，当代诗歌在题材内容方面发生了较明显的变化：1. 迫于现实社会生存的巨大综合压力和人类因物质文明进步而带来的精神困惑，对社会性问题的思考已经越来越少地为当代诗人所关注，当代诗歌的内容越来越局限于私人性的东西，这就使得它日愈减少获得公众关注的机会，而只有在少数未被现代社会物质化的心灵当中获得知音，它已经成为他们对抗现实世界压抑生命活力的一种精神武器；2. 随着诗人们从社会文化中心退却，科技英雄和商业英雄、娱乐英雄取代了艺术家的中心地位，诗歌越来越被推挤到社会的边缘，诗人们成为了一个不被社会关注的自我封闭、自我肯定、自我陶醉的奇怪群体，这更加加剧了他们的自闭倾向，娱乐性、装饰性、自我消费性成了当代诗歌的中心；3. 诗歌应该有一种信仰，有一种催人上进的精神内涵和力量。现在的许多诗歌不具备这些，当诗人们的精神价值已经从纯洁、美好、自然过渡到了喧嚣、庸俗、时尚的方向，于是平庸困扰着诗歌界，平凡者迷茫失语，媚俗者竞相争夺明星效应；4. 为了谋取名利，许多诗人写诗不动脑筋、不用心，一味地标新立异、哗众取宠，一味地迎合潮流和低级趣味，以至于大白话（如梨花体、羊羔体、口水诗）、大黄话（如垃圾派、下半身）、大黑话（如先锋派、晦涩诗）和大灰话（如废话诗）流行诗坛，从而完成对传统诗歌“审美”的反叛:“审丑”。

最后,是由于缺失有真知灼见的诗评家和诗歌编辑的误导造成的。近年来,没有学习,没有创作,仅凭着“灵感”胡乱臆想的所谓诗评家们,他们渗透刊物甚至网络,用他们的行话或没有根据的夸张,对当下诗歌现状进行翻云覆雨、指鹿为马的干涉:他们一会儿炒国外,一会儿炒港台;一会儿炒意象,一会儿炒语言;一会儿又把这些全部推翻,再告诉你诗歌其实并没有什么标准和底线,等等,让诗作者、诗读者都无所适从。而很多掌握着报刊书籍版面刊发大权的诗歌编辑,或因缺乏对诗艺的独立见解性和对诗歌健康发展的前瞻性,或为了扩大刊物的发行量,自觉不自觉地配合着“诗评家”起舞,而未能尽到对诗作者、诗读者的正确引导职责,致使诗人们陷入了创作的误区,或因为迎合诗评家、诗编辑权威倾向而徘徊不前,或走向脱离大众的极端,也令诗读者敬而远之。

面对这样的时代背景,中国新诗只有志存高远,发扬其应有的精神文化提升作用,既在主题内容方面深度切入自己的时代,成为当今社情的记录者,又在诗艺表现方面继承并发扬光大中华传统诗词曲赋艺术,使其随着时代、社会、语言的变化而不断创新改进,有机会成为新时期的经典诗歌作品而流传于世,否则它将同那些某某主义一样,最终走入脱离时代、脱离社会、脱离人民的“象牙塔”。

文学作者的媚气与文学的媚气

胡子龙

对于文学作者,人们最容易想到的是“傲气”。的确,文学作者中的许许多多人是有一股子傲气的,傲气一直被认为是包括文学作者在内的文人的通病。但我发现,除了傲气,很多文学作者实际上又媚气十足,媚气渗透于这些人骨子里。网上的一次文学征稿活动,就将无以数计的文学作者骨子里的媚气展示得淋漓尽致:不久前,某人以一个民刊主编的名义,在自己的博客上发布征稿启事,一时间投稿者成千上万。有刊物征稿,作者们踊跃投稿,这本来是很正常的事。不正常的是,当这位主编以最快的速度将用稿目录在自己的博客上公布后,榜上有名的几百个作者纷纷跟帖,争先恐后地“感激涕零”、“崇高致敬”,给了该主编诸如“呕心沥血”、“编辑楷模”之类赞誉;对只是见了个目录的期刊,更是使用了“出类拔萃”、“大气磅礴”、“期刊航空母舰”、“中国文学期刊希望之星”之类不着边际的字眼。其用语,已经肉麻到了无以复加的地步。还有不少作品没有选中或者没来得及投稿的作者,也迫不及待地加入到肉麻的奉承中,其用意不言而喻。对一个刚刚显出个胎形的小地方民刊及其编辑(后来证明所谓征稿和出刊其实是一个精心设计的骗局)就如此,那么面对那些上档次的一年年正常出版发行着的报刊和编辑呢?

当然我不是说,作者不应当对编辑心怀感激,不应当对编辑表达一下感激。作为一个多年的写作者和投稿者,我深知万万千千的编辑对我们这些作者的作品发表付出了和正在付出着怎样的辛劳。别看一家家报刊每期最终见刊见报的作品并不多,这并不多的作品,需要编辑在大量的来稿中沙里淘金,往往是几十里挑一甚至几百里挑一。每一篇见报见刊的文章，都无声地传达着编辑浩大的阅稿量；更不用说很多情形下，编辑还要不辞辛苦地为作者修改稿件。我们这些作者毫无疑问应该对编辑心怀真诚感激。但真诚感激并不等于是肉麻地奉承和费尽心机地讨好。这些文学创作者几乎是集体地表现出这种媚气，不能不算是文学的悲哀！

也许有人会说，这些人其实还算不得真正意义上的作家和诗人，只是一些文学创作的新手，正艰难地跋涉在文学大门之外崎岖小路上，写作的不容易和发表作品的格外困难，使他们在编辑面前表现一股子媚气，说上一些肉麻的奉承话，是可以理解和原谅的。

的确，我还真的没有把他们看作是作家和诗人，就像我从来不把自己看作是作家或者诗人一样。但因此就可以如此媚气吗？就可以为求得发表一点作品而不惜肉麻的奉承讨欢吗？我们无法忽视的是，尽管今天我们还算不得作家和诗人，但未来支撑中国文学的作家和诗人，很大程度上是要从今天我们这一群文学创作爱好者中走出来的，今天的我们也就在很大的程度上代表着文学的未来。正如今天活跃在中国文坛上的绝大多数作家诗人，二三十年前他们也不过是一群文学青年，一群写起来不容易，发表作品更困难的文学创作爱好者而已。而从他们一些人身上，我们冷静地剖析一下就会发现，今天很多只会写卖乖讨好作品的媚气型作家诗人，不也就因为在他们文学创作的初始阶段，就让媚气充盈着身心渗透了骨子，以至于媚气影响主导了或者正在影响主导着其一生的创作？那个时候的他们已经决定了这个时候的他们！谁敢指望我们有一天创作能力提高了，成为作家和诗人了，就会丢掉脸上的媚相和骨子里的媚气？是的，当在创作上经过一段时间的磨炼，发表上有了资本，很多作者是不会再在编辑面前表现出媚气了，说不定还在编辑面前要上一点傲气，甚至还想颠倒过来，让编辑媚上自己一回，媚上自己几回，过过让人媚的瘾，这样的作家诗人过去现在不是没有。但一个在骨子里有着媚气的人，不需要在编辑面前媚气了，不等于在其他方面也不媚气了。不在编辑面前媚气了，还会在权贵面前媚气十足，还会在金钱物欲面前媚气十足，还会在权威面前媚气十足……媚气，一直是从前的当今的很大一部分文学创作者的基本特征。而当媚气成了一个文学创作者一群文学创作者的人生常态，让媚气时时刻刻左右着思想、意识、观念、情感、语言、行为，那么顺理成章地，也就写不出真正意义上的文学。

人的品格很大程度上决定作品的品格。文学创作者的媚气与文学的媚气有着强烈的因果关系，文学创作者的媚气势必导致文学的媚气。文学创作者生活中的媚气会丝丝缕缕地表现在所创作的文学作品中，甚至会很强烈地，贯穿在所创作的文学作品中，严重时还会成了作品和作家诗人整个创作的基调。这一点，我们是有深刻的教训的。就因为很多创作者的媚气，我们的文学有了太多太多的歌功颂德；就因为创作者的媚气，我们的文学有了太多太多变味的金钱崇拜；就因为创作者的媚气，我们的文学充斥着残暴和血腥……这些，使我们的文学在很长的时间里整体上一直严重缺钙，患着“软骨症”。而一直严重缺钙一直患着“软骨症”的文学，还可以理直气壮地称为文学吗？

●【视觉—电影】

致创业成功者的一封情书

——评《中国合伙人》

高 凯

近年,电影圈子里,关于“情书”的说法很多,诸如梦工厂曾说,《功夫熊猫》是给中国的一封情书;再如在第 84 届奥斯卡上风头无二的黑白电影《艺术家》更是被诸多评论者称为是一封写给旧时代好莱坞电影的情书。而借此看来,陈可辛导演的最新力作《中国合伙人》可算是给中国创业成功者的一封情书。

华语电影导演中,我最欣赏李安和陈可辛,在个人观影感觉中,李安从未走远,但是陈可辛仿佛很久没了印迹。而今,我终于看了他的《中国合伙人》,这部声称“回归《甜蜜蜜》”的作品,观影罢,我却很失望。《中国合伙人》在 30 年的跨度里讲了“土鳖”(成冬青,黄晓明饰)、“海龟”(孟晓俊,邓超饰)和“愤青”(王阳,佟大为饰)创办英语培训学校,“美国梦”破败后,最终实现“中国梦”的创业经历。可算是一部创业励志片。从类型角度讲，这类影片目前在国内还是稀缺的。有评论者评价这是一部“让50后反思、让60后动容、让70后震颤、让80后楷模、让90后启迪”的电影，如此看来，这部电影的受众倒也宽泛，其实不然，《中国合伙人》最大的受众其实是商界创业成功的大佬们。

众所周知，《中国合伙人》中的“新梦想”即是“新东方”，电影中的三大男主人公也是新东方“三驾马车”俞敏洪、徐小平和王强的对应。电影的气质与新东方英语培训学校的精神理念十分相符，即“励志”。个人虽从未经过新东方培训，但是了解下来，新东方的成功更多依赖的并非教育，而是一种依赖企业精神的成功，或者说是企业代表人物精神的一种成功，这自然也是企业魅力之所在，具有其他教育培训机构不可比拟的优势。毕竟还是出自陈可辛之手，好在没有单纯把电影拍成一部新东方培训学校的企业宣传片，然而这却俨然是一部成功学励志语录的影像化呈现的电影。电影中，励志的语句不绝于耳，隔三岔五出现几句，想必是让不少观众顿时心生热血。

《中国合伙人》很主流，很主旋律，也透露着中国崛起的民族意识表达。电影主人公在“美国梦”破败后，在中国土地上实现了“中国梦”的胜利，“正能量”十足。谈及电影的“美国梦”，中间有一处小细节很有趣，佟大为饰演的王阳在泡外国妞的时候，被问及美国的印象，说在中国America是被称为“美国”，就是美丽的国家的意思，在日本就被称为“米国”，就是有米吃的国家，这个段落应该算得上是那个时代一部分人对美国的一种印象了，俨然在这部分人的心里，美国是一个既有“表”又有“里”的梦幻国度。然而，就是这三个青年，两个被拒签，一个出去了还丢失了尊严，“美国梦”落败，终究还是应了当初课堂上老师的那句“too young, too naive”（太年轻，太天真）。网上有论者对三个人命运的总结我觉得是很贴合的，成冬青是高考失败、泡妞失败、教书失败；孟晓俊是出国受挫、事业受挫、野心受挫；王阳是姑娘走了、兄弟走了、梦想走了。然而也就是这些铺垫之后，我们终究看到了“二逼青年经过苦逼奋斗成就牛逼人生”的励志传奇故事。

电影在人物塑造方面还是可圈可点的,人物有个性、有特点、有性格。黄晓明一改高富帅形象,从开始的土鳖到后来操一口流利英语的商界精英,对于黄晓明而言,也洗刷了之前“无演技”和“闹太套”的耻辱。对于三大男主角的描绘上,一开始会觉得人物刻画上是呈“哑铃”状的,就是两头(成冬青、孟晓俊)大、中间(王阳)小,然而稍微考虑一下,就会发现,中间这个还真不小,王阳始终是牵引成冬青和孟晓俊的坚定线索,而且他身上也凸显出很多光彩。从一开始的愤青到后来事业成功,再到后来的与世无争,角色是在变化的,而这个变化又是可信的。是他推动着三个人的“合伙”,他保持冷静、润滑关系、调解矛盾,这必然是一个创业阶段最需要的人。而且他也是在三兄弟中最早“悟”的,他懂得生活真谛,明白朴实的幸福,他与李萍的婚姻虽看似没那么热烈,却踏实、幸福。佟大为对于角色的诠释也是到位的,用陈可辛导演的评价即 effortless(松弛的)。片中的女性角色也不可忽略,尤其是杜鹃饰演的苏梅,她俨然是陈可辛电影一贯脉络的一个传承符号。陈可辛的爱情电影中,总会给人呈现无终的爱情,爱情总是“现实主义”的,总有目的性很强的女人,在《甜蜜蜜》里,李翘是这样的,《中国合伙人》里,苏梅亦如此。片中,苏梅在美国街头驻足看电视的段落,不禁让我想起《甜蜜蜜》中李翘在街头隔着橱窗看邓丽君逝世报道的镜头,一下子竟然恍如有“穿越”之感。

陈可辛的电影在叙事策略上,多以下里巴人的草根话语为主体,但却也从不缺少阳春白雪的精英话语,他也很善于把时代背景和人物命运血肉相连,在他的电影里,爱情是不可缺失的主题,而无根的漂泊感和现实主义的爱情也总让观众唏嘘。这些在《中国合伙人》里都得到了呈现。陈可辛电影的音乐使用也是值得称道的,在他的电影里,歌不仅仅是插曲,不仅仅是配乐,更多地还融入了剧作,构建了时代记忆,也表达了人物难以言说的心绪。在《中国合伙人》里,王阳剪去不羁的长发,宣告自己的“80 年代死于今天”，当他在 KTV 唱着“原谅我这一生不羁放纵爱自由，也会怕有一天会跌倒，背弃了理想，谁人都可以，哪会怕有一天只你共我”的时候，这歌声既营造了惆怅的氛围，又是对人物内心世界的诠释。另外，诸如《一样的月光》、《外面的世界》和《光阴的故事》等在影片中的作用也十分凸显，《一样的月光》点了一个关于改变的主题，《外面的世界》则说明了漂泊的无奈，《光阴的故事》则是纪念了那段已经逝去的青春。据称，陈可辛花重金买下不少 20 世纪 80 年代经典歌曲的版权，而且买这些经典老歌的版权费已经几百万，并不比做特效的费用便宜，如此看，这笔钱没白花。这些有情怀的金曲串联了 30 年的变迁，这种时代感和变化感的烘托是比任何场景布置、服装、道具和化妆等更加有力的。

如一开始提到的，《中国合伙人》是陈可辛的回归之作，吴君如也说“十几年过去了又做一样的东西”，但是看下来后，只能说，陈可辛“没回去”，他也“回不去”了。当年《甜蜜蜜》的那种娓娓而来已不复存在，《中国合伙人》透着一种急切的表达，可是“欲速则不达”。谈及回归，近年来一批大导们都喜欢用“回归”宣传，诸如张艺谋拍《山楂树之恋》是“回归”文艺，陈凯歌拍《搜索》是“回归”现实主义，周星驰拍《西游·降魔篇》是“回归”《大话西游》等，可是都看下来，我们只能感叹，就是回不去了。

《中国合伙人》从完成角度上来讲，中规中矩。但是因为这是陈可辛的作品，实在不免遗憾，此次陈可辛不仅没有“回归”，反而带了更加浓重的商业气息，炮制了这样一部在趣味上媚俗的作品，实在可惜。尽管陈可辛本人否认这是在为成功者歌功颂德，但是等到后面打出来很多成功企业家的照片，连带“老干妈”也出来的时候，即便你在大银幕上打出“他们的故事，也就是你们的故事”的时候，都觉得过于虚妄，因为有一大批拒绝被所谓中国式成功学洗脑的人是不会买账的，而那部分观众会清醒地认定这仅仅是一部关于“他者”的故事，而绝非“他们”。陈可辛没能“回归”，《中国合伙人》终究成了一封致创业成功者的情书。

汪海林

电影《中国合伙人》还挺好看的，不过，我对片尾出现的创业家照片有些感冒，我觉得里面有些就是骗子，成功学是我最厌恶的东西，我觉得有一天片尾里的时代英雄说不定谁就进去了，没有惠及众人的理想充其量是小财主的五彩的梦，我不觉得发财就是中国梦。

木卫二

梦想应该是让人不断追逐的东西，前仆后继，《中国合伙人》却告诉观众，如果没有梦想，如果理想破碎，你可以有钱，相当于把梦给实体化了：麻袋装的人民币，源源不断的金钱利益。为什么能成功？命中注定他们就是能成功，学英语让他们获得了成功。他们不相信美国梦，但美国梦却造福了他们。而无论在电影里还是现实中，中国的年轻人都源源不断地输送到国外，能不回来的，就不会回来。很遗憾，对中国传统的教育方式，对当代年轻人的命运，电影只是匆匆一笔，浅尝辄止，止步于新梦想在纽交所上市——这难道是一部企业宣传片？

公元1874

几乎不敢相信是陈可辛的作品，细腻而充满激情地拍出大陆从80年代到如今的变迁与年轻人的奋斗历程，相当流畅自然，同样的题材，其洋溢的青春气息完全把赵薇拍的那部秒杀，看看别人怎么用怀旧元素的，Beyond的《海阔天空》出现的时机太棒了！另外，黄晓明这次终于是一名真正的演员了。

Chongbei

陈可辛一直声称这次是再次拿起熟悉的题材，事实上，青春、奋斗、励志、中国梦这些东西，远远超过了他可熟练掌控的范畴。这些年，陈可辛没拍过烂片，而他的每次尝试，每次创新，都不够成功。《甜蜜蜜》那次，像是意外抵达巅峰，没了岸西的剧本，他不知如何再塑一次完美。他太小心，太贪心于商业上的稳妥，于是连续拍着外形漂亮的电影，如果继续如此，终将陷入越来越长的平庸路。

半辈子

在《中国合伙人》里，陈可辛的成功标准很简单，有钱了，就成功了。邓超带着两个好兄弟在美国吃饭，你看，以前我穷，没尊严，所有我要有钱，才有尊严。他的好兄弟，就框框砸钱，把他的名字印到曾被欺负的实验室墙上去。我一点也不喜欢陈可辛的成功论，有钱了，就去羞辱曾羞辱过我们的人。

禾尧

即便你没有经历过这一切，但依然会为这三个男人的梦想叫好；即便三个合伙人的英语发音实在是很"屌丝"，但依旧不会阻碍青春能量的迸发；即便有《致青春》在前，但看完《合伙人》后还是觉得，这才叫真正的致青春，因为青春不是帅哥美女的专属，不是一代人的专属，青春，属于每个人，哪怕你是个二愣子，哪怕你是个纯屌丝，哪怕我就是不爱背单词。

帕拉多克斯

《中国合伙人》至少还是保留了一点点人文关怀的，我们是否应该庆幸，导演终究还是会坚守一点点的自己。我看到的《中国合伙人》其实并不是一个创业故事，而是三个人的友谊，当《光阴的故事》响起，配合着大银幕上他们仨心领神会的默契表情，我想大家都会动容吧，某位不在身边的朋友是不是会出现在你脑海里，没错，那是我们渴望的友谊。

●【文化观察】

何来昆曲600年？
——央视电视片《昆曲600年》的历史臆造

顾聆森

■ 中央电视台反复播放的《昆曲600年》、《昆曲问源》等电视片，轻率地勾销了昆剧史上早有定论的魏良辅“鼻祖”地位。不需要史实，不需要论证，也绝不探讨昆腔与昆曲（水磨腔）的质的差别，胡乱就坐实了顾坚的“鼻祖”、“创始人”形象，又邀请了诸如刘欢等名人、“专家”进行“学术”旁白，不禁令人汗颜。鱼目混珠的昆曲山寨学术只能让真正的昆曲学术蒙羞。

顾聆森，苏州中国昆曲博物馆研究员（退休），曾任中国昆曲博物馆副馆长，苏州市戏剧家协会副主席，现任江苏省昆剧研究会副秘书长，江苏省昆剧院艺术顾问，《昆剧艺谭》执行主编。

中央电视台反复播放的电视片《昆曲600年》（央视与江苏广播电视台

联合摄制）断定昆曲有600年历史，去年央视又多次播放《昆曲问源》（央视与昆山电视台联合摄制），重复了昆曲的历史臆断，致使如今众多媒体，乃至学者的讲台，提及昆曲历史，无不异口同声：“昆曲600年！”

何来昆曲600年？

过去的昆曲史，都认定太仓魏良辅是昆曲的“鼻祖”，奉为“曲圣”，清初余怀曾说：“良辅初习北音，绌于北人王友山，退而镂心南曲，足迹不下小楼十年。当是时，南曲率平直无意致。良辅啭喉押调，度为新声。”据余怀介绍，魏良辅在自己的小楼里用10年时间创立了“新声”（昆曲）。经上海复旦大学著名教授赵景深考证，魏良辅“不下小楼十年”是在明代嘉靖十年至二十年，即公元1531—1540年，距今约470年左右。

明嘉靖末，至迟在隆庆之初，昆山曲家梁辰鱼创作了传奇《浣纱记》，首次用昆曲演唱，《浣纱记》的首演成功，标志了一个新的剧种——昆剧的诞生。昆剧的历史则又比昆曲晚了20余年，即不到450年。

有人提出昆曲的历史应该包括它的史前史，即它的母体昆山腔。问题是，几百年来还没有发现任何资料足以证明魏良辅是改革昆山腔而创立了昆曲。清初诗人朱彝尊在《静志居诗话》中谈到了昆曲的渊源，他说：“时邑人魏良辅能喉转声音，始变‘弋阳’、‘海盐’故调为昆腔。”指出昆曲的前身是弋阳腔和海盐腔。明曲家沈宠绥在谈到魏良辅创立新声的动机时说：“嘉隆间有豫章魏良辅者，流寓娄东鹿城之间，生而审音，愤南曲之讹陋也，尽洗乖声，别开堂奥。”沈氏是说，魏良辅是因为“愤南曲的讹陋”才去改革南曲的，这和余怀所说

魏良辅因南曲“率平直无意致”而“度为新声”的动机是一致的。可见魏良辅改革的声腔对象是“南曲”，如果一定要提昆曲的母体，也只能是“南曲”，而“南曲”是南方众多声腔的总称，广泛运用于宋元南戏之中，最著名的南曲声腔就有弋阳腔和海盐腔。故朱彝尊“变弋阳、海盐故调为昆曲”之说不无道理。

应该说，魏良辅对南曲声腔的改革是整体改革，并不针对单一的某种声腔，准确地说，是魏良辅吸收了南曲诸声腔的音乐精华而创立的一种新声腔。作为整体的“南曲”，某种意义上是可以认作魏良辅昆曲母体的，但南曲的历史远远超过600年。我们已知南曲早为宋元南戏所用，而南戏源于南宋，距今约800年。

任何民间的原始声腔都没有“鼻祖”或“创始人”，例如昆山腔，它是昆山人民千百年的集体创造，由昆山的民歌、小调、山歌等综合而成。但作为“新声”，它是有创始人的，那就是魏良辅。昆曲是魏良辅根据当时贵族、士大夫的审美意愿和审美情趣精心雕琢的一种创造，因而他被尊为昆曲的“鼻祖”、“曲圣”是顺理成章的，苏州供奉戏神的老郎庙中也同时供奉魏良辅，当不足为奇。但昆曲新声一旦流传开来，由于魏良辅“流寓娄东鹿城（昆山）之间”，昆剧处女作《浣纱记》的作者梁辰鱼又是昆山人，时人习惯以地域命名声腔，如朱彝尊就把魏良辅创立的新声也称为“昆腔”，致使作为新声的昆曲与原来流行于吴中的昆山腔的称谓，经常发生重叠混淆，这种现象一直流传到当代。

尽管新声的艺术造诣与任何南曲声腔不能同日而语，但当时社会的主流声腔是北曲，北曲有着先进的乐理体系，而南曲诚如明徐谓所说，“本无宫调，亦罕节奏，徒取其畸农、市女顺口可歌而已，谚所谓‘随心令’者”，向为上层社会尤其贵族、士大夫所歧视，例如姑苏名人祝允明就这样发难南曲声腔：“自国初以来，公私尚用优伶供事，数十年来所谓南戏盛行……愚人蠢工，狗意更变，妄名余姚腔、海盐腔、弋阳腔、昆山腔之类，变易喉舌。

趁逐挣扎，杜撰百端，真胡说耳。"魏良辅唯恐自己的新声挤不进上层社会，而遭到同样被轻蔑的命运，于是他不遗余力为新声造势高攀。传世的魏良辅的著作《南词引正》中有两段话值得注意。其一：

腔有数样，纷纭不类，各方风气所限，有昆山、海盐、余姚、杭州、弋阳。……唯昆山为正声，乃唐玄宗时黄幡绰所传。

魏良辅把昆山腔说成是唐朝黄幡绰所传。黄幡绰，据唐赵璘《因话录》、段安节《乐府杂录》记载，乃开元年间的宫廷艺人，颇为唐玄宗赏识，安史之乱后流落昆山。魏良辅意在利用新声与昆山腔名词概念的混淆，一举把昆腔与唐宫廷挂钩，借此猎取百倍身价而跻身音乐的正统。他的著作取名"南词引正"，其良苦用心已然溢于言表了。如果我们相信了魏良辅的论述，昆山腔的历史又何止800年？已有1 300年了！其二：

元朝有顾坚者，虽离昆山三十里，居千墩，精于南词，善作古赋。扩廓帖木儿闻其善歌，屡招不屈。与杨铁笛、顾阿瑛、倪元镇为友，自号风月散人，其著有《陶真雅集》十卷、《风月散人乐府》八卷行世，善发南曲之奥，故国初有昆山腔之称。

这百余字是支撑"昆曲600年"的唯一依据。在这里，魏良辅提到千墩顾坚：他"屡招不屈"于扩廓帖木儿，"善发南曲之奥"且有词作行世，交游均是名人辈，如杨铁笛（维桢）、顾阿瑛、倪元镇（赞）等。其中顾阿瑛不仅是昆山的文化名人，且是首富，他所创办的"玉山草堂雅集"誉驰曲坛，雅集之际高朋满座，顾坚当是顾阿瑛玉山草堂的座上客了。然而，奇怪的是，像顾坚这样与顾阿瑛、杨维桢、倪赞等并起并坐的"名人"，无论正史还是野史，均找不到只字片言的记载。明代的大曲家徐渭在撰写《南词叙录》时多次提到昆山腔，却没有提到顾坚。不久前，昆山著名企业家沈岗为了弘扬昆山地方文化，组织、投资出版了顾阿瑛文集，洋洋百万余言，其中有数千首词曲，不乏与社会名流的唱和之作，竟没有一首与顾坚唱和。就连顾坚“行世”的《陶真雅集》十卷、《风月散人乐府》八卷至今也难觅踪影。顾坚的大名也因此仅仅在《南词引正》中昙花一现而已。更奇的是，后人在刻印《南词引正》时偏偏删去了黄幡绰和顾坚的一段文字，书名也改为《曲律》。庶几刻印者觉得黄幡绰、顾坚者过于虚无缥缈，与全书论述昆曲演唱方法的内容又格格不入，硬是一段衍文而已。

魏良辅所说昆山腔由唐宫艺人黄幡绰传至昆山，后人也有附和的，如清刘亮采便有黄幡绰“始变为昆腔”之说。这么一来，昆曲的发祥地就被搬了家，从苏州搬到长安去了。《昆曲600年》的制作者真还敢冒天下之大不韪，于是就对唐宫的黄幡绰视而不见，随心所欲地将充满谜团的600年前的顾坚封为昆曲“鼻祖”、“创始人”，一个重大的历史决定就在绝无旁证的百余字中“被诞生”了。

顾坚是否真有其人？尚无法证实。前不久有学者声称在国外查到了顾坚家谱，一时沸沸扬扬，却很快就遭到质疑，南京大学吴新雷教授已在《文学遗产》撰文证实是个骗局。魏良辅抬举顾坚，无非是要证明唐宫黄幡绰的继承人社会地位同样高贵，意在为新声“引正”张目。即便顾坚真有其人，也并不能证明，昆山腔就是魏良辅创立新声的唯一“母体”。众所周知，地方声腔是方言的乐化，离开方言也就没有了地方声腔。以方言为根基的声腔发展到一定阶段就有可能形成地方戏剧，故沪剧的舞台语音是上海方言，越剧是绍兴方言，等等。昆山腔是用昆山方言歌唱的地方声腔，如果昆曲的母体是昆山腔，则它的舞台语音一定是昆山方言。事实上完全不是，这是厘清昆曲之源的关键。

魏良辅的杰出贡献正是没有从纷杂的南曲方言中选择母语，而是另辟蹊径，选择了“苏州-中州音”为舞台语音。“苏州-中州音”是北宋都城从中州开封南迁杭州后，苏州人（主要指吴县人）在学说中州话过程中糅合两地语音而成，俗称"苏州官话"。"苏州官话"大抵只用于官场、书面朗读等场合。新的舞台语音的选定，解除了方言经常有音无字的困惑，从而为古代声韵学说引入南曲度曲领域打开了大门，明初的官韵著作《洪武正韵》就有可能成为昆曲的检索工具。更重要的是"苏州-中州音"既保持了吴侬软语的清柔委婉，又糅合了北方语音的豪放遒劲。它的南北贯通，又为魏良辅把北曲以及北曲的先进音乐理论引来昆曲铺平了道路，从而结束了南曲"随心令"的低级阶段，最终成为内容与形式完美结合的统一体。

语音是声腔的基因，昆曲虽然同属南曲范畴，但"苏州官话"对于用不同方言歌唱的南曲，意味着血统的某种剥离。新的舞台语音也使魏良辅得以考究字声，所谓"平上去入，逐一考究，务得中正"。昆曲的许多腔格，不但优美悦耳，同时确保了"苏州-中州音"的字声"中正"："声则平上去入之婉协，字则头腹尾音之毕匀。"从而奠定了"依字行腔"的基石，推动了以"字正腔圆"为目的的度曲实践的飞跃。魏良辅的声腔改革始自"清曲"，随后推广到"剧曲"。"清曲"不用伴奏，只以"拍为之节"。"剧曲"则须借音乐伴奏之势。昆曲有规模的乐队伴奏为魏良辅所创，也有文字记载为证，如清曲家李调元云：嘉隆间，昆山有魏良辅者乃渐改旧习，始备众乐器而剧场大成，至今遵之。

综上所述，魏良辅创立"新声"，主要通过以下几个途径：一是选定新的舞台语音，随着语音南北兼通，奠定了它日后发展成为全国性大剧种的基础。二是确立"依字行腔"的歌唱方法，即按字声、字韵来设计腔格，成就了无可比拟的"水磨腔"。三是引进北曲的七音阶（南曲为五音阶）和北曲先进的音乐理论体系，搭起了昆曲高雅的艺术平台。四是构建包括管乐器、弦乐器和打击乐器在内的完整的伴奏体系，且一直沿用至今。魏良辅创立"新声"的一切丰功伟绩与千墩顾坚没有任何关系。魏良辅"鼻祖"的地位不是某个人的封赠，而是在他身后自然形成的一种集体口碑："声场禀为曲圣，后世依为鼻祖。盖自有良辅，而南曲音理，已极抽秘逞妍矣！”

奇怪的是中央电视台反复播放的《昆曲600年》、《昆曲问源》等电视片，轻率地勾销了昆剧史上早有定论的魏良辅“鼻祖”地位。不需要史实，不需要论证，也绝不探讨昆腔与昆曲（水磨腔）的质的差别，胡乱就坐实了顾坚的“鼻祖”、“创始人”形象，又邀请了诸如刘欢等名人、“专家”进行“学术”旁白，不禁令人汗颜。昆曲进入世界文化遗产名录后，研究、宣传昆曲的人开始增多，未必是坏事，但很少有人能够真正潜心进入昆曲的历史领域和昆曲的艺术本体后再发高论，从而造成“昆曲600年”这样的伪命题的滥觞。就像商品市场充塞了山寨货一样，鱼目混珠的昆曲山寨学术只能让真正的昆曲学术蒙羞。

写作观念的新旧交替

——评韩少功《日夜书》及其书写策略

谢尚发

■ 小说《日夜书》，重写知青题材的同时试图兼收并蓄地运用后现代主义小说的诸种技法，创造性地缔造全新的中国当代文学的书写面貌。于是读者们发现，马尔克斯又一次以更为清晰的面目出现在中国文坛的舞台上。但如果一个国家的文学长时期地依赖另外一个国家文学的哺乳，始终走不出文学的“断奶期”，那么对于该国文学的发展是致命危害。

■ 在新和旧的交替往复之中，韩少功玩起了文学历史化、去历史化和再历史化的博弈，却始终忘却不了描绘当代生活精神图谱的冲动，也忘却不了探索当代思想境况的使命。因此，可以说韩少功是在借助知青一代生活之酒杯，浇自己心中将当代生活再历史化的块垒。

一、又见“马尔克斯”

许多年之后，面对世界末日的最终审判，加西亚·马尔克斯一定会记起他所开创的魔幻现实主义在20世纪80年代之后的中国文学界所持续引发的火爆效应与频频被模仿的现象。那时的中国文坛，寻根文学已经取得了众人瞩目的成就，引发了持续的争论与探讨，一批作家借鉴之后写出了诸如《马桥词典》、《透明的红萝卜》、《尘埃落定》等作品。若干年之后，莫言凭借魔幻现实主义的书写方式问鼎了"千人关注、万人敬仰"的诺贝尔文学奖，把中国当代文学推向了一个新的高度。其时，韩少功作为寻根派的执牛耳者，推出了小说《日夜书》，重写知青题材的同时试图兼收并蓄地运用后现代主义小说的诸种技法，创造性地缔造全新的中国当代文学的书写面貌。于是，许多年之后，读者们发现，马尔克斯又一次以更为清晰的面目出现在中国文坛的舞台上，脱掉了所谓本土化的五彩华服，径直以典型魔幻现实主义的叙事语貌亮相。

《日夜书》以陶小布作为叙事的焦点，铺陈一代知识青年上山下乡的经历，及其在新时代的遭遇和思想危机。作为一个叙述者，陶小布总是以"我"的口吻随意颠倒故事的顺序性，整个小说呈现出一种时空倒错、穿梭往来的特点，造成了叙事的复杂性和多点性，仿佛同时绽放的花朵装满了整个花圃，异常靓丽炫目，让观赏者目不暇接，眼花缭乱。叙述人犹如手握绣花针，让故事作为主线，串联起记忆的点点滴滴。如果说故事是丝线，叙述者是绣花针，那么绣花的技巧则是马尔克斯的祖传秘方。因为韩少功借以达成这种目的，所依据的基点正是马尔克斯的叙事语貌，那句魔幻现实主义的"圣经"句式："许多年之后，面对行刑队，奥雷良诺·布恩地亚上校将会回想起，他父亲带他去见识冰块的那个遥远的下午。"整部小说，伴随着阅读的推进，处处能够见到这个经典句式的魅影，它时时刻刻浮现，指认着作为马尔克斯后代的全部特征，也炫耀着这种特征。翻开小说，劈头盖脸的一句就是："多少年后，大甲在我家落下手机，却把我家的电视遥控器揣走，使我相信人的性格几乎同指纹一样难以改变。"阅读的兴致如果就此被挑起，顺次读下去别有收获也说不定，可在兴致勃勃地前行之际，又跳出一句："多少年后，我再次经过这条小溪，踏上当年的小木桥，听河水仍在哗哗流淌，看纷乱的茅草封掩路面，不能不想起当年。"这无疑让人怔了一下，怀疑起自己的阅读对象，到底是韩少功的《日夜书》，还是马尔克斯的《百年孤独》？如果就此一点儿还不足为证，还能够持续读下去的话，那么紧接着又跳出来的话语则让人突然间发现，马尔克斯实在是"他乡遇故知"了。"我醒了过来，再次醒过来了，发现很多事情还得从头说起。""多少年后，我差不多忘了白马湖。多少年后，我却从手机里突然接到军哥上吊自杀的消息，顿觉全身发软。""多少年后，大甲与小安子都去了国外，有人在军哥耳边嘀咕，说那两个家伙不怎么道义，据说……""多年后，他已远在太平洋的那一边，音信渺茫，相见时难，但还是不时潜入我的恍惚，触动我内心中柔软的一角。"等等，不胜枚举，俯拾皆是，真让人在恍惚之中以为自己是在阅读马尔克斯的《百年孤独》，而非韩少功的《日夜书》。我总觉得，引用这样的句子都让人有一种不寒而栗的感觉，仿佛马尔克斯的幽灵就站在身边，阴森得可怕，诡异得可怖，狰狞得可憎。

就整个文学的发展而言，世界文学格局中的交流势必成为一种必然的现象，更何况存在着"影响的焦虑"，促使作家们总是跟随前辈的足迹，练就一身本领之后开创崭新的道路，通往文学的高峰。这是再正常不过的文学现象。然而如果一个国家的文学长时期地依赖另外一个国家文学的哺乳，始终走不出文学的"断奶期"，那么对于该国文学的发展则会产生致命的危害。

二、脱去新装的叙事与七宝楼台的思想

从《日夜书》的书写中，可以看出在叙事和思想上，韩少功都铆足了劲儿，准备来一回天地换新颜的大变革。

就叙事而言，韩少功突然间开始转变了那种温婉雅致的书写方式，告

别了词语和笔记带动叙事的试验机制，取而代之的则是日常言说的通常与顺滑，完全出之于口语化的表达让读者突然找不到那种刻意为之的强调文学性的表达。这种书写方式，如果说贾平凹最为拿手，那么就没有其他人敢称之为是第一了。韩少功也突然间改头换面，用一种这样的腔调来叙事，将自己的身份隐藏了起来。当然，《日夜书》的叙事语言可以说是贾平凹《秦腔》和余华《兄弟》的双重复合。书写知青岁月的酸甜苦辣和激动人心，动用的是一种来自乡下的口吻，略带抒情，又微含怀念。一俟写到当代都市生活，韩少功又拿出了余华在《兄弟》中恣肆汪洋的任意任性劲儿，随意点拨，泼墨写意画一般，天马行空，不说到痛快淋漓绝不停下。《日夜书》和《兄弟》可真谓是孪生"兄弟"了，甚至可说是《兄弟》的下部。中国当代文学的两套笔墨深深地潜藏在贾平凹和余华的两部作品中，书写者往往无出其右者，而韩少功则在一部小说中综合了两者，不可谓是不左右逢源。

如果到此为止，还不算是真正的大叙事，因为韩少功还要展现自己开阔的视野和借鉴的拿手好戏，于是整个《日夜书》就让人读到了太多的文学名家之身影，他们幽灵一般走进走出，仿佛《日夜书》为他们在午夜提供了一个交谈的场所，每一个人都拿出自己的看家本领，聚在一起，各显神通。马尔克斯自不必说，卡尔维诺也频频亮相。"眼下这一刻，我已经站在未来了，已把自己这部电影看了个够，也许正面临片尾音乐和演职员表的呼之欲出。""流行在头上飞掠，我现在该往下写吗？星空在缓缓旋转，我现在该往下写吗？月光下的山那边似乎就是世界边缘，是滑出这个星球的最后一道坡线，我犹豫的笔尖该往哪里写？"恍惚之间，已置身于卡尔维诺的小说中了。"写这本书的时候，时常搁笔，走到窗前。天上空荡荡的……""我的书呀，你现在到了结尾处。最后这几天，我写得飞快，一行一行地写下来……"庄生梦蝶的化境大概在韩少功的《日夜书》中得到了一种阐释，那种不分你我的书写中，承载着整个世界文学的技巧，浑然不知何者为韩少功，何者为马尔克斯、卡尔维诺等。事实上，这种小却大着的叙事延续了韩少功的写作路径，只是越发变本加厉，赤裸裸地宣称一种模仿的书写方式。试问，在这种模仿中，中国当代文学到底想做些什么？作家到底想创作什么样的作品？这种写作的意义到底何在？

当然，韩少功试图通过这种叙事策略的融合，来达到自我思想的表达。重操知青题材，韩少功这一次的书写多少让人有些失望。失望不在于他没有写出知青一代前生后世的状况，失望在于，他不但没能超越自己，反而向自己投降，不断降低了自己文学作品的质量。期望过高的我，手里端着杂志，有一种难掩的失望，只是觉得一种彻底的悲观潮流袭击了我。当代作家实在是不严肃，一年一部长篇或者两年一部长篇，动辄60万字，30万字，然而读来却平平无奇，同一个腔调说出了不同的废话。有些作家则似乎江郎才尽，东一耙子，西一耙子，美其名曰探索或者创新，实则是每况愈下、体力不支。

《日夜书》的梦想不难发见。在创作过程中，随着叙述者的不停转换，往来于现时代和知青时代，以两相对比的方式探照知青一代的精神世界。于是，不堪回首的往事映入眼帘让人流连忘返，却难以掩盖其中的愚昧、失落和痛苦不堪；混乱的现代生活又充满了虚无、寂寞、荒诞和无可奈何，以至于生活变成了七彩斑斓的宝塔，看似晶莹剔透又美妙无比，却经不起哪怕任何一点点的推敲。生活不推敲，过得还算是有滋有味，一旦面临询问，便愈发支支吾吾，不知所言了。处于这种前不着村、后不着店的时代，知青一代所遭遇的生活窘境使得他们既回不去，也走不来。于是整个小说显现出一种悲壮的哀情，苍凉、惨淡却又显得无所适从、难以名状。韩少功并没有抓住一个核心，或者并没有找出一条主线，甚至只是印象式地草描了一代人的生命处境，因此凌乱和芜杂在所难免，读来越发让人觉得味同嚼蜡。没有了《马桥词典》的探索的激情与内敛的沉稳，也没有了《爸爸爸》的文化情怀和人世体悟，完全一任文字的爆炸、故事的蔓延、人物的模糊横行其中，思想境界自然难以超越。

三、历史的鬼魅身影再次重现

历史化作为中国当代文学最重要的特征之一,始终或隐或现地出现在当代文学的表达之中。从历史化,到超级历史化、再历史化,再到去历史化,都隐含着中国当代文学对于构建历史的冲动。历史化这一当代文学的现实,充满了作家对于历史精神进行探索的无休止的坚持,他们怀抱着雄心壮志,整装待发,然后借助文学的叙事来达成对历史的全新书写。文学发展到20世纪90年代和21世纪的时候,去历史化一度成为文学回归自身的一大显著特征。然而恰恰是在去历史化的呼声和现实中,文学又在悄然地进行着再历史化、重新历史化的工作。历史化的过程中,作家们怀抱着不同的政治意图,书写着全新的历史,构建当下生活的同时构建历史的过往,而他们笔下的当下生活正是历史事实的组成部分。韩少功同样如此,再历史化的冲动在作品中如火山般喷薄而出,燃烧了韩少功,也燃烧了作品中的每一个人物。

重写知青题材,韩少功本来应该提供一种全然不同的知青叙事,然而却恰恰相反,再历史化的过程中,韩少功非但没有将这段历史写出新意,反而将现实作为历史的一部分纳入其中,其庞大的野心中知青叙事只不过是其历史化的一小部分而已,言在此而意在彼的书写方式中,韩少功更加强调对当代精神的关注,从思想上探讨我们这个时代。或许可以说,知青题材是一个借以展现其历史化冲动的线索,借由这一线索,韩少功对当代精神和思想进行历史化的野心彰显了出来。对知青生活的闪回般的叙事只不过是其掩盖小说历史化的遮挡布,他更愿意努力在当下的生活中,寻找到一种全新的精神面向的解释。再历史化的倾向中,韩少功毫不隐晦地表达自己的政治诉求和意图,在历史化中加入政治的叙事,在日常生活的言说中带上政治诉求的倾向,因此,比起那些以去历史化的方式参与到历史化的过程中的作家来说，韩少功显然在这一点上更为清醒，也更为自觉。早年作为寻根派的中坚力量，韩少功就不无在历史化的冲动中加入政治的诉求，一种在世界文化中塑造中国形象的渴望时刻隐现其中。而如今，他径直将笔触深入到当代生活的精神和思想内核中，挖掘历史记忆作为历史化的幌子和借口，真实的目的却是要剖析当代社会生活，为其把脉、诊断，不试图开出药方，只是完全和盘托出当代的精神世相和思想状况。

这一点恰是其明显的“新却旧着的文学”的表征，也是“旧却新着的文学”的奇特面孔。在新和旧的交替往复之中，韩少功玩起了文学历史化、去历史化和再历史化的博弈，却始终忘却不了描绘当代生活精神图谱的冲动，也忘却不了探索当代思想境况的使命。因此，与其说韩少功是在重新书写知青题材，探索一代知青人的精神世界和思想状况，不如说韩少功是在借助知青一代生活之酒杯，浇自己心中将当代生活再历史化的块垒。体现在《日夜书》中，历史化叙事便呈现为时间和空间上的往来穿梭，从错综复杂的跳跃中理出一条自我历史化的独特书写方式。

然而在再历史化的过程中，韩少功的政治诉求则表现为一种政治牢骚，是满腹抱怨的愤愤不平，也是无可奈何的调侃与自轻自贱式的嘲讽。从政治诉求到政治牢骚的转变，隐含着历史化倾向的艰难时世的到来，也暗含着一代文人历史化激情的冷却时代之到来，当代文学的历史化必然会在某些方面停止前进而代之以非历史化的书写，而在另一些方面则事无巨细地参与到历史化过程之中。历史往往如此发展，这一幕曾经是新中国成立之后文学最为明显的现象，如今灵魂附体，重又出现。历史的鬼魅身影再一次重现于当代文学的舞台之上，重现于韩少功的《日夜书》中。从由大甲引出的“共产主义就是不分你我的乱来”的判断，到对当代社会的牢骚式抱怨，“我就奇了怪了，好多人连饭都吃不饱，国家烧这种钱干什么？你上了天又怎么样？放个礼花不是更好看？”俨然一个发牢骚的形象。韩少功的历史化意图再也难以隐藏起来，政治牢骚恰恰表明了其政治诉求和意图,也将其历史化的面具摘下,还原本真的面目——以历史的过往书写历史的当下,以历史的当下衬托历史的过往。读者不禁暗暗一笑,这不正是所谓的隐微式写作吗?这不正是尤里安、霍布斯等的书写方式吗?不正是《左氏春秋传》、香草美人式的写作吗?何以魂兮归来,借尸还魂了呢?这可真算得上是文学的一次绝妙的玩笑——我们新却旧着的文学呵!

另一种误读

——读《2012 年度“诺奖”〈授奖辞〉解读》有感

彭 媛

在 3 月 7 日和 21 日的《文学报 · 新批评》上，李建军撰文《2012 年度“诺奖”〈授奖辞〉解读》(以下简称“李文”)，尖锐地评判了 2012 年诺贝尔文学奖的《授奖辞》中暗含的“傲慢与偏见”，并认为我们需要警惕这种借过度“包装”莫言而实行“西方中心主义”“征服”的隐秘意图。以下仅对此文，粗浅地提出一点看法。

李文对诺奖的评授提出诸多质疑：“他们是站在什么样的文化立场来观察中国文学和中国文化的呢？是用什么样的价值尺度来阐释‘中国经验’的呢？是怎样理解和评价莫言作品的呢？”对此，李文也摆出了自己的价值尺度和立场标准，将“诺奖”界定为应是“高扬人道主义和理想主义精神的文学奖”，符合“诺贝尔遗嘱里的最重要的‘理想倾向’标准”，并认为此奖包含“政治”等复杂因素在内，并非单纯讨论“文学价值”问题。我们说，奖项设置的初衷，不是僵化人类思想的座次，而是激发人类潜能的攀登。文学评奖必然包含民族与国家、文化与思想、历史与当代等诸多因素，“政治”、“经济”当然在内，这也正是文学的题中之义，同世上没有永不失误的奖项一样，这是常识问题，关键是在李文中，“政治”是什么，“人道主义”、“理想主义”又是什么。

具体到李文的核心，对《授奖辞》的理解，认为莫言的作品是“经过翻译家改头换面的‘象征文本’”，然而就李文对《授奖辞》的翻译和解读来看，也可谓一场不称职的误读。莫言的《授奖辞》是由瑞典学院诺奖委员会主席瓦斯特伯格(Per Wastberg)撰写，征求其他院士意见修改，并在颁奖之前宣读，原文应是瑞典文，大多数媒体采用的英文版通稿已是翻译文本。以下仅就重点几处分析：对于文中的译句："在他对于中国过去一百年的描述中，我们找不到西方幻梦般跳舞的独角兽，也看不到在门前跳方格的天真小女孩。"(On his broad tapestry of China's last hundred years, there are neither dancing unicorns nor skipping maidens.)李文认为"通过明显的意指与朦胧的暗示，'诺奖'评委们处处将'中国'与'西方'作比较，'西方'的高级文化和西方人'幻梦般'的生活，那么优雅高级，那么富有诗意，中国的文化与中国人的生活，却仍然停留在'猪圈式生活'的原始状态。中国的确仍然处于现代文明建构的滞后状态，但是，用如此傲慢的'东方学'态度来审视中国，用如此充满偏见的语言来'阐释'中国，却很难说是一种积极的对话态度和有效的言说策略。"可是仔细比对可以发现，这句话中的"西方"一词似乎并无来源。以下是万之先生根据瑞典文原文的翻译："在他跨越近百年中国的宽广织毯上，舞蹈的不是独角兽，轻巧踱步的不是少女。"以下是钟宜霖女士根据英文版的翻译："在他所描绘的中国过去百年的宏大图景里，既没有舞蹈的独角兽，也没有跳绳的小姑娘。"要理解此句，我们可以纵观《授奖辞》全文，能发现前文与此段勾连之处——"Mo Yan describes the Great Leap Forward and the Great Famine of 1960 in stinging detail."这里的"绣花针般刺痛人的细节"正是一针一线绣制在这"近百年中国的宽广织毯上"的。对于这句话中的"unicorn"，按字面翻译是"独角兽"，试想西方的独角兽怎么会舞蹈在中国的织毯上呢？而中国传说中也正有独角、马身的神兽，那就是麒麟，至于"skipping maidens"，将之带入情境可以想象，这是一幅中国传统的舞台节目场景，或是戏曲，或是杂技，这"织毯"也可理解为"氍毹"，旧时演剧用红氍毹铺地，因而常作为歌舞场、舞台的代称。这些中国传统风貌似乎才是属于"东方想象"的印迹，而莫言的写作中有的是相异的因素和笔调，《授奖辞》同样是一篇文学作品，此中文学意境值得玩味。可见，李文翻译中的添加造成了错解，这句评价的用意被傲慢地冠以"东方主义"的帽子。另一处，李文认为"他们将20世纪的中国人看成'野蛮人'(the brutality of China's 20th century)"，这里的"野蛮人"同样没有根据，通常译作"20世纪中国的残酷"。以如此粗疏的态度和对字词极富个人情感的纠结，李文似乎正落入了自己的批判中——"只满足于浮面上的东西"。

李文在引用林培瑞时，曾提到"幻觉现实主义(hallucinatory realism)"，但通观全文，对于此词，李文并无考究，在别处仍采用媒体通用的"魔幻"一词，对于评委给莫言的这句评语乃至莫言的作品究竟有何意味和意义，似乎并无深入思考。莫言获得2012年诺贝尔文学奖的评语，是由瑞典学院常任秘书彼得·恩隆德(Peter Englund)先用瑞典语，后用英语宣布。官方新闻稿英文版为：The Nobel Prize in Literature for 2012 is awarded to the Chinese writer Mo Yan "who with hallucinatory realism merges folk tales, history and the contemporary".(莫言"以幻觉现实主义融合了民间故事、历史与当代"。)

hallucination不是一个新词，原意是由于神经系统紊乱，或焦虑、激动、情绪不稳定而产生的非真实的感觉，常与病态相关，如"个人或社会病态的反映"，但不一定必然是病态的。据施普林格出版社《幻觉词典》(A Dictionary of Hallucinations)解释，hallucinatory的拉丁词源是alucinari/hallucinari，意为"做梦、呓语、空谈、神游"等。此前曾被用于德国作家彼得·魏斯的作品、法国画家汤米·温格尔的图画、意大利导演皮埃尔·保罗·帕索里尼的电影《马太福音》、澳大利亚小说家彼得·凯里的小说《我虚假的生活》和凯文·贝克的小说《陋巷风云》等。

hallucinatory realism可直译为"幻觉现实主义"，新华社等不知何故译为"魔幻现实主义融合了民间故事、历史与当代社会"，并在国内被广泛转用，造成了莫言与拉美文学的混淆，对"诺奖"评价的误解以及对莫言文本探讨的错乱，其中同样包括国内文学批评界的责任。值得一提的是，诺贝尔奖官网的瑞典文通告是"莫言以hallucinatorisk skärpa，融合了民间故事、传奇、历史与当代"，可理解为"幻觉般的敏锐笔触"。瑞典学院当天还在一份新闻公报中进一步解释说:“从历史和社会的视角,莫言用现实和梦幻的融合在作品中创造了一个令人联想的感观世界。”作为诺贝尔文学奖的18位评委之一,评委会前主席、瑞典学院终身院士,谢尔·埃斯普马克(Kjell Espmark)说:“在诺奖颁奖词中,我们用的词是 hallucinatory realism,而避免使用‘magic realism’(魔幻现实主义)这个词,因为这个词已经过时了。魔幻现实主义这个词,会让人们错误地将莫言和拉美文学联系在一起。当然,我不否认莫言的写作确实受到了马尔克斯的影响,但莫言的‘幻觉的现实主义’(hallucinatory realism)主要是从中国古老的叙事艺术当中来的,比如中国的神话、民间传说,例如蒲松龄的作品。他将中国古老的叙事艺术与现代的现实主义结合在一起。所以我们需要讨论马尔克斯、君特·格拉斯——例如《铁皮鼓》的影响,但我个人认为马尔克斯和格拉斯的影响不是直接的,他们真正的重要性在于让中国式的故事讲述方式变得合法了,他们让中国作家知道可以利用自己的传统艺术写作。”就此评价来看,评委们是将莫言的小说艺术作为一种带有中国本土特色的崭新文学风尚来看待的。正如莫言所言:“文学是不可能超越的,我们只能用另外的方式,在旁边建一个跟‘她’一样高的建筑。”(莫言、木叶《文学的造反》,《上海文化》,2013年第1期)可以说,“幻觉现实主义”(有些批评家也称作“谵妄现实主义”)比较准确地描述了莫言作品的非镜像、混沌感、负面叙事的特质与表达的勇气和技巧,在这种特质的折光中,我们能看到果戈理、鲁迅、卡夫卡等身影,“诺奖”看到了,这也许正展现了莫言的创作能与文学世界性相通的潜力。

李文认为莫言在文学与政治的关系上暧昧,没有区分“好的政治”与“坏的政治”,作家“远离政治”就是“不诚实”,对作家来说,“政治就是生活本身,就是文学叙事的具有核心意义的内容构成”,并进而得出结论:“我们根本无须否定文学与政治的关系,而应该追求能够使文学的精神更加自由和健全的政治性,应该追求能够更内在地升华文学的审美价值的政治性。”

值得提出的是，莫言的“超越政治”并不等于不涉及政治，在李文中，“政治性”已经全然被做出“好”“坏”区分，并剔除了“坏”，成为一针强心针、一棵主干、一个不可或缺的异质体，被安插在文学本体之上，这不仅与文学本身就包含“政治”的“政治”不同，且已然飞跃在文学之上，这样的文学，又怎能如《授奖辞》中所言“soars across the entire human existence”呢？可见，这样的“价值尺度”只能是视障和自私的。政治不只是“足够的勇气和鲜明的立场”，“理想主义”也不只是怒吼着“控诉”，如果政治覆盖了现实，那文学又将置于何处？李文对好的中国文学的标准似乎是“‘温柔敦厚’的美学精神”与“‘好色而不淫’与‘怨诽而不乱’的内在节制”，似乎包含详尽的“与时代生活相关的背景性因素”以及“细节描写真实性”，又似乎是“我们现在迫切需要的，不是让无辜的受害者和写作者来忏悔，而是把真正有罪的人和可怕的罪孽发掘出来，诉诸文字，使它无所遁形”。以这种莫衷一是的傲慢与偏见，又如何贴近文学对象，感受其中寓含的同历史与现实之间的紧张和冲突，和那美德必胜的梦中故乡。每个人的家乡都是“一个最丰盛的美德与最卑鄙的残酷战斗着的地方”（where bountiful virtue battles the vilest cruelty），如果说文学是生活的观察的呈现，就不应配备着求解的思维，拿着那样的标尺去对待它，这才会更接近诺贝尔的初衷——“理想倾向”吧。

不薄老凤爱雏凤
——兼与唐小林以及从维熙商榷

熊元义

唐小林在《荒唐的逻辑只能得出荒唐的结论》(《文学报》2013 年 3 月 21 日)一文中严厉痛斥了楚昆与他的商榷,认为楚昆这是禁止中国当代文学批评家怀疑和批评陈晓明这位当代中国文学批评界的"昆仑"和"最高峰"。这严重地误解了楚昆批评他的真意。一、唐小林不太准确地认为楚昆的这种批评是和稀泥,是为名人打圆场;二、唐小林荒唐地指责楚昆禁止中国当代文学批评家批评文学名家。其实,楚昆并没有反对唐小林批评陈晓明的文学批评,而是在肯定唐小林这种批评的基础上进一步地批评了陈晓明的文学批评,即从理论上寻找了陈晓明文学批评失足的原因。不过,唐小林的这种反批评虽然看错了靶子,但还是有不可忽视的价值,一是可以促进文艺批评界更深入地批评陈晓明文学批评的理论误区;二是鲜明地提出了一个文学批评界不能回避的问题即文学名家能不能批评?

本来,这不应是一个问题。很简单,没有对文学名家的批评,就没有对文学名家的超越。而没有对文学名家的超越,就没有长江后浪推前浪,江山代有才人出的文学发展。而现在这之所以成为问题,是因为文学界出现了不可轻易冒犯的既得利益群体,他们千方百计地阻止这种批评,以至于文学名家不得批评和批评不得。那些由批评文学名家所引起的文化官司明的暗的时有耳闻就不难令人感受到这种批评的困厄。中国当代文学批评在这种种框框的束缚下出现了极为鲜明的反差现象,有些真正有利于文学发展的"好处说好、坏处说坏"的科学的文学批评极难开展,而那些涂脂抹粉的文学批评却极度兴盛，涌现了大量的不着边际的报喜不报忧的文学批评。在文学批评中，有些文学批评家极少因为飚捧浮夸而损失什么，反而在各种哗众取宠中获得了不少意想不到的利益，而这些利益往往是在求真务实的文学批评中很难取得的。这就极大地滋生了一些飚捧浮夸甚至自相矛盾的文学批评，一些貌似深刻实则不着边际的文艺批评。这些不着边际的文学批评在中国当代文学批评界不但得不到及时的汰除，反而成为一些文学批评家哄抬自己身份和地位的砝码。而有些作家不以这种廉价吹捧的文学批评为肉麻，反以它们为脂粉。一些作家和文学批评家竟在这种互相吹捧中结成利益群体，在一定程度上左右和控制了当下的文学风气，极大地阻碍文学包括文学批评的健康发展。

其实，中国当代文学界所追求的大团结应是既尊重文学名家，又重视文学新人，不薄老凤爱雏凤。在这种合理的文学秩序中，文学名家与文学新人应是超越关系，而不是否定关系。这就是说，文学名家与文学新人应该互相尊重，文学名家应该热心扶持和提携文学新人，而文学新人应该努力学习和尊重文学名家，并在接力中继续前进。但是，有些文学批评家却认识不到文学名家与文学新人的这种辩证关系，有意或无意地制造了一些文学代际关系上的隔阂和分裂。譬如，在第八届茅盾文学奖评奖时，一些关心中国当代文学发展的网民看到"不少作协主席、副主席作品入围"时认为茅盾文学奖评奖似乎不太重视发掘文学新人新作，并提出了强烈的质疑。这是真正热爱中国当代文学的网民提出的非常有价值的话题，他们不希望中国当代文坛始终只有文学名家的身影，而看不到文学新人辈出的景象。但这个话题却被一些颇有身份的文学批评家全盘否定，认为"这是一个伪话题"。在这些文学批评家看来，作协主席、副主席只是代表一个有创作实力的作家，和行政官员完全不是一回事。由于作家有创作实力，所以成为作协主席；同样有实力的作家作品参评茅盾文学奖也是理所当然。这实际上是在贩卖这种逻辑，即强的永远是强的。的确，作协主席、副主席是有创作实力的作家不假。但是,有创作实力的并不等于始终能够创作出优秀文学作品和始终能够创作出比后起之秀优秀的文学作品。这也是不言而喻的。如果文学界强的永远是强的,那么,文学新人就只有永远匍匐在文学名家的脚下而没有出头之日。

这不能不令人想起中国文学批评界在20世纪50年代中期以来对以往《红楼梦》研究等展开的文学批评过程,其重要原因之一就是有些文学批评家囿于既得利益,拒绝和抵制正常的文学批评的开展。有些文学批评家不是接受真理,而是固步自封;不是追求真理,而是依附强权。这种不认是非只认强弱的状况已造成人才难以出现的不合理的秩序。因此,中国当代文学批评家在文学批评实践中不仅要讲真话,而且要追求真理和捍卫真理。文学批评家只有追求真理和捍卫真理,才能仰赖外部力量(包括政治力量或资本力量)打破这种人才难以出现的不合理的秩序,至少可以在一定程度上规避这种不合理的秩序所造成的危害,才能展开较为充分的文学争鸣并有效地推进当代文学批评的健康发展。

可惜的是,老作家从维熙在畅谈"中国文学百年的悲与欢"(《文学报》2013年4月8日)时也潜伏着强的永远是强的这种逻辑。从维熙指出,中国文学在20世纪的三四十年代,出现了一大批令人瞩目的文豪,因而形成了中国文学的一个巅峰期。那是以鲁迅为代表、色彩纷呈的文学。那一批20世纪之初的文学前辈们,都把他们的文学高峰留在了前半个世纪。郭沫若、茅盾、田汉、夏衍、曹禺、冰心、巴金、老舍、沈从文等作家在前半个世纪,都有辉煌的作品问世。这是一个无可回避的文史曲线。从年龄上讲,1949年后,他们正步入盛年,那么多走进成熟期的作家,正是出大作品的黄金期;但是令人心悸的是,那些大师们在后半个世纪,不仅没有第二个创作的高峰期,而且几乎无一例外地走向创作的衰落。从维熙经过长期的寻找,终于发现这是一个接一个连绵不断的政治运动,夺去了大师们的良好创作心境和宝贵时间;还有文与仕的错位,耽误了他们可贵的创作时间。这恐怕过多地强调了这种现象产生的外部原因。其实，从维熙的这种探讨和发现既不新鲜，也不完全准确。不仅在中国大陆的现代文学名家没有出现第二个创作高峰，在中国大陆以外的现代文学名家胡适、张爱玲、梁实秋等也没有出现第二个创作高峰。在现代文学名家中，新中国成立后，也有出现第二个创作高峰的，这就是老舍、姚雪垠和艾青等极少数几位作家，而巴金则在散文创作上出现了第二个创作高峰，钱钟书在文学批评上出现了第二个创作高峰。当然，绝大多数作家没有出现第二个创作高峰。这是非常正常的。即使再伟大的作家，也很难永葆创作青春。否则，文学界就会只有旧人活跃，而难见新人冒出了。文学批评家是不能有这种假定的：有创作实力的作家永远活跃，不断创作出伟大作品或优秀作品，而文学新人则在创作上永远赶不上或超越文学名家。这是不符合事物发展有盛有衰的规律的。遗憾的是，从维熙不去质疑中国当代文学界不合理的秩序，而是控诉没有容许强的继续强的抑强政治。这真是舍本逐末！

既然文学新人是不断"破土而出"的，那么，文学批评家就不应偷懒和怯弱，翻来覆去地炒作名家名作，而应非常勤奋和勇敢地发掘新人新作。这样，文学才会有序发展。可是，中国当代文学批评界有一个不好的现象，就是很少有文学批评家包括文学编辑家热心扶持文学新人。不少报刊对文学名家可谓趋之若鹜，而对文学新人则往往不屑一顾。在不少报刊上，总是晃荡着那几位熟悉的文学名家，他们简直就是不倒翁，在时代趋左时，他们在那里指点江山；在时代趋右时，他们还在主宰沉浮。这是极不正常的。有些大学文学研究人员在作家作品研究上不重视发掘新人新作，而是过分倚重名家名作，甚至到了翻来覆去"炒冷饭"的地步。不少研究作家作品的论文大多集中在少数几个文学名家身上，这虽然保险，但却难以开掘出新的东西。这是极不适应中国当代社会自主创新阶段的。近年来，《文学报》冒天下之大不韪，推动文学批评家集中批评名家名作，这极大地解放了文学界的思想,推动了当代文学的发展。当然,《文学报》如果在批评名家名作的同时大力发掘新人新作,甚至可以不同流俗地挖掘文学史上不为人注意的优秀作品,就更为理想了。这将在打破既有的文学秩序和发掘新人新作上功莫大焉。

是专业批评家，还是“吹捧专业户”？

唐小林

在当今中国文坛，文学批评的声誉，简直就像失去规范的国产奶粉，越来越遭到众多专家学者和广大读者的诟病。日前，在《文学报》“新批评”召开的“创作与评论如何良性互动”学术研讨会上，清华大学哲学系教授、著名学者肖鹰一针见血地指出：现在不少批评都超越了底线。“一种是拿着红包的无耻吹捧，或者说蓄意虚假吹捧，逾越了批评底线。还有一种吹捧就是打造作品研讨会的团伙化行为，我个人认为真正严肃的批评必须是个性化的，认真负责的批评。还有与此相关的就是欺行霸市的批评，就是我的作品你不能谈，我捧的角你不能踩，这哪是批评呢？还有批评吗？”

纵观近年来的中国文坛，文学批评家们对著名作家无耻地吹捧，简直就像皇帝的新装。那些被批评家们吹捧的著名作家，就像安徒生童话中那个特别喜欢自己的新装受到众人赞扬的皇帝一样，无论文学批评家们对自己的作品进行多么肉麻的吹捧，他们都会照单全收，心满意足地一并笑纳。这些著名作家天真地以为，只要有众多的文学批评家为自己的作品集体哄抬，进行天花乱坠的吹捧，自己的作品就可以名垂千古，永载史册了。在这种“打造作品研讨会的团伙化行为”中，我们看到，一些著名的文学批评家早已经成了当代文坛上人所共知的“吹捧专业户”。只要是在著名作家的作品研讨会上，我们就能够见识到这些“吹捧专业户”舌灿如花的身影，领略到他们隔山打牛的神功。如在王蒙的新作《这边风景》研讨会上，有学者就高调宣称：“这一部作品，我觉得应该这么说，这部作品我们怎么高度评价都不为过，我有这么一个感受。不是因为王蒙先生德高望重，是我们的老师，我们来去歌颂他和赞美他，确实这是一部奇书，我觉得我看了以后非常吃惊。”类似这种语不惊人死不休的吹捧，已经成了该文学批评家在作品研讨会上和撰写文学评论时的拿手好戏。在论及莫言的长篇小说《生死疲劳》时，这位批评家就像是中国文坛的新闻发言人一样，斩钉截铁地向全世界宣告：“全部叙事则是通过一个地主投胎为动物驴、牛、猪、狗来表现。这是一个变形记的故事，卡夫卡的形而上的变形记，在这里被改变为一种历史的变形记，一个阶级的变形记，人在历史中的变形记。在这个意义，莫言把卡夫卡中国本土化了，并超越了卡夫卡。”

就是在这样一种大言不惭，浮夸风到处盛行的状态下，文学批评家们对于某些著名作家下作的吹捧，出现了前所未有的新高潮。在作家与文学批评家勾肩搭背、互利互惠的情况下，一个个“吹捧专业户”迅速应运而生。在日前举行的贾平凹新作《带灯》的研讨会上，这位批评家又将《带灯》吹捧成了当代文学的神品：《带灯》依赖细节本身的推动力，看似就是写生活中的鸡毛蒜皮，“可这才最接近我们生活的真实，我把这个叫做‘日子结构’”。该批评家忽悠读者说，这种写法非常类似西方的文学经典《尤利西斯》《追忆似水年华》《喧嚣与骚动》等。看了这些文学批评家们的高见和妙论，我真佩服他们行走在文坛这个江湖，呼风唤雨，卖狗皮膏药的嘴上功夫。在这些批评家的嘴里，鹿可以被说成是马，马也可以被说成是鹿；他们想说谁的作品是世界屋脊，谁就是世界屋脊。经他们天花乱坠地一吹，《带灯》这样一部一般般的作品，居然就可以和乔伊斯、普鲁斯特、福克纳这样的文学大师的作品比肩了。一部《生死疲劳》居然轻而易举地就把卡夫卡的作品打得落花流水。

由此可见，如今的某些作家作品研讨会，早已经演变成了批评家们集体表演的人生舞台。中国文学批评家“胡吹乱捧”的“神功”，早已达到登峰造极的地步。

读《文学排行榜之我见》之我见

——兼与李伯勇先生商榷

任青春

读了《文学排行榜之我见》(《文学报·新批评》2013 年 5 月 16 日,作者李伯勇,以下简称“李文”)后,我也有一些“之我见”,想说出来,与李伯勇先生商榷。

关于文学排行榜的定位问题。李文在文章中说,因其思想倾向和价值理念的明显存在,“某项排行才有了一席之地才形成当今社会有机的文学生态”,就是说,没有“排行榜”,就没有当今的社会有机的文学生态。“而在如此生态之中,文学才能继续有机地担负社会精神生活的神圣使命,文学自身才能不断被刷新。”换言之,没有“排行榜”,文学就不能有机地担负社会精神生活的神圣使命,文学自身也不能被不断刷新。按李文说,推动文学(作品)发展的主要动力恐怕就是有无“排行榜”了。

文学首先要考虑大多数受众的阅读感受，排行榜不是必须要设立的，即使设立，也应反映大多数受众的意愿。而排行榜是否必须要由专家来决定呢？文学创作和文学批评是个人化的，但一经推出和读者见面就具有了社会化属性。社会化商品在条件允许的情况下尊重社会各方面的意见和诉求也是正常的。石华鹏在《文学作品排行榜可以休矣》中不断提出疑问，谁更值得信任？谁的发布最有权威？谁又有资格代表整个中国文学发言？随即他又指出，这种排行榜，既不见写作者参与也不见读者投票，只有少数人参与就拿出了文学排行榜。由于缺乏普遍性和公开性，他建议文学排行榜可以罢黜。为此，李文说："那么'几个人'是怎样产生的？难道不是文学运动中筛选出来的吗？"石华鹏的观点是有道理的，排行榜应该吸收作者和读者最大限度参与，不能被"几个人"所左右。李文说"几个人"的产生是文学运动中筛选出来的。请问，他们是什么文学运动中筛选出来的？是由谁筛选的？是否完全能代表大多数读者的意愿？文学作品的创作是为广大读者服务的，不是写给少数专家的，要排行，也应综合各方面的意见和建议，要看作品发行量，还要听社会反映，了解大多数读者的诉求和声音，而不是直接由"几个人"来决定图书排序的命运。

排行榜是否做到公允与客观的问题。排行榜的排名能不能完全做到客观和公允？李文说："'排行榜'在张扬某些作品的同时，也会遮蔽别的一些作品，但那'几个人'显然不具备秒杀成万上亿作品的能耐，即使'排行榜'再密集再公正，也会有遗珠之憾。"文中承认排行的过程中对别的作品有遮蔽，也承认会有遗珠之憾。如果仅仅是"遗珠之憾"倒也罢了，只怕问题不仅仅如此。从客观上说，每年全国生产大量的文学作品，仅长篇小说就几千部，还有其他题材作品，可以说不计其数，如果再加上网络作品那可是汪洋大海了，仅凭"几个人"看得过来吗？能沙里披金，把金子都筛出来吗？还有，各自的眼光不同，欣赏作品的角度不同，"几个人"能代表多少人的审美见解呢？从主观说，"几个人"在排行过程中把名家的和自己熟悉的作者的作品选上来，存不存在这种可能呢？李文说："世界一些颇有影响的大报刊都设有这样的窗口，也意味他们联系着'那么几个'专业人士，而专业人士肯定有着职业良心，绝不会我们所想象的大笔一挥，把一个次品升格为正品，把一个正品升格为极品。他们写评介文章当然是个人化。"且不说世界上有影响的大报刊都联系着"那么几个"这样人士是否有据可考，单说专业人士就肯定有职业良心吗？我相信他们之中绝大多数是好的，但就没有个别的搞交易、沽名钓誉的吗？就不能把次品升格为正品，把正品升格为极品吗？李文说"真正的文学都是个人化的"，那么文学的社会属性哪里去了？接下来李文说："当今世界形形式式的各类文学评奖（排名）其实都是起源于'那么几个人'的眼光和胆识，而绝不是包括作者在内的万千读者投票来决定的。"这样说是不是太绝对了？作者和读者、包括专家和批评家是共同推动文学事业向前发展的主要动力，难道是"那么几个人"在推动文学事业发展吗？

李文为了阐述他的"化大众"观点，列举了诺贝尔文学奖、布克奖、福克纳奖等，理所当然地认为这些评奖都是一种文学排名。还说："它们之所以能够成为一种文学标杆，就是一代接一代的'那么几个人'不为时风所左右，专业敬业，而不断得到文学界和读者认可的结果。"这话很荒唐，许多奖项，从表面上看是几个人在劳作，而背后却倾注了许多人的心血和智慧，评委是基于把握读者对作品的态度的基础上，再结合专家的评审意见而得出结果的。文学是大家的文学，不是专家的文学。但愿李先生能少一点对专家的迷信，多一点对读者的尊重。

自将“庸常”作“智慧”

——以谢端平《父亲的田地》为例

陈进武

不管是作为文化符号，还是叙事原型意义，“父亲”内涵总在变化发展，并呈现不断增值态势，与此相应，当下文学都自觉不自觉塑造各种“父亲”形象。如今，写“父亲”的小说实在太多，要在这片灿烂的星丛发出足以引人注目的光芒并非易事。难能可贵的是，“70后”作家谢端平的小说《父亲的田地》构筑起一个既有抽象的近半个世纪历史变迁又不乏具体生动人物形象的文学世界，并在这一相激相荡的审美世界中模塑出了令人印象深刻的父亲形象。但透过“父亲”这一形象却能窥视到当下文学尚存的自将“庸常”作“智慧”的创作倾向，这也恰恰是《父亲的田地》深藏的玄机。

实际上，《父亲的田地》在写作题材上并未脱离乡土小说长久以来所关注的农民与土地的关系问题，但与当下多表现“从乡进城”或“由城返乡”不同，谢端平的这部短篇小说则侧重叙述农民是如何坚守土地的。即使是“坚守”，祖父、父亲和“我”三代人的方式并不相同。可以说，在祖父、父亲和“我”的缠绕以及对土地的态度变化中，能够清晰地见到一个与共和国同龄的老农民形象。且不论这一形象是否具备了成为经典形象的可能性，但不容否认，“父亲”的塑造在某种意义上达成了小说写作的有效性，而这种“写作的有效性建基于对身处时代的巨大关切和深入洞察……”这不仅在某种程度上触及到了近半个世纪中国农村的历史变迁，也是透过“父亲”及其对土地的态度揭示了当下农民与土地的依存关系正在弱化或消失，何以“面朝黄土，背朝天空”正是作者的忧思所在。

需要承认，父亲的“田地”其实更是父亲的“天地”，也就是说，《父亲的田地》隐含了父亲试图走出“田地”的束缚而追求更为广阔的“天地”,颇有意味的是“父亲”身上所体现出的所谓“民间智慧”却恰恰是当下正被有意无意接受或认同的庸常之“恶”。何为庸常之“恶”?这种“恶”的最大特点是“没有思想”,而“这种对现实的隔膜,这种无思想性(thoughtlessness),远比人类与生俱来的所有罪恶本能加在一起,更能引发灾难和浩劫”。不过,如果把《父亲的田地》看作是这种“平庸的恶”的集中体现,不免有些夸张而不切实际,但是“父亲”这一形象仍然强烈地散发出了一种犹如灰尘般弥漫在日常生活中的庸常之“恶”。正如汪树东说的,这样一种庸常之“恶”主要表现在没有理想与精神追求,更没有自我反思与批判能力,而选择庸碌无为、得过且过,任凭日常生活中释放的晦暗与自我为中心的性情来主宰生命。

在谢端平塑造的“父亲”身上,我们似乎可以见到福贵(余华《活着》)面对苦难的那种坚韧忍让,也有张大民(刘恒《贫嘴张大民的幸福生活》)的豁达乐观,还有许三观(余华《许三观卖血记》)对待儿子们的温情与知足感,等等。当然,我们并不否认福贵、许三观、张大民等这些人物在无可奈何的困境之下那种消解苦难的可贵“民间智慧”,但问题在于这种所谓“智慧”背后隐藏着一种极为危险的弱者的苟活哲学。他们凭借着这种哲学在困境或乱世中得以保全生命,不仅仅宣示了新时期以来英雄或强者是当下文学的失落,更为重要的是以一个个弱者获得“幸福”的鲜活事例无形之中宣扬了庸常之“恶”。再以张大民为例,他的生活处境可谓相当艰苦,他却总是那样豁达乐观,但他的这种贫嘴只是形式的,本质上却以虚假的“乐观”掩盖了自我麻痹与得过且过的真切现实。同样,《父亲的田地》中的“父亲”表面上看是苦尽甘来,夫妻关系得以和解,幸福终于像花儿一样绽放了,但是这种“幸福”掩盖不了跟随“父亲”大半辈子的屈辱、懦弱、烦恼、堕落、苦涩、酸楚和凄凉。从本质上来说,老年的“父亲”并没有多少改变,尽管开始有余粮了,受尊重了,认识全面深刻了,也有余钱了,思想境界提高了等等，但他始终未曾意识到自己深陷到庸常之“恶”中的真实处境。

其实，我们更为看重的是作者如何看待这种庸常之“恶”。谢端平的散文《卑微的父亲》与小说《父亲的田地》有着某种互文性，其中透出了他对“父亲”的某种态度。从表面上看，“无忧无虑”的生活确实是一种“福气”，但要是把这种生活看作是人生“幸福”追求的话，显然是“欺骗”了众多的劳苦大众；从深层来看，“父亲”身上这种庸常之“恶”表面上并没有危害，因此很多人都会自觉不自觉地深陷于其中，但如果处处弥漫着这种“恶”，往往会造成侵袭了整个世界而不自知。对此，我们无需刻意否定或大力弘扬，而只是期望当下文学应该更敏锐察觉到深入骨髓的庸常之“恶”，能够“从人们熟视无睹的现象中去感悟智慧”。

在《宝安作家专访录》的访谈中，谢端平谈到，“我的作品关注底层，与一般的打工文学的关注不同，我更关注底层的精神，我特别欣赏那种身在底层，但不懈追求甚至心比天高的人物”，而“文学需要理由，这理由就是实现人生的‘天命’”。毋庸置疑，谢端平正是带着这种“关注底层”与“实现人生的‘天命’”的职责进行小说创作的，他是当下文坛“一个正在成长的作家”，而这种“成长”也意味着小说创作的探索性与可能性，新作《父亲的田地》正是如此。恰如余华所说：“作家的使命不是发泄，不是控诉或者揭露，他应该向人们展示高尚，这里所说的高尚不是那种单纯的美好，而是对一切事物理解之后的超然，对善与恶一视同仁，用同情的目光看待世界。”从这一意义上说，谢端平用“同情的目光”看待“父亲”时，难免会走入遮蔽或忽视“父亲”身上隐藏的庸常之“恶”。

当然，我们指出这部小说隐含的将“庸常”作“智慧”的创作倾向，并无意于批判作家，也不是要否定作家的创作，而是期望透过这部小说从而窥视当下文学创作的这一趋向。如今，后现代主义滋生的种种负面影响日渐显现，不仅需要深刻反省与重新审视，而且必须看到当下文学对于庸常之“恶”的接受与认同。鲁迅曾说：“世间实在还有写不进小说里去的人。倘写进去，而又逼真，这小说便被毁坏。”这一看法可谓一针见血，但应该意识到，即使要遭遇小说“被毁坏”的危险，作家都应直面这种“恶”。至于作家应该担负起何种社会伦理责任，我们并无意于在此下结论，而期望打开这一扇窗，从而获得一种全新的认知。

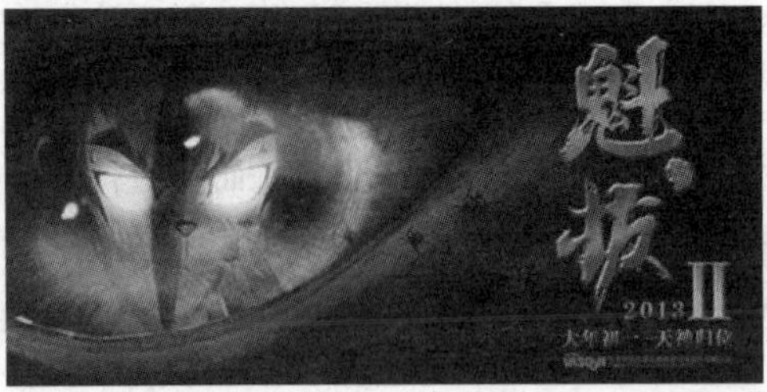

《魁拔Ⅱ》:“拿来主义”的胜利

里 昂

两年前,与《魁拔之十万火急》在大银幕上失之交臂,实在可惜。时隔两年,当这部国产动画的续集《魁拔之大战元泱界》在儿童节来临之际再次登上银幕时,我便急不可待冲进影院一睹其风采,一是为了应景,更是为了弥补两年之前的遗憾。

纵观近几年国内动画电影的创作,绝大多数国产动画都走“低幼化”路线,故事情节幼稚简单,制作水平粗制滥造,完全将受众目标锁定在少年儿童层次,而对家长则实行“绑定营销”,孩子去看电影必然会由父母陪着,于是出现了“孩子带着家长看电影”的奇观。而在观影过程中又出现了另一道奇观:一边是孩子们因为灰太狼被平底锅打翻天而兴奋得手舞足蹈、大声尖叫,另一边是父母们因为动画情节简单幼稚而在座位上打瞌睡。在这样的创作水平和市场环境中,很难想象,像《喜羊羊和灰太狼》之流的国产动画在电影市场能够掀起什么波澜。然而,就是凭借之前在全国各大银幕上狂轰滥炸式的传播,这部动画片迅速积累了大量儿童观众群体,在儿童观众中形成一定的影响力,形成一个品牌。所以,这部片子尽管现在仍然以每年一部的速度出品,孩子们还是像过节似的趋之若鹜地跑进影院,片商依然赚得盆满钵满。然而,这钱赚得却有点有违业界良心,因为你只满足了孩子，而没有满足掏完钱包却在影院睡着的家长。

其实，在动画电影创作中，情节低幼还不是最致命的，最致命的是电影中流露出的三观不正确。前段时间看到一则新闻说，某地有几个小孩玩耍时，模仿《喜羊羊与灰太狼》中的情节，将同伴绑在树上烧成重伤。当然，这也不能将全部责任都怪罪到一部动画片上，但是动画片中的一些不正确价值观确实能够对孩童的行为造成一定影响。孩童发育还属于未成熟阶段，一些基本价值观还没有完全建立起来，对于是非判断还不明确，而动画电影中的价值观对于孩童有一定的引导作用。《魁拔》之所以成为国产动画翘楚，很大程度上归功于电影中所树立起来的正确价值观。影片探讨了关于成长、勇气、责任、信任、尊严等命题，充满正能量，对于孩子的价值观有积极的引导。

《魁拔》的出现，在国产动画中实在是惊艳四座。作为一部玄幻史诗动画，《魁拔》设定了一个由天界和地界构成的"元泱境界"的架空世界，为影片中的宏大叙事提供了开阔的背景。本片的故事框架有点类似于魔幻史诗《魔戒》，都是讲述弱小力量对抗强大力量的尊严之战，这种宏大命题的叙事在国产动画中难得一见。相比上一部电影，这一集的剧情更加紧张刺激，场面更加震撼，影片还用了交叉剪辑来表现不同空间的战斗场面，营造了紧张气氛。但是，本片也缺少了第一集中的幽默元素。

在这两部动画电影系列中，观众很明显地感受到导演深受日本动漫的影响。无论是影片中人物的造型设定、战斗场面的特效，还是对于影片节奏与氛围的把握，观众都能够从日本的动漫影视作品中找到影子。为了打进日本市场，《魁拔之十万火急》上映的时候出品方还专门配了日语版，如果你在观影前没有被提前告知这是一部国产动画，你肯定就以为这是一部日本动漫，绝对到了以假乱真的地步。

这种"拿来主义"对于国产动画电影来说，一方面可以迅速有效地提高国产动画电影在制作技术上的水平，另一方面也会使国产动画电影陷入另一种困境：虽然我们的动画制作水平上去了，但是我们动画电影中的民族特色却丢失了。毕竟这是一部国产动画电影，它面向的更多的是我们祖国未来的花朵，如果单纯地一味借鉴模仿日本动漫中的元素风格，而没有形成自己本民族特色，那么，长久以来对于孩子们来说，无异于也是一种“文化意识转移”。

毕竟，国产动画的道路还很漫长。在我们的创作初期，这种“拿来主义”未尝不是一种有效的尝试，随着以后的慢慢探索，相信我们会将这种“拿来主义”化作我们内在的民族特色为我所用。但无论如何，今天的《魁拔》都为国产动画树立起了一个标杆，我们且称之为“拿来主义”的胜利吧！

抗日神剧，何以成了笑料？

钱兆成

近两年的抗战剧，已被开发成了足以媲美古装剧、武侠剧等大类型的瞩目类型，导演为了迎合观众口味和彰显个性，把这些连续剧都拍成了青春偶像剧，蓄意地篡改历史和过分自娱自乐式地宣扬，现已经达到了胡编乱造泛滥成灾的程度，结果反而成了大家茶余饭后的笑料。而今，诸多主流媒体纷纷刊文，批判抗日剧的武侠化、偶像化、脸谱化，像《人民日报》就曾发文批判抗日剧“过度的传奇化、浪漫化与游戏化的创作倾向，降低了抗战题材电视剧应有的精神品质与艺术格调”。

粗制滥造的抗战剧能这么火爆，说到底还是因为能赚钱，有人看，事实也证明这类雷剧观众还不少。只要观众基础在，市场自然就有。电视剧的档次归根结底是由观众的审美情趣决定的。日军无能又猥琐，都是些酒囊饭桶，英雄个个是高大全，经过几代人灌输的理念决定了电视剧里的抗日战争变成了抗日娱乐剧、偶像剧。一边是电视剧越雷人收视越高、越有市场，一边是制片方被要求不能迎合观众低级趣味，如何在市场需求与现有制度约束中寻找平衡点，成了电视台和制片方的当务之急。

行政手段介入市场是必要的，但应尽量避免粗暴干预，应遵循市场规律，尊重电视剧创作规律，更要顾及观众的需求。禁播“抗日神剧”不是目的，如何营造一个更加宽松、健康的电视剧创作环境，进一步丰富电视剧市场，给观众提供精神大餐，才是根本出路。显然，规范化电视电影产业，为文化艺术的纯洁性盖上“防尘罩”，让剧情和内容尊重历史和科学，还需要从艺术素养和机制监管的根本上进行完善和努力。

一要尽快建立与健全相关电视、电影分级制度，制定不同级别的电视及电视在主题、情节和内容等方面的标准。也唯有法律与制度从根本上的进步与完善,才能真正规范抗日剧的过度娱乐化现象,才能让电视电影产业步入正轨。

二要加强监管。一方面包括加强对电视、电影创作、拍摄等的监管,另一方面要加强对一些电视电影播出前的审核力度。按照目前我们国家的相关管理办法,电视电影在播出之前,已经设置了审核关,但一些雷人剧、雷人情节还是堂而皇之地出现了,不得不说,这是审核与管理的失职。因此,避免折腾,避免雷人剧不断出现,完善的标准和细致认真的审核监管,一样都不能少。

三要在加强监管的同时又要有所宽容。抗日"神剧"泛滥的一个重要根源,正是设限过多,为了规避创作禁区,电视剧从业者只能在题材选择上倾向于风险系数较小的剧种,比如抗日剧、魔幻剧、婆媳戏等。在狭窄的题材空间内,为吸引眼球就只能剑走偏锋,于是抗日剧拍得越多,出现抗日"神剧"的概率就越高。

抗日"神剧"的泛滥与此前许多类型片的泛滥一样,都是题材受限导致的结果,为了行业的长远健康发展,应给观众更多的选择权利,让市场决定影视剧题材的走向,赋予创作者更多自由发挥的空间。只有创作环境更自由,影视剧才会呈现各类题材丰富的局面,"神剧"、"雷剧"将在市场竞争中被自然淘汰。在一个多元化的社会里本不应该依靠行政手段来主导,否则一种"神剧"消失而另一种"神剧"又会改头换面,粉墨登场。

不必为一个人的儿影厂叹息

关东客

成立于1981年的中国儿童电影制片厂是我国第一家专门为儿童拍摄电影的制片厂，也是前苏联解体后全世界唯一一家儿童电影制片厂。儿影厂曾拍摄了65部儿童片和21部电视剧，其中37部作品获得金鸡奖等120多个奖项。不过如今的儿影厂，已经只剩下一个人，是厂长也是工作人员。

三十年河西，三十年河东。谁能想到曾经有着光辉业绩的儿影厂会落到如今这种凄凉的境地。一个厂名，一个厂长，这就是如今中国儿童电影制片厂的全部。可换而言之，我们还有必要保留中国儿童电影制片厂这个招牌吗？

作为一家专业的儿童电影制片厂，儿影厂有过辉煌的昨天。《霹雳贝贝》、《啊，香雪》、《应声阿哥》、《小铃铛》等很多优秀的儿童影视作品曾陪伴过几代人的童年。但是我们今天看来，儿影厂的曾经的成功有其特定的历史背景和资源优势。作为曾经的全额拨款事业单位，儿影厂如果连几部像样的作品都拿不出来，那其又怎么能配得上专业儿童电影制片厂的称号？计划经济条件下，中国儿童电影厂的成功严格来说并不是真正的成功。这一点从中国儿童电影厂转制并入中影集团之后的遭遇就可以看得出来。没有像样的作品，没有观众的支持，没有影院的票房，可以说儿影厂已经真的只剩下了一个招牌。

改革开放30年，儿影厂从曾经的光彩照人到如今的人老珠黄，见证了从计划经济向市场经济转变的全程。作为前苏联解体后全世界唯一一家儿童电影制片厂，这其实并非是一种荣耀，而是危机的开始。因为行政命令、条块分割、过于专业的分工肯定无法抵挡市场的冲击。儿影厂成于计划，败于市场，这尽管是改革的阵痛，可却是前进的必然。

儿影厂的命运其实就如同中国儿童电影的命运。现在回过头来看儿影厂曾经的那些作品，我们还能记起来的有几部？或者说，如果那时我们就能引进《狮子王》、《阿拉丁》等国外的儿童影片，我们还会看那些国产的儿童影片吗？中国的儿童需要儿童电影，但遗憾的是，我们的儿童电影作品数量少得可怜，质量差得可怜，电影故事更是幼稚得可怜。

中国的电影市场广阔，儿童电影市场同样广阔。但我们不得不说，我们对儿童电影的认识过于狭隘，往往只是把故事片作为儿童影片，而忽视了动画片、科幻片等题材同样深受儿童的喜欢。国外的梦工厂、迪士尼每年拍摄的动画片其实也应该算是儿童电影。

只有一个厂名、一个厂长，悲凉但这却是儿影厂的宿命。那块“中国儿童电影制片厂”的名头尽管有“中国”二字，可却只是意味着过去。中国儿童电影的明天，其实不在于有没有一家专业的儿童电影制片厂，而在于有没有对儿童电影的产业支持，有没有更多的导演、编剧、演员参与到儿童电影的拍摄中来。

你从“这边”看到了什么“风景”？

陈　冲

王蒙先生尘封40年的旧作《这边风景》于近期面世，广受文学界、媒体等多方关注。今日审视这部写于数十年前的作品，其文学品质、生命力如何？陈冲与王蒙有着相仿的人生经历和创作实践，他在此文中发表的读后感，描述了他从《这边风景》中看到的“风景”，是耶？非耶？欢迎更多方家参与讨论。——编者

从一开始就注定写“砸”了

有朋友问我，你为什么不评论一下王蒙的长篇新作《这边风景》？我说，那不行，王蒙是我哥们儿。该文友说，就把王蒙当个哥们儿来评论，多好！我一想，也是。别管人家是不是把咱当哥们儿，咱就把他当哥们儿来评论，虽然他的官衔比我高得多，他的文学成就比我大得更多，但有一点他

比我大不了多少，那就是年龄——他只比我大三岁。哥哥辈儿的哥们儿。除了这些差别，也还有一些共同点，比如都当过右派。虽然他是著名右派，我是非著名右派，但我这个右派的含“右”量并不低——极右。此外还有一个共同点，在当下的批评界，很可能我是唯一拥有这个优势的家伙，那就是我也有过地下写作的实践，而且同样是从 1974 年开始写，同样是写一部“大长篇”。我写的是个“三部曲”，有朝一日印出来，比他这个上下册还要多一本——这大概是我唯一有可能超过他的地方，但也只是可能，因为我那三部曲只出了一部。

据介绍，《这边风景》于 1974 年动笔，1978 年初步写完，但是直到 2013 年 4 月才正式出版。尘封近四十年后始得见天日，首先就给批评家们出了一道题：你是把它当作 1974 年的作品看，还是当作 1978 年的作品看，抑或当作 2013 年的作品看？这是三个很不一样的年份，怎么看，对作品的评价会有很大的不同，于是就有了批评家们的见仁见智。而据王蒙自己介绍，他在出版前只对原稿做了很少的修改，尽量保存其原始状态，然后再在每一章的结尾加一个简短的“小说人语”，作为今日之作者对当年之作品的一种观照。这就让“新作说”派和“旧作说”派都觉得自己有了依据。但是，不管怎么说，近四十年的时间跨度，毕竟造就了一种沧海桑田式的历史感，从而提供了一种方便，当这部书上市发行，照例需要一个“好评如潮”的时间段时，如果某位批评家既想成为这股潮水中的一朵浪花，又不打算费时费力地去读那两大本文字，那么谈论这部作品的“文学史意义”，就成了最便捷也最稳妥的话题。反正按照中国人隔代修史的传统，这部文学史的定稿得是千秋万代以后的事，斯时也，无论这部正史上提没提到这部小说，或者提到时又是怎么个说法，你再想找他，肯定没地儿去找了。

眼下就正处在这个“好评如潮”的时间段内。在正常情况下，你若想从如潮的好评中找到那个评价最高的好评，通常都会是一件挺费劲儿的麻烦事，不过现在好办多了，现在中国出了一位个性鲜明的批评家，凡是好评如潮的作品，给出评价最高的好评的，总是这位。上网一查，果然。这位批评家对《这边风景》的评价是："这部作品我们怎么高度评价都不为过。"您还能做出更高的评价吗？不能了。为了使这个至高无上的评价能够成立，就不能拿常识以内的批评标准来衡量这部作品，所以这位批评家单为这部作品设定了一个新标准，而支撑这个新标准的则是一个新概念，叫做"历史的前进性"。

像这样坚硬的物件，我们只能慢慢消化。

任何足够大的事物都有两极。虽然有批评家给出了不设上限的高度评价，但是我在与一位普通读者交谈时，却被问到一个冷得不能再冷的问题：你说这样的书还值得出版吗？显然，这是一个外行的问题。一本书的出版，不是文学问题，而是商业问题，所以不存在值不值得出版的问题，只存在能不能出版的问题。只要作者想出，又有出版社愿意出，这个问题就解决了。这儿容不得假设。比如假设河北省保定地区（也就是出"桃园经验"的地方）有位农民业余作者，根据耳闻目睹乃至亲身经历，在 1974 年写了一部长篇小说，说"四清"运动和"社教"运动是完全必要的，非常及时的，不搞是不行的，但是像刘少奇、王光美那样搞法也是不行的。你把大大小小的农村基层干部全都"赶上楼"，再让他们一个一个地下楼，结果就有很多人因为下不了楼，被整得死去活来乃至家破人亡。那是一条错误路线嘛！不是"党内外矛盾的交叉"，而是"资产阶级就在党内"嘛！诸如此类吧，虽然写得有板有眼，可是等他写完，党中央已经给刘少奇平反了，这书就没法儿出了。到了 2013 年，这位农民业余作者仍不死心，又拿着这部手稿，想找个地方出版，估计他走遍长城内外大江南北，也不会找到一家出版社愿意给他出版。可是这样的假设没有任何实际意义。对于王蒙来说，他可以有若干条理由想出这本书，而只要其中的一条，比如为了纪念他那刚刚去世的爱妻，就足够了。同样，对于出版社来说，也可以有若干条理由愿意出这本书，而只要其中的一条，比如肯定不会赔钱，就足够了。

可是，当这部叫作《这边风景》的长篇小说摆在了批评家面前，而批评家又想对它说点什么的时候，他就不能不经受一次严峻的考验了。只要开口，他就回避不了一个根本性的诘问：你从“这边”看到了什么“风景”？我愿意把这个诘问表述得更准确一些——在这儿，王蒙在书中呈现了什么已不重要，重要的是你从书中看到了什么，因而你对这个问题所做的回答，表达的只是你对这个世界的认识。比如那位批评家从书中看到了“历史的前进性”，表达的就是这位批评家的历史观，完全不是王蒙的历史观。王蒙绝不可能认为把他打成右派体现了历史的前进性。

因为看到的风景不同，对书的评价自然也不同。与那位批评家的“怎么高度评价都不为过”正相反，我认为这是一部从一开始就注定写“砸”了的长篇小说。

大权旁落的书写模式

如果我们不忙于一开口就谈论宏大话题，例如历史是不是总在“前进”，绝对没有倒退或出轨的时候，而是老老实实地从阅读开始，从文本入手，那么我们从“这边”看到的“风景”，是从伊犁河谷地区的美丽和富饶开始的。然后我们隐隐感到某种“山雨欲来风满楼”的紧张，某种“树欲静而风不止”的压力，因为国内外阶级敌人正在利用我们的暂时性的经济困难兴风作浪，而出现这种暂时性的困难，是因为连续三年的严重自然灾害，并不是因为我们做错了什么。到第 8 页（正文是从第 2 页开始的），作者已经为我们做了一个小结：“当他（伊力哈穆）这一次重又踏上家乡的亲爱的土地的时候，在不知第几百次高谈阔论了伊犁的得天独厚的奶油与蜂蜜之后，紧接着迎接他的竟是稀少的行人、萧条的市面、紧闭的门窗、惶恐的目光，还有乌尔汗的那摧肝裂胆的惨叫！”为什么会这样？到第 10 页，这个问题的答案初现端倪：大队的一、二把手出现了位置对调，而不被伊力哈穆看好的穆萨，居然也当上了生产队长。这是什么性质的问题？那位发明“历史的前进性”的批评家显然不知道，这个问题在当时叫“印把子”，指的是无产阶级已经得到的权力有可能重新丧失，从而面临一次历史大倒退——资产阶级的反革命复辟。虽然资产阶级从未在中国掌过权，但仍然要叫“复辟”。

1960 年 11 月 22 日，《人民日报》发表了一篇题为《老贺到了小耿庄》的长篇通讯，稍后被改编为扬剧《夺印》，唱遍大江南北之后，又被改编为同名评剧，唱遍全国。这是样板戏之前的样板戏，自 1963 年初首演之后，芝麻开花节节高，发展到最高峰时，曾要求所有的专业剧团都必须下乡演出《夺印》，而且不管是哪个剧种的剧团，都必须演评剧《夺印》，以至出现了京、昆、梆子等剧团乃至歌剧团、话剧团纷纷学唱评剧的盛况。我那时正在劳教所里“留场就业”，原本没资格参与其盛，只因盛之又盛，劳教所的剧团也要排演该剧了，而且指定我扮演其中的坏蛋陈广西，这才得以躬逢其盛，留下了深刻印象。不瞒您说，我还真是认真研究过那个剧本，甚至提出过一个修改意见——剧中主角何文进有句唱词：“跨进陈家大门楼，气味分明不对头”，可那已经是土改十多年之后的事了，老地主陈景宜家怎么可能还有“大门楼”？后来领导答复说，你的意见虽然也有点道理，但上面有要求，这个戏必须一字不差地按原来的剧本演！这使我第一次认识到，那些负责把关的同志们虽然在政治上高度警觉恪尽职守，在其他方面却相当马大哈，而这种按模式编造出来的东西，偏偏又爱出漏洞。到了 2008 年，我有幸得到一份请柬，观看了省委宣传部组织的联欢晚会，看到一半，居然出现了《夺印》选段，我大为震惊之余，愤然退场，以示不屑。等我走到门口，回过头来朝观众席上看去时，我发现数百名观众都表现得很平静。后来才知道，我实在是太自作多情了。2005 年，中国评剧院根据原演出本重新排演了《夺印》，而在一个票务网站上还挂着一则广告，推销 2012 年 2 月 11 日丰台区文化馆一场演出的戏票，所演的剧目正是《夺印》。

《夺印》非常样板地代表了那种模式：大权旁落。《这边风景》的这个开头，则相当准确地"复制"了这个模式。不比不知道，一比吓一跳，原来出问题的总是大队长！库图库扎尔虽然一度窃居了书记的位置，到头来或者说本质上终归是个大队长。大队长一旦掌权，就意味着"印把子"出了问题。这个一、二把手对调，实际上就是一个弗洛伊德式的隐喻，虽然那时候神州大地上的六亿舜尧尚无几人识得老弗是谁，但大家都知道，一个大队也好，一个国家也好，一旦发生了一、二把手对调这种事，麻烦就来了！

边民外逃事件的书写模式

《这边风景》读到第 17 页时，再一次让我想到了《夺印》。作为展开矛盾冲突的核心事件，或者说"戏核"，居然也是一样的，都是集体的粮食被盗，差别只在于陈广清大队被盗的是稻种，库图库扎尔大队被盗的是小麦。我不认为这是抄袭或模仿，倒是宁愿把它视为一种必然的巧合。我们往往一提到巧合就想到偶然性，其实巧合有时候也有必然性。在那个时候，一个生产队所能拥有的最有价值、最具重要性的东西，只有粮食。而最容易被成批量偷走的，也只有这种名义上属于集体，属于这个集体中的每一个成员，但实际上它又不属于其中的任何一个成员，包括按人头平均下来的那一份也不属于他的这种——粮食。如果队里丢的是一条毛驴，就很难把它渲染成一个重大的阶级斗争事件了。

但是，《这边风景》里并非只有这些。首先，它写到了 1962 年的边民外逃事件。按文本说，1962 年这个时间跨度里发生的事，在这部长篇小说里只占了不到三分之一的篇幅，而在这些"事"里，外逃事件所占的分量，甚至略略超过了其他事件——粮食被盗、一二把手对调等——的总和。就我的阅读所及，这是我国第一次以小说的形式相当正面地写到这个事件，所以无论如何这都是王蒙的一个新贡献。但是，这并不等于王蒙为我们写出了这一事件的真相。要求作家在1974年就把真相告诉我们,对作家来说太不公平了,因为直到今天,有关这一事件的档案还没有完全解密。但是我们知道关于这个事件有过两种说法,在事件发生的当时,它被说成是国内外阶级敌人共同制造的一个阴谋,而在事件平息之后,则被定性为“边民外逃事件”。这两种说法显然存在着很大差别,但在当时,却不存在后者否定前者的含义。那时候大家都知道有一条语录,不能用现在的政策去翻过去的案。难为我们的作家,把这两方面都照顾得很周到,让我们从“这边”看到了一道奇特的“风景”:既没有放过对阴谋活动的揭露,又没有让任何一个阴谋家被人赃俱获地逮住。到第179页,一切又归于平静,没事了。老百姓就是个过日子,去了“那边”的在那边过日子,留在这边的继续在这边过日子。当然,这边的日子里有阶级斗争,而这个斗争又集中地表现为四清——社教运动。另外,除了政治定性,对这一事件还有个价值判断问题。

在第138页,作者借哈丽姐的嘴说:“我年轻,需要幸福和富裕的生活,而我们的国家还很穷”。在小说里,这是一种被严厉批判、彻底否定的价值观,但是在我们今天读到时,它却显示出某种难以忽视的正当性。如果我们完全不承认它还有一定的正当性,今天的一些事就会很不好办。例如前不久刚有报道,说到“这边”一些绝对不穷的人,在没有受到任何挑拨、煽动、威胁、裹挟、引诱、欺骗的情况下,心甘情愿地不惜冒着生命危险去“闯关”,拼死拼活把孩子生在了香港“那边”的医院里,多年累计下来,这样的“双非子女”已达二十万人,是官方公布的当年外逃人数的三倍。现在他们发现在“那边”其实占不到什么便宜,反而常常受到歧视和排挤,生活中也有许多实际困难,可是再想“做回原来的中国人”已不可能。有趣的是,当年的那些外逃者,现在也面临同样的问题。王蒙在《这边风景》研讨会的发言中说到:“2004年,我在莫斯科接受了一个荣誉博士的学位后,我从阿拉木图回到伊犁,走的边民出逃事件的反路线。经过了维吾尔村,那些哥们生活得不好,因为在阿拉木图他们没有根,而阿拉木图强调他们是哈萨克斯坦，所以我仍然保留对他们的关心，希望他们日子以后能过得好一些！”

所以，如果我们不是不切实际地向王蒙要求所谓的真相，而是合情合理地要求一种可以“被接受”的、大体上能够“自洽”的书写模式，那么我们就必须承认，《这边风景》确实提供了这样一个模式。在那个特定的意识形态允许的范围以内，你要写这件事，就只能写成这个样子。这是王蒙的贡献。即使到了今天，这个模式的主要方面仍然是适用的。当然，如果不再那么强调阶级斗争，腾出手来写一写当时所采取的那些很务实的措施，比如农垦兵团的“三代”行动，倒是更能彰显我们当时的善后工作其实是做得很出色的，对于稳定局势，避免灾难性的后果，起到了非常积极的作用。历史的经验值得注意。整整七百年前，即公元1262年，蒙古人阿里不哥的军队开进了伊犁河流域，这片美丽富饶的地方那时叫阿力麻里，当地人四散逃亡，逃得十室九空，田园荒芜，而阿里不哥却没有采取有效的补救措施。到了第二年秋天，这片一向以盛产粮食和苹果著称的地方发生了严重的饥荒，阿里不哥的军队断了粮草，不战自溃，最终导致了阿里不哥本人的政息人亡。

事实上，今天你上网查一查就会发现，那些脚踏实地进行补救的人，包括“三代”政策的倡导者，并没有完全被遗忘。而到了历史得以本来面目呈现给人们的时候，他们的姓名和事迹也一定会被重新提起。

“四清”运动的书写模式

《这边风景》有三分之二的篇幅是写“四清”运动的。这个运动的内容，最初是清工分、清账目、清现金、清仓库，后来“深化”为清政治、清经济、清思想、清组织，然后又“进一步深化”为“社会主义教育”运动，简称“社教”，而实际上它无论怎样深化，一言以蔽之就是“阶级斗争一抓就灵”，具体说就是整人，从整群众到整干部到整“走资派”，所以为了简便，咱们下面就统称为"四清"。这是中国历史上的一次重大事件,甚至说"文化大革命"就是"四清"的"更进一步的深化"也不为过,因为"文革"的原动力"打倒走资派",就是在"四清"后期的"二十三条"里提出来的。

但是,一直到"文革"结束,"四清"始终没有在文学上得到过稍微像点模样的反映。"四清"还没完,"文革"就开始了,而"文革"一开始,所有的文学创作就停止了。到了"文革"后期,文学创作稍有恢复,创作者们主要都忙于写夺权,写打倒走资派,写反对投降派,写批林批孔,写反击右倾翻案风,基本没人愿意去抓"四清"这块烫手的山芋。所以,王蒙敢在1974年写"四清",确实胆子够大,也可见抱负不小。

我在上一节不厌其烦地论证了一个基本观点:就外逃事件而言,我们从"这边"看到的"风景",不是自然风光,而是一幅风景画,其文学意义就是提供了一种书写模式。现在我可以省点事了,无需再次论证,因为根据同样道理,我们从"这边"看到的关于"四清"的"风景",同样也是一种关于"四清"的书写模式,这样我们就可以腾出手来,更多地关注一下下一个问题:这个模式为什么必须或必然是这种样子?

但是我还是要强调一下这个活儿的难度。除了王蒙,恐怕再无第二个人能把这活儿拿下来。在"四清"运动轰轰烈烈进行的那一年多的时间里,处在运动当中的基层干部群众,先后被要求认真学习并贯彻执行三份中央文件,后来它们被简称为"前十条"、"后十条"、"二十三条"。都是中央文件啊,那些识字有限的农民们,怎么可能认识到里面竟然存在着你死我活的两条路线的斗争?中央文件跟中央文件斗起来了,你让这些农民们怎么办?就连冰雪聪明的王蒙也常有束手无策之感,例如他在第五十二章的"小说人语"里写道:"('二十三条')矫正了一些原来'前十条''后十条'的'左'的错误提法,但又提出了'走资派'的更'左'的说法。"(第648页)从文本看,《这边风景》对"四清"中的一些"左"的错误做法(不仅是提法),确实采取了鲜明的批判的态度,但是作为一种书写模式,这种批判态度本身得有一个依据,一个立脚点,而如果要用毛泽东的“更左”去批判刘少奇的“左”,又确实很难。所以他又说:“小说人只是在特殊的历史条件下,尽最大可能找到了一些‘政治正确’的依据,在作品中批判了极‘左’。”如果说《这边风景》的基本价值取向,是王蒙在1974年定下的,那么在这个时候敢于批“左”,这本身就是一个了不起的决定。要知道,在1974年上半年所开展的“批林批孔”运动中,批林彪都不能批“左”,而是批他的“形左实右”。只能批“右”不许批“左”,是那时的一条铁律。但是,不管有多难,咱们的“蒙哥”迎难而上,而且取得了成功。虽然不能说做到了面面俱到、滴水不漏,毕竟为那个时候的“四清”书写,提供了一个可以“被接受”的、大体上能够“自洽”的模式。这是他的贡献。他这个贡献,倒真是怎么高度评价都不为过,因为这是迄今为止仅存的,同时又是在可以预见的一段时间内不可能再有的关于“四清”的书写模式。若要表述得更直白,那就是:在可以预见的一段时间内,《这边风景》将是中国唯一一部写“四清”的小说,因为王蒙的模式已经过时,而新的模式已不可能产生。

当然,王蒙也为此付出了巨大的代价。在王蒙的迄今为止所有的作品中,《这边风景》很可能是写得最为沉闷、冗赘的一部小说。王蒙是一位拥有几副笔墨的作家,有时简洁明快,有时汪洋恣肆,有时飞扬灵动,却唯独不擅长沉闷冗赘,所以当他要往沉闷冗赘里写的时候,就写得格外地沉闷冗赘。但是他别无选择。他自己在书后所附的“情况介绍”里说得明白:“为什么是大长篇?因为当时政治上的陷阱太多,越写得短越会顾此失彼。只有写大了,才好设防。”然而,除了这个他自己意识到了的代价,还有一个更大的、他没有意识到的代价,因为是个大长篇,写完它需要很长的时间,结果等到他把它写完时,原来那个预计可以“被接受”的书写模式,已经错过了时机,变得不再能够“被接受”了!

这也就是我开头所说的——这是一部从一开始就注定写“砸”了的长篇小说。

被错估了的形势

这是“地下写作”的一道鬼门关。恐怕只有吃过这个苦头的人,才知道这一关多么难过。

《这边风景》的写作始于1974年。为什么是这一年?因为这一年开始在文艺方面出现了某种“松动”。我不想在这里回顾那段风景了,实际上人们看到的风景各不相同。但我有一个猜想。那时的一位硕果仅存的作家,在1972年出版了《金光大道》第一部,1973年再版了《艳阳天》三卷,1974年出版了《金光大道》第二部。如果这时候的王蒙产生一个想法——我可以比他写得好,那应该是一件很正常的事。于是他开始写了。可是那时候右派包括摘帽右派是不许发表作品的,所以这种写作仍然是一种非法的、地下的写作。我开始写那个三部曲的时候,心里很清楚,一旦被人发觉,“后果不堪设想”,所以尽管是一种“豁出去了”的心态,笔下还是给自己留了余地,就是这些文字一旦被人发现,尽量能够罪不至死。而这种心态的背后,则是一种对形势的估计:我这个东西,在什么时候、什么“形势”下有公之于众的机会。那时候有个说法,阶级敌人总是错估形势,说得一点不错——当然,那时候革命群众能够正确估计形势的也不多。正是因为错估了形势,我那个三部曲也成了一个“从一开始就注定写砸了的长篇小说”。十几年后,我预期的那种形势才隐隐出现,赶紧整理旧稿,第一部才得以发表出版。尽管又过了二十多年,我还偶尔会收到读者来信,问哪里能买到第二、三部,可是我心里明白,这后两部能见天日的那种形势,一时半会儿是不可能出现了。王蒙是另一种情况。按他在“情况介绍”里所说,他动手的时候,是得到某种“支持”的,甚至批准他不必坐班专心写作。这当然是一种对形势的估计,即如果“松动”得以持续,那么在不太久的某一天,将会允许那些确实改造好了的右派和摘帽右派发表作品。这在当时应该算是一个相当乐观的估计了，但是却害了王蒙。他显然是按照这个估计给他的写作定下的“调子”，他后来多次提到的“政治正确”，实际上是这种估计下的“正确”，结果便吃了错估形势的苦头。“形势比人强”，等到他写完，“原来的政治正确的保证反而难以保证正确，恰恰显出了政治不正确的征兆”。然后，经过几次努力，都未能完成“起死回生的拯救”，“终于死了心”，让它“呜呼哀哉尚飨”了。至于它为什么到了2013年未经拯救就起死回生了，则是另一个问题了。它当然仍与形势有关。有人（包括王蒙）说这是因为现在更加包容了。这肯定有道理，但为什么能包容这个却不能包容那个仍未得到解释。至少它不等于给所有政治不正确的作品开绿灯。

当然更不等于“政治正确”的问题不再存在。文学永远是有边界的写作。正是在这个意义上，我们从“这边”看到了一道独特的“风景”——书写模式是怎样被创造出来的。而这种模式一旦被创造出来，又会怎样改变它的书写对象。我原来一直有一个难解的困惑：有一些领域，比如“文革”吧，多数人总觉得是不能写的，为什么偏偏有一些著名作家就能够去写，写了就能够出版而且好评如潮？现在我明白了，这是一种创造书写模式、再通过这种模式改变书写对象的游戏。如果说王蒙当年这样做是迫于不得已，那么现在这样做就是一种危险的游戏了。它有可能让作者付出高昂的代价，包括人格。

好作家追求的就是让生活不碎

无论如何，《这边风景》肯定比《艳阳天》写得好。在把那些无论正确或不正确的政治都归零以后，前者的生活质感远远优于后者。这也是《这边风景》“好评如潮”中的一个重点项。连王蒙自己都在第五章的“小说人语”中大为感慨：“政治的宣扬难免没有明日黄花的惋惜，生活实感则用它的活泼泼的生命挽救了一部尘封四十年的小说。理论、主张、条条框框是灰色的,生活之树常绿,生活万岁!”(第52页)我确实不想在这种兴冲冲的话头上泼冷水。如果不走绝对化的极端,这话是有道理的。从李准的《不能走那条路》,到柳青的《创业史》,到浩然的《艳阳天》,说到底,都不过是在图解并美化一种祸害农民的政策,可是,同样图解政策的作品一大堆,为什么偏偏是这几部能脱颖而出、鹤立鸡群?全靠作家的生活智慧,和作品的生活质感!谁看不见这一点,谁就是个十足的瞽叟。尤其是当下,大量毫无生活质感的赝品充斥报刊还好评如潮,这个问题还真是怎么强调都不为过。然而,“不为过”也得有上限。从学理上讲,“生活”一旦成为一个概念,就需要有一个严格的定义。我们都记得,有过这样一种时候,如果某个作品里或多或少反映了一点生活中的真实,就会被质问:难道生活是这样的吗?那么生活到底应该是什么样子的?实际是什么样子的?充满阶级斗争吗?不吃不喝地热爱集体吗?归结为一句话:生活究竟指的是什么?我想,生活应该不仅仅是指一个人或一家人的日子,生活也是历史。把打馕的过程和方法都写得准确无误意趣盎然,固然也很难得,但终归代替不了真实的历史书写。《这边风景》的生活质感固然比《艳阳天》好,但它对“四清”的书写,并不比后者对农业合作化的书写更接近于生活的真实或历史的真实。假如我们的作家、批评家不能对此保持足够清醒的头脑,就有被自己的谎言所欺骗的危险。王蒙在第二十二章的“小说人语”里说:“当年的与百姓打成一片的干部形象仍然难忘。不该忘记噢。”(第278页)不错,相比于当下有些干部的高高在上骄奢淫逸,确实有人会怀念当年的“同吃同住同劳动”。可是这果真有效吗?如果当年的干部真的“与老百姓打成一片”了,他们又怎么会做出那么多违背民意、甚至有悖天理的事情来?

是的,从某种意义上讲,文学就是生活之学。但我们必须谨记,生活是大于而不是小于历史的。所以,我们从“这边”所看到的另一道“风景”,就是无论作家有多么高的生活智慧,作品有多么强的生活质感,一旦离开了历史的真实,它充其量也就是一个从有病的机体上剥离出来的没病的细胞。

我们不仅要热爱生活，更要对生活多一些敬畏。生活容不得亵渎，也容不得轻慢。我想套用新闻界的一句名言作为本文的结束：生活是易碎品，好作家追求的就是让生活不碎。

不乏感动，不无遗憾

——评余华《第七天》

郜元宝

■ 小说与网络新闻互文效果如何，取决于“以死写生”的手法是否成功。但“以死写生”的“冤魂语”归根结蒂只是一种艺术假定，它所能产生的情感认识的冲击力仍然有赖于作者在现实世界中的清醒思考。我觉得余华这种写法本身也运用得不够圆熟，许多地方勉强、生涩，读起来总觉得不那么顺畅。

■ 许多中国作家写长篇时，都要在扉页或小说的某个段落一次或多次引用佛教、道教、儒家、基督教或伊斯兰教经典的片断，而作品本身和被引用的经典文字之间并无有本质性关联。其实文学和文化传统、文化经典的关系是天经地义的，重要的是作家如何处理这种关系。回避、隔绝，恰如皮毛的引用，都不是合适的方式。

余华每有新书，作为忠实读者，我都尽量先睹为快。前一阵忙乱，《第七天》出来好几周了，网上据说已沸沸扬扬，我却一无所知。经朋友提醒，这才找来很快读完，总的印象是不乏感动，但也不无遗憾。

这部长篇延续了《活着》、《许三观卖血记》和《兄弟》一路下来的悲情主题，其中杨金彪、杨飞养父子关系尤其感人至深。二十来岁的扳道工杨金彪收养“火车生下的孩子”杨飞，为此付出高昂代价，女友们知难而退，纷纷离去，乡下亲人也不能接受，只剩下他和杨飞相依为命。小说写杨金彪苦中作乐完全投入的父爱，写幼年杨飞对并无血缘关系的养父超过生身父母的无止境索求，写杨金彪迫于女友压力将懵懂无知的杨飞丢弃，当天后悔，急切寻回，都是余华一贯风格，催人泪下。最后写杨金彪慷慨地让杨飞和亲生父母相认，但杨飞过不惯亲生父母家的生活，二十七天就回到杨金彪身边，并拿定主意要好好回报养父，无奈“子欲养而亲不在”，杨金彪突然身患绝症，为了不给杨飞增加负担，悄然离去，不知所终，杨飞则变卖家产，四处寻父，悲情主题至此达到高潮。如果说《第七天》有什么情感冲击力，主要就在这里。另外，杨金彪同事郝强生、李月珍夫妇对杨氏父子始终如一的无私援助，也震撼人心。

“冷酷写作”、“感情零度”、“审父与弑父”是余华最初的拿手好戏，但他后来放弃了这一路数，自我赎罪似的一变而为悲情——甚至煽情——请允许我不带贬义地使用这词，因为文学的目的主要就是煽动读者的感情，区别只在于煽起怎样的感情。

但《第七天》并未给杨氏父子的悲情主题以足够的篇幅，太多的副线频繁插入，使杨氏父子的故事最终下降为众多副线之一，由悲情故事造成的情感冲击力因此并不像《活着》、《许三观卖血记》和《兄弟》那样强烈。

确实，《第七天》并不打算以伦理悲情为主调，而欲展开更广泛的社会批判，这就构成了小说第二个看点：作者用大量篇幅搜集并改写最近发生的许多轰动性事件，也就是我们主要从网媒新闻看到的那些中国式的悲惨故事。小说与网媒新闻之间产生了有趣的互文关系。网媒残酷新闻包括：强拆致死案、特大火灾死亡人数隐瞒案、冤民袭击警署案、食品安全频发案、强制截留上访案、妇幼医院死婴丢弃案、青年民工为买新款 IPHONE 卖肾案——这些所占的篇幅大大超过杨氏父子的悲情故事，成为小说的主要内容。

其实《兄弟》已开始采用这种写法，就是大量收集和改写最近发生的轰动性新闻，以此缩短小说和现实的距离。对《第七天》来说，就是缩短小说和网络社会新闻的距离，使小说信息量急剧飙升。美国小说家多克托罗（E. L. Doctorow）的《雷格泰姆音乐》（*Ragtime*）采用这种写法最为成功，作者以此编织一代人的记忆碎片，看似缺乏主线的贯通，但能展现时代的整体氛围，个别事件的深度发掘则使得这种群像展现更具立体感，叙述节奏也如音乐一样缓急自如，高低随意。这是对"经典现实主义主线+副线模式"的大胆颠覆，也向小说家提出了挑战，即小说能否一面挽回稍纵即逝的社会新闻，一面提供比人们当初围绕那些社会新闻曾经作出的议论和思考更深入更独特的作家个人的艺术创造？

这也是余华面临的考验。《第七天》超越网媒新闻而使其达到小说家个性表述的方式，主要是"以死写生"，让冤屈的亡灵们"穿越"生死界线，一会儿回溯生前往事，一会儿展现死后况味，不仅"串烧"了网媒新闻，又从想象中的死者角度作出解释和批判。这是《第七天》最为用力之处，也是小说第三个看点。

小说与网媒新闻互文效果如何，取决于"以死写生"的手法是否成功。生与死的对话，是《楚辞》以来中国文学源远流长的传统。现当代文学中，鲁迅《野草·死后》、钱锺书《魔鬼夜访锺书君》、莫言《生死疲劳》，都有类似构想。余华的特点是让鬼魂们用死后改变了的价值观来观照生前现实世界，隔着生死界限，读者和小说中活着的人物一道，接受一群又一群鬼魂的访问，形成日本学者丸尾常喜所谓"人与鬼的纠葛"。死界萧森，鬼魂们对生界的质问、批判、反省、奚落，严肃而惨厉。

但"以死写生"的"冤魂语"归根结蒂只是一种艺术假定，它所能产生的情感认识的冲击力仍然有赖于作者在现实世界中的清醒思考。倘若过分依赖这种艺术假定性，就会妨碍正常开掘。我觉得余华许多精力都用于布置死界时空关系，渲染死界萧森气氛，至于"冤魂语"思想情感蕴涵的开掘，则逊色不少。这种写法本身也运用得不够圆熟,许多地方勉强、生涩,读起来总觉得不那么顺畅。

一般来说,余华的语言还是比较流畅、比较有文采和想象力的,即便像《兄弟》那样的简单直率,也自有一种话语系统的完整性。但《第七天》的"第一天"和"第二天"的语言相当粗糙、凌乱、缺乏感觉,不太像余华作品了。

打头第一句"我走出了出租屋,在空虚混沌的城市里孑孓而行","空虚混沌"从《创世纪》一章二节套出,是否合适,姑且不论。"孑孓"二字,单独使用,指缺一条胳臂,引申为孤单、短小,合起来使用,则是水面上一曲一伸爬行的蚊子的幼虫,也用来形容其他动物肢体屈伸颠踬的样子。网络小说《孑孓而行——清华四年半》我不曾拜读,不知作者如何创造性地使用"孑孓而行"一词,但像余华这样形容杨飞鬼魂走路的样子肯定不合适。杨飞死后就像"孑孓"那样一曲一伸在地上翻滚爬行吗?通读全书,并无此意。如果形容杨飞鬼魂孤独地行走,可以说"孑然而行"或"孑身而行","孑孓而行"实在费解。

紧接着一段:"昨夜响了一宵倒塌的声音,轰然声连接着轰然声,仿佛一幢幢房屋疲惫不堪之后躺下了。我在持续的轰然声里似睡非睡,天亮后打开屋门时轰然声突然消失,我开门的动作似乎是关上轰然声的开关。""宵"就是"夜","昨夜一宵"就是"昨夜一夜",语法上犹如"昨天一天"。为免重复,改"夜"为"宵",未尝不可,但总是有点别扭。"轰然声"就是"轰隆隆的声响",压缩成"轰然声",语感已经破坏,而短短一段里面连用五个"轰然声",怎么又不嫌重复累赘了呢?

第二页,"我虚无缥缈地站在这里",这固然可以理解为"文学描写",但传达什么意思,就很费解了。第七页,"只有一件黑色的衬衣,因为陈旧,黑色已经趋向灰黑色","趋向"用得太"硬板板",与上句"虚无缥缈地站在这里"相比,又太不"文学"了。

第七页至第九页，“沙发区域”、“贵宾区域”、“普通区域”、“贵宾候烧区域”、“普通候烧区域”、“沙发那边的区域”——诸如此类，连用九次之多，倘若讽刺火葬场的标识语“硬板板”还行，但这可是作者的叙述语言啊。

第十三页，“我想起早晨行走在浓雾里连串的车祸声响和此后看到的一片狼藉景象”，“一片狼藉”不就是一种“景象”吗？同一页，“都是高山仰止景行行止的海景豪墓”，用“高山仰止景行行止”形容墓园的豪华，也是因为过于“文学”而造成费解乃至不通了。

第十七页，“他的女友呜呜地哭上了，说以后再也不和他睡觉了，说和他睡觉比看恐怖电影还要恐怖”，这到底是形容恐怖，还是形容不怎么恐怖，还是形容该女友说话方式有点令人恐怖呢？比喻所以必要，是因为将相似的两种事物联系起来，能让人有新的认识，否则就不必使用。

第三十一页，“有一套一居室记录过我和李青的身影和声息”，第三十七页，“愉快地感受着她就在近旁的身影和声息”，“身”和“声”发音相近，应该回避，比如改作“身影和气息”。

第三十二页，“她走去的步伐和甩动的手臂幅度很大”，“步伐”可以“幅度很大”，手臂断乎不可！

第四十一页，“李青看不上市里领导的儿子看上我是丢了西瓜捡芝麻”，“丢了西瓜捡芝麻”有固定意思（工作中抓住不重要的细节而忽略根本问题），这里既无刻意的“改写”，就只能理解为漫不经心的“误用”了。

以上是从《第七天》前两章挑出的几个例子。读到“第三天”，写到杨金彪领养杨飞，郝强生、李月珍等工友热心援助，回归余华驾轻就熟的悲情主题，语感就恢复了。但写到生界死界频繁转换，语感又差起来。

从语言的某些遗憾也可以推测余华这次写作所遭遇的困难。在这本不乏探索精神的长篇里面，余华并没有把他的才华和文字感觉正常发挥出来。他以往作品的语言也不无粗糙之处，但那种酣畅淋漓汪洋恣肆的气势在《第七天》里找不到，相反总有一种拘束和放不开的感觉。可能材料、构思和写作手法没有经过很好的推敲，就率尔操觚，过多精力投放于“以死写生”的小说形式的经营，放松了语言的淬炼，因而难以达到轻松自在的境界吧。

还有一个问题不妨略加讨论，就是这篇小说的书名和扉页对《圣经》的引用。“到第七日，神造物的工已经完毕，就在第七日歇了他一切的工，安息了。”这里姑且不去讨论余华引用的圣经版本问题，我觉得他引用《旧约·创世纪》这段话，并以此确立书名，与小说主题或寓意并无本质联系，甚至存在严重的不相符合。写《兄弟》时，余华也引过《圣经》关于“窄门”的教训，和《创世纪》的引文一样，都脱离了《圣经》的特殊语境，“为我所用”。小说《第七天》从“第一天”写到“第七天”，但按照其实际容量，可以压缩到六天之内，也可以拉长到第八天、第九天。正好七天，仅仅是形式上和《圣经》有所呼应而已，看不出其中有什么必然联系。

现在不仅余华，许多中国作家写长篇时，为郑重其事，往往都在扉页或小说某个段落一次或多次引用佛教、道教、儒家、基督教或伊斯兰教经典的片断，而作品本身与被引用的经典文字之间并无本质性关联。为何非要引用经典？我想他们是力图找到一个比较稳定和权威的介入现实的价值立场，也为自己找到纷乱时代的精神皈依。但问题在于，他们对所引用的经文语境和文化背景并不熟悉，也并不一定全身心皈依。这种皮毛的引用，只能成为虚张声势的点缀，并暴露了作家们在文学创作中缺乏稳定深厚的文化传统和价值依托，带有很大的随意性。和经典之间的距离使他们的文学显得既轻又薄。这可能是中国文学需要长期思考的问题。几千年中国文学本来就有《文心雕龙》所谓“原道”、“宗圣”、“征经”的传统，过去我们对此否定的比较多，其实文学和文化传统、文化经典的源流关系是天经地义的，重要的是作家如何处理这种关系。回避、隔绝、恰如皮毛的引用，都不是合适的方式。不妨借《第七天》的出版重提这个话题，这应该会有益于我们的文学一步一步走向成熟。

我还是觉得中国作家要耐得住寂寞，名作家更是如此。不必每隔几年就非要有一部长篇问世。从《兄弟》到《第七天》有七年了，这对某些高产作家来说可能很长，但对像余华这样成熟的作家，并不算太长。像《第七天》这种轻而薄的“小长篇”是市场主导的产物。我根据多年观察，深感中国作家为这种市场导向付出了太多。面对如此高产的中国文学，读者和评论家们已经应接不暇，疲于奔命，失去了从容阅读、从容评说的节奏与心态。从阅读到评论，到评论家同行之间商榷甚或争论，都显得步伐紊乱。市场主导的写作狂潮使中国文学界看似热闹非凡，其实寂寞得很。文学不应该毫无节制地“提速”，应该有一种从容和冷静。这是读《第七天》想到的题外话，似乎也不吐不快。

从刘慈欣“地球往事三部曲”看当下科幻写作观念

高尔雅

一、科幻小说的核心观念

2008 年，长篇科幻小说《三体》的出版，让这位从事科幻创作近三十年的“硬科幻”派作家一举成名。该小说与此后出版的《三体Ⅱ：黑暗森林》、《三体Ⅲ：死神永生》共同构成了“地球往事三部曲”这样一组鸿篇大作。

所谓“硬科幻”，是指以科学技术为塑造对象，以天文学、物理学、生物学、化学等自然科学为基础所结构出的科幻作品。与此相对的“软科幻”，则是以哲学、社会学、心理学为情节推动力而创作的科幻作品。

刘慈欣“硬科幻”代表作家的身份，某种程度上得益于其计算机高级工程师的工作背景。然而，在他初涉科幻文坛的 20 世纪 80 年代初，科幻文学正经历着一场姓“文”还是姓“科”的论争。从新中国成立之初，文学领域的“科幻”与“科普”始终被混为一谈，作家的首要创作任务被界定为传播科学知识。虽然这场论争无果而终，却使科幻文学遭到了主流舆论的一致抨击及出版发行的全线封杀。时至今日，我们回望中国科幻文学发展的历史与现状，对这场论争自然有着明确的答案。正如刘慈欣所主张的：偏向文学，而非注重宣讲科技，“就是想讲个好故事”。寻求为自己正名，与科普作家有所区别，这正是科幻小说作家立于文坛的真正姿态，也是使科幻小说脱离科普作品，成为一种独立类型的关键所在。

《三体》的问世，惊起了评论界一片波澜。有人赞叹：“《三体》居然像一本小说了。”这赞叹背后意味颇深。一方面可见此前的科幻作品是多么地在科技展示方面有余，而在文学表达方面不足了。这种“有余”和“不足”，恰恰是科幻小说自成类型的最大障碍。另一方面，《三体》的确在叙事技巧方面尚不成熟，只是作为科幻小说，比此前作品有了较大进展。

刘慈欣的《三体》虽然在一定程度上纠正了此前科幻小说创作的偏误，但似乎对科幻小说中科技因素与文学性的关系问题上没有形成一种明确的判断。他曾把阿西莫夫的作品给一位小说编辑看，对方却回复说“这是初中生的水平”。这让刘慈欣非常不满和失望。事实上，编辑的回复并不代表批评界对科幻小说的失语或不公允对待，相反，这正凸显了科幻小说的两大核心——科技与幻想。诚然，阿西莫夫是美国科幻黄金时代的三巨头之一，曾提出科幻界著名的“机器人学三定律”，但其诞生于大半个世纪之前的作品，无论在科技水平还是幻想视野方面，都远远无法满足现代人的阅读需求，有些甚至不足以达到现代人的认知水平，如此作品，何来读者称道呢？

这场误会同时说明，当前批评界与科幻小说作家对话平台的缺失。一方面，当下中国科幻界以刘慈欣为一枝独秀，但可惜这位从事科幻创作近三十年的“老作家”既对当下批评原则不甚熟悉，也无法凭一己之力挑起“科幻小说”这杆大旗。另一方面，科幻小说也亟须批评界予以充分重视。刘慈欣所言非虚，目前学界对其作品颇加关注的，无非是吴岩、严锋等人，而这远无法满足科幻小说成熟发展的需求。

科幻小说的第三大核心，是伦理框架。这里的“伦理”并非一个确定的概念，而是取决于每部作品故事世界的各具特色的逻辑关系。这也是中国科幻小说的薄弱环节，刘慈欣在这一点上看得很清。他在《球状闪电》后记中一针见血地指出：“中国的科幻作者创造自己世界的欲望并不强，他们满足于在别人已经创造出来的世界中演绎自己的故事，我们的科幻小说中那些世界都是熟悉的，只剩下故事了。”而故事首先需要独立的发生场景，继而在这一场景下生成独有的故事逻辑（即伦理框架）。实际上，一个缺乏独特、创新场域的故事，其本身的生命力必然大打折扣。

二、“地球往事三部曲”的反思

刘慈欣在近三十年的科幻小说创作生涯中，始终对五光十色的科技元素欲罢不能。这在造就了其作品“硬科幻”主打风格的同时，也制造了一个难题：小说中给故事本身预留的发挥空间如何保证？

综观其作品，不难看出，“就是想讲个好故事”的刘慈欣在此前的诸多中长篇里饱受幻想、伦理与科技三者间权重之争的困扰，它们被困在有限的篇幅与故事背景中，此消彼长，终不得圆满。直到“地球往事三部曲”问世，标志了刘慈欣为个人科幻创作找到了一条光明的出路。他抛开篇幅不看，挥毫泼墨九十万字，打破小说原有的囿限，让三种元素极量扩张，实现了更广义层面的平衡，力图将这个长篇小说系列打造成为一部宇宙史诗。

从幻想的角度来看，首先，故事的发生场景从面对外来入侵惶惶不可终日的地球扩张至整个星际舰队无处不在的银河系，继而矢量飞向不知尽头的宇宙边缘。尤其在第三部结尾，太阳系遭遇二维化攻击，逃离到太阳系边缘的人类看到了被压制成画的太阳系，不禁惊呼：“天啊，星空！”如此奇观化的描写，正表明作者的精神视野全然超离出肉体无法规避的现实世界,进而以一种更广达的胸怀,将整个太阳系视作寄寓自己身心的家园,使这次毁灭性打击所造成的痛感远远超越人类文明消失的程度,而达到星系文明陨落的级别。这同时也是科技乐观主义者刘慈欣对科技迅猛发展时代人类自我膨胀心理的一次理性纠偏。

其次,故事时间由具体而短暂的公元纪年拓展开去,发展出危机纪元、威慑纪元、威慑后纪元、广播纪元、掩体纪元、银河纪元、DX3906 星系黑域纪元、647 号宇宙时间线等纪年方法,直到时间几乎失去意义,宇宙最终重新组合,时间清零。在冬眠技术加入和光速宇宙航行出现后,个体生命无限延续,活动范围无限延伸,时间的意义被彻底消解。“地球往事三部曲”中的时间,就像一条延展性极好的橡皮筋,在被无限拉伸之后,消失得无影无踪。与《三体》的稳扎稳打相比,后两部(尤其是《三体Ⅲ:死神永生》)在情节发展上显得有些迫不及待。起初几十年、上百年的冬眠时间,已经无法满足刘慈欣在史诗构架上的跨越需求。时空穿梭的强烈愿望促使作者不断安排角色进行“冬眠”,原本完整的故事脉络被若干次“冬眠”切割成碎片,致使角色拯救地球的艰辛努力也失去了应有的厚重感。随着时间跳跃幅度不断增大,《死神永生》的结尾已显出敷衍了事的意思。作者本意定非如此,而是要达到这样的效果:“18 903 729 年再加六个世纪以前的事,而那六个世纪在这漫长的地质纪年中已经可以忽略不计了。”

女主人公程心借助冬眠技术苦苦等待了六个世纪,却在最后一刻与心爱的人失之交臂,一千八百万年的时光在扭曲的次元中转瞬即逝,同类间的相互依靠取代了爱情,爱情的观念也随着时间被一同消解。诚然,放诸无垠宇宙,人生一世的短暂爱恋又何足挂齿呢?这种感叹和伤怀是囿于现世的人们永远无法企及的。然而正是细节处理粗糙,使深沉的哲思大打折扣。

刘慈欣力图建构的,是一个被称为“零道德”的小说世界。他努力挣脱现实世界中的伦理束缚,摒除特定的、先验的道德标准,突破传统道德观念，在小说世界逻辑的基础上，以绝对理性为原则，形成一套全新的伦理建构方案。达尔文主义的新的伦理道德产生，奉行新道德的人也被刘慈欣定义为“新人类”。新的伦理道德同样不是批判的对象。作者这种仅仅展示而不进行道德批判的创作理念，十分类似于与科幻小说一本同源的哥特小说。

随着空间与时间成几何级数扩张，刘慈欣建构出的小说世界以其宏大的规模和深邃的情感深深地撼动了读者。显然，这种撼动的力度似与时空扩张程度不足以成正比，究其根本原因，正是科幻小说文学化创作技法尚不成熟。

科幻小说在本质上区别于魔幻、玄幻的关键，在于科技元素的运用。这既包括基于最新科技成果而虚构出的高科技武器，也包括由科学原理发散开来的理论构想。尽管“地球往事三部曲”获得了口碑和销量上的双丰收，但它所代表的“硬科幻”由于其技术性特质，终究对作者和读者的准入门槛形成了严格限制。然而，这个门槛是必须存在的，砍倒它，就意味着砍倒科幻小说作为一种独立小说类型的学理支柱。门槛设定的高低，同时也是科幻作家确立自己方向的指引，科幻写作的未来值得期待，因为刘慈欣说：“伟大的科幻小说家，中国还没有。”

也谈周作人其人其文及其他
——从止庵和余英时的编著说起

刘　火

如果按照《全球通史》里关于世界近代与古代的分期，公元1500年之前/公元1500年之后，朱氏明王朝正处于这样一个时期，本来永乐年间的郑和七下西洋开辟的海上通道，让明王朝得以建立起之前没有过的完整的"朝贡体系"，但由于倭寇在东南沿海的烧杀抢掠，明王朝不得已实施了海禁政策，尽管海禁是在永乐之前就开始了的。指出这一历史大概，是因为想说的是，中日之间的纠结以及恩怨，不是一日两日的事；指出这一历史大概，是因为近日读止庵校正的《雨天的书》、孙玉蓉编著的《周作人俞平伯往来通信集》和余英时的《重版汪精卫〈双照楼诗词藁〉序》，想到好长一段时间以来的为其翻案一事。

《日本的海贼》写于民国十四年(1925年)三月。周作人此文源于当年二月东京判处几年前在海上抢掠(周作人称"夺取")一艘名为"大辉丸"商船，并杀船上中国与俄国海员十四人的涉案罪犯一事。尽管，周先生在文中回忆了倭寇东南沿海也就是周先生家乡浙闽一带的旧事。但紧接着，周先生认定日本自明治维新之后不会再有海贼一类的人和事，却又实实在在地发生了。而且还在东京对此进行了审判。对此审判，周先生显然是给予肯定。肯定之一，"日本是法治的文明国"；肯定之二，是赞赏听审群众的欢呼，对其杀害了十四人的海贼首魁江连一郎有期徒刑十二年的判决为"名裁判"；肯定之三，"日本毕竟把海贼"判了刑，"我们中国人不能不佩服而且惭愧"。此三点，在我看来无非是说，日本国是法治国家、日本人民是法治下的人民。如果真是这样，无论昨日还是今日抑或明日，都应当值得中国政治和中国国人学习的。但显然,这种完全赞赏的态度,却让笔者今天读到了另外一种心态。

尊敬邻(他)国、学习邻(他)国,不仅是中国20世纪初期仁人志士的选择,同时也是当下国与国之间,不同文化不同制度下人与人之间的价值正取向。但尊敬不表明崇拜和媚态。如果,我读此文感受到了周先生不仅仅只是尊敬而是崇日媚日,大致有些接近事实真相的话,那么,我就有理由相信周作人1941年附逆,肯定有其自身的因素而不是只是外界强迫。显然,自身的因素即周所说的"上在老下有小家累重"这一句是不能作敷衍和推诿附逆一事的。中日还没有全面爆发战争时,当"九一八事件"发生后不久,周作人为此专题应邀到北平(京)大学讲演。在这个讲演上,周作人指出"辽宁事件"("九一八事件"的当时称谓)"大家知道错在日本",但紧接着,周作人反问北大的听众:"但在中国方面没有错么?"错在哪里?按周作人的意思,还错在自家国家的内乱和国民奴才式怯弱的劣根性。这无论在当时还是在当下,显然是事实,也是中国现代历史和中国人的痛。这一视角和观点延续了周作人作为五四新文化先驱和干将的风采,即不遗余力地批判中国的旧文化和旧传统。不过,周作人着重地讲道:"原本人是一种生物,无论变化到什么地步,归根结蒂还是生物,生物界的法则在人间还是唯一切实的法则,生物争存,优胜劣败,人类也逃不出这个原则。"(《看云集·关于征兵》)在今天看来,无论是达尔文的生物进化原则,还是后来逐渐演变成了社会达尔文主义的丛林原则,周作人的这番话大约是没有错的。但是,正是基于这番没有错的话,从潜心理角度看,对其日本"九一八事件"(即周作人所说的"辽宁事件")和几年后的"七七事变",这是"生物争存优胜劣败"的人类原则的必然。因此在周作人看来,大约只有顺应这一原则,才可能于生存中得以苟活。于此,在侵略与被侵略两端、在侵略与反抗两端,无所谓正义与非正义的,唯有"识时务者为俊杰"和"随大流"才是选择。这一取向,难道不可以看成周作人在十年后身体力行地去践约了这一"生物法则”的顺应吗？显然，这已经不是所谓学不学习尊不尊敬“法治的文明”国家日本这么简单的了。

其实，在周作人正式（1941年元旦上任汪伪华北政务委员会委员、常务委员兼教育总署督办，此后不久授少将衔）附逆之前的1938年，由于周作人日益清晰的附日倾向，茅盾、郁达夫、老舍、胡风等十八位文化名人就公开致信周作人：“作人先生：去秋平津沦陷，文人相继南来，得知先生尚在故都。我们每听暴敌摧残文化，仇害读书青年，便虑及先生安全……我们了解先生未能出走的困难，并希望先生作个文坛的苏武，境逆而节贞。可是……惊悉先生竟参加敌寇在平召集‘更生中国文化座谈会’，照片分明，言论具有，当非虚构。先生此举，实系背叛民族，屈膝事仇之恨事，凡我文艺界同仁无一不为先生惜，亦无一不以此为耻。先生在中国文艺界曾有相当建树，身为国立大学教授，复备受国家社会之优遇尊崇，而甘冒此天下之大不韪，贻文化界以叛国媚敌之羞，我们虽欲格外爱护，其如大义之所在，终不能因爱护而即昧却天良。”公开信中所说的“叛国媚敌”之一“媚”足见当时十多位文化人为周附逆的痛楚。兴许，媚敌便是从媚日文化开始的。也许正是这样一种媚日心态，加之在前认知的生物丛林和社会丛林原则，周作人在两者之间达成了合而为一的协定。于是，附逆一事就不能以“上在老下有小家累重”来解释和重读。在我看来，不能因为周作人在新文化运动所做出的巨大努力和所取得的非凡成就，重新建构1941年到1945年周作人附逆。也就是说，附逆一事作为周作人一生的污迹黑斑是不能因其文好而被抹去的。

但是，周作人（和笔者马上要提及的汪精卫），从中国进入20世纪90年代之后，为其翻案和为其张目的，不知怎么成了学界的一道如时尚语句那般的“靓丽风景线”。先有舒芜，今有止庵。作古的舒先生在下不论，单说止庵，而且单说止庵的一段话：

一九六一年七月三十一日周氏致信鲍耀明，谈及《周作人书信》，不妨看作多年后的一点补充说明：“日前寄旧稿一卷之外，并寄呈《书信》一册，其中有致辞平伯、废名之短信若干，可请一览。二君近虽不常通信，唯交情如旧，尚有一人则已绝交（简直是‘破门’了），即沈启无是也。其人为燕京大学出身，其因为与日本‘文学报国会’勾结，以我不肯与该会合作，攻击我为反动，乃十足之‘中山狼’。但事情早也过去，只因《书信》尚存旧迹，故略说明之耳。”（《周作人书信·关于〈周作人书信〉》，止庵校订）

《周作人书信》1933年由上海青光书店出版。由止庵校订的新版2011年北京十月文艺出版社出版。在新版的说明里，止庵的这番话，不知是重复周作人为其自己附逆“漂白”，还是校订者止庵为周作人附逆“洗白”？这种草蛇灰线的说明，真让今人佩服。倘若我们不知道周作人1941年元旦在北平出任汪伪政府要职一事，就凭这段话（而且好像言之凿凿），我们可能会认为，周作人是一位与日伪反抗的斗士。还有更吊诡的事，《周作人俞平伯往来通信集》（上海译文出版社2013年1月版）共集周作人俞平伯往来通信391通，其中周作人210通。时间跨度为1921年至1964年。奇怪的是，周作人致俞平伯的信自1936年就断了。可以肯定，这期间周作人致俞平伯的书信不会太少（从俞平伯致周作人的书信里便可得知）。为什么没有了呢？真是不好猜测，也不能乱猜。如果允许在下乱猜的话，这些信，要么收信者毁了，要么至今难于公示在阳光下。或者说，或毁或难于示人的信，因“忌名人讳”而永久地消失在历史深处了（但一封其为己辩白的信即止庵所引的信却留了下来）。

不过，历史的深处却有人不顾道义去打捞。余英时先生的《重版汪精卫〈双照楼诗词藁〉序》（香港天地图书社2012年版，下简称“余文”）即如是。无论当时还是后世，汪精卫于1940年在南京建立依附于日本侵略者的政权，其道义、其价值（并非余文“价值判断根本不在我的考虑之内”一句可以搪塞）、其人品都不为世人所认同。作为一个典型的西方自由知识分子余英时，以汪的所谓“精湛诗艺”为其汪精卫的投日附逆“洗白”，那么历史将无话可说。余文里有三点让人看不明白——其实对余文来说是很明白的：

一、余文关于“和”优于“战”（“战必亡国”）的理论。即使我们今天不从“胜（成）王败寇”的历史宿命观点看，蒋介石正面的战和毛泽东敌后的战，以及美苏协战，赢得了抗日战争的胜利，从当时的历史与道义上看，“和”绝不是余文所说的1938—1939年间国军每战必败后在执政党国民党内高层的“共识”。特别重要的是，如果“和”成了汪精卫附逆及其汪伪政权可以存在的基石的话，那么蒋介石的“放弃尺寸土地与主权，便是中华民族的千古罪人”这句话也得重新评估。再放大一点说，整个二战时期的东西方反法西斯的历史都得重新评估。幸好，余文还知道这样一个事实（幸好余还算是一个历史学家）：“由于蒋‘未为所动’，主和派最后还是沉寂了下去。”二、余文关于同僚与老婆胁迫。余文认定，汪附逆时的重要原因之一是，陈璧君的怂恿以及志趣相投同僚们的劝说（胁迫）。这观点不是余英时的发明。余文仅仅利用了这样一个已经成了历史的笑话，做了为汪开脱的陈旧材料。余文声称读汪诗不是为汪翻案，恰巧在这一点上，我读到了余文的话外之音：不是翻案是什么？三、余文关于“诗人”与“烈士”。如果余文仅仅是为了欣赏汪诗的话——但是，余文一开始则声称“不懂中国传统的文学批评，也没有系统地研究过诗词流变的历史，因此对于汪精卫诗词本身的分析和评价，我只能敬而远之”。也就是说，余文并不是以“诗艺”的角度读汪诗的——按照余文所说“诗艺与政治分开”。这话对其他人也许适用，但对汪精卫并不适用。因为，当汪精卫早年义无反顾地加入了刺杀摄政王的队列时，当汪精卫唱出“引刀成一快，不负少年头”时，汪精卫就不再是诗人，而且从汪的以后历史看，汪从来就不是诗人而是道道地地的政治家。几首小诗或几十首小诗，就认定汪附逆的苦衷和这样那样原因的迫不得已，那么汪精卫的一生，就不是今天我们所能看到的汪精卫。如果可以以诗艺精湛来漂白恶行的话，那么其诗，便有了两种情况：一是其诗是伪诗；二是其诗专为恶行开脱。倘若笔者我的这种看法有一点点道理的话，那么余文肯定汪诗中的什么“护林心事”，什么“平生未尽心”，什么“拏空枝老、同诉飘零”等只能成为笑柄。而余文为其辩污的什么“汪的古典诗词在他那一代人中无疑已达到了第一流的水平”或许会成为笑柄之后的笑柄。

不知怎么的，大陆这厢一些人为周作人翻案用心用力，而海外则还有为汪精卫翻案不再是皮里阳秋而是明目张胆。真不知道，这些为其翻案的学者、作家为了什么。但是我知道，周作人在中国新文化运动的功绩和所取得的文学成就，几差人比；我们也知道，汪精卫在推翻帝制建立共和时功彪历史。但是，无论汪还是周的附逆却是当时人神共愤的事实和历史——这事实这历史，可以以文学成就或精湛诗艺漂白吗？在如何活着和附逆一事上，在文末要多说一句，后人的我们，当然不能苛求周作人像嵇康那样拒绝朋友推荐侍敌而慷慨赴死，但是我敢肯定，周作人一定是读过《与山巨源绝交书》的。

六小龄童：被过度阐释的“猴王”

曾 勋

2013 年 5 月，有媒体报道，六小龄童起诉一公司并索赔 100 万元。六小龄童诉称，该公司在推出网络游戏《西游记》中，使用了自己在电视连续剧《西游记》中所塑造的孙悟空形象。该案一审法院曾作出过判决：认为章金莱塑造的“孙悟空”形象并非其本人肖像，网游公司使用孙悟空形象的行为，并不构成对章金莱本人肖像权的侵犯，判决驳回了章金莱的诉讼请求。之后，章金莱再次向法院提起上诉，目前案件正在审理中。

我尊重六小龄童的公民权利，但这起事件背后，隐藏着一些社会内涵可以挖掘。

最近几年，六小龄童十分活跃，四处弘扬猴王精神，推介“西游文化”，几乎成了美猴王在地球上的代言人。很多戏说西游的创新题材，都被他贴上道德标签。作为西游文化研究会副会长的他认为：“现在戏说的太多，反而很多孩子都没有看过原著，改编要有道德底线。网上关于西游的话题竟然是，里面有多少个妖精女朋友？这个问题值得我们反思。”对周星驰的西游系列也不愿多谈，他语带暗示地提到，每次有孩子问他“孙悟空到底有几个女朋友”时，他心里都十分难受。

六小龄童这几十年在公共媒介发出的声音几乎都与二三十年前在《西游记》中塑造的孙悟空有关。长年来他的公民与演员身份被“孙悟空”遮盖，他乐在其中，并有垄断“孙悟空”的话语霸权倾向。

毫无疑问，一个有理想的职业演员，应该不断去突破自我，创新自我，尝试灵魂的丰富性与内心的多样性。六小龄童却不是，他塑造的经典角色只有孙悟空，孙悟空就是六小龄童的“紧箍咒”。不可否认，孙悟空的形象确实影响了几代人，但其中有着很深的时代背景——六小龄童是国家行政威力而不是市场经济催生的时代偶像。

乔治·卢卡斯拍的《星球大战》不仅开创了一个电影的新纪元，因拍摄此片衍生出来的工业光魔公司，更成了电影特效的标杆，不断更新着电影的思维方式、拍摄手法，不断开拓着电影的极限与可能。

这一切离不开商业自由与文化多元，以及影人们的才华与意志。卢卡斯谈到为什么要拍《星球大战》时说，“生活中我们找不到一个现代神话故事，教给孩子们正确的价值观以及一个充满幻想的人生观”。职业精神遇上文化宽容，文艺精品才有诞生的可能，禁锢之下的作品必定是扭曲与病态的。

当乔治·卢卡斯带着一群追梦人实践着“太空梦”时，中国刚刚从“文革”泥潭走出来，文化艺术如飓风过境般狼藉。“文革”结束后，重建文化产业作为政治议题被提上日程。文学作品中，卢新华的《伤痕》、刘心武的《班主任》诉说了神道对个人灵魂的摧残。电视剧如《蹉跎岁月》、《永不凋谢的红花》开始肯定人的价值与尊严。

但是，影视产业的商业流程没有建立起来，电视剧包括四大名著的制作均为国家“分配”动作，而非市场机制下自发的商品塑造过程。《西游记》导演杨洁在《敢问路在何方》一书中这样回忆：

> “杨洁，要是让你把《西游记》拍成电视剧，你敢不敢接？”
>
> 副台长洪民生在宣布了王扶林拍摄《红楼梦》以后紧接着的这句问话，就像在我头上响起了一个惊雷，我几乎不敢相信自己的耳朵。一怔之后，我冲口而出：“有钱就敢，为什么不敢！”
>
> 他立即接道：“好！局党委决定，由杨洁来拍《西游记》！”
>
> 这是在1981年的11月份，文艺部的一个组长会上。当时不只是我，在座的所有人，都被这个突然宣布的消息震惊了。连我自己都不相信，这么重大的题材居然给了我这个“戏曲”导演?！说实在的，我也没有想到洪民生副台长这么快就实现了他的诺言，而且给我的是这么重大、辉煌的一个任务。

终结了一个尊严与权利惨遭践踏的时代，却无法终结留在国家与个人身体里面的后遗症。当杨洁等人面临呼啸而来的国家劫数，他们除了一味地叹息，无奈地呻吟，无法忍受屈辱而选择自行了断外，他们能做的事情简直太少太少。

“劫后余生”的杨洁，在这一场“灾后重建”中，跟所有幸存者一样是微小的，却又是荣光的。至少他们在暗无天日的十年之后，终于看到了从国家阴影的缝隙间露出的一丝曙光。在这一刻，所有地缘意义上的中国人都是“斯德哥尔摩综合征”患者，区别在于有的人像《肖申克的救赎》中的老布，习惯了被监禁，真正的自由反而成了他们的“恐惧的自由”。

有的人，正如杨洁接到“辉煌的一个任务”时的受宠若惊，他们虽然离“免于恐惧的自由”尚遥远，却努力挣脱着恐惧，试图走出国家苦难的阴影。复兴，不管是一个幻象还是一个目的，开始被市民、工人、知识分子、大学生重新提及。

那么，一部《西游记》的摄制在苦难深重的民族复兴之路上，对于每一个平民百姓来说，究竟有多大的荣光与意义？不可否认，在娱乐样本极度稀缺的时代，当权力集中力量把一群人的守望与信仰（四大名著）搬上电视荧幕时，固然存在族群共同体情感上所赋予的“合法性”，但把这些国家动作放在现代公民视野与广电事业的流程中来看，仍然是一种较为封闭的程序。

这种封闭性表现在摄制组与观众之间的隔阂上面，深层次看这是行政介入文化事业无法避免的弊端。直接体现在摄制过程中，就是演员的任用安排几乎没有经过市场与大众筛选，都是一纸律令定乾坤。这样，幸运的六小龄童遇上了杨洁导演。

据杨洁在《敢问路在何方》中的回忆，她找“南猴王”六龄童选孙悟空的角色时，是想在学员中选一个小猴子。但是，尽管杨洁再三要求去见学员，“老爷子”六龄童却找各种借口敷衍，原来，他内心早就内定了人选。书中这样描述当时的尴尬情况：

> 但第二天，老爷子又把我接到他家，仍然没有去绍剧团的意思。
>
> 我提了几次，说今天已经29日，再不去团里，会不会放假了就找不到人了？他还是说：“不会，来得及，来得及！”我提出想看看报纸里介绍的那个青年演员，他也“顾左右而言他”，把话岔开去，只是一再介绍我面前的这个“儿子”。
>
> 这真是“举贤不避亲”！但就算他的儿子不错，也不能强塞给我呀！也许还有比他更合适的呢？但是面对他的一再提及，我也不能不理睬，我开始打量眼前这个年轻人。他叫章金莱，很文静秀气，像个书生，现在是杭州浙江昆剧团演员。

就这样，在其父的大力推荐下，六小龄童最终得到了美猴王的角色。至于其他学员，他们根本不知道曾经有一个平等竞争饰演孙悟空的机会，不然今天我们记忆中的孙悟空的扮演者，也许就不是六小龄童了。

我相信，在这些学员中，不乏有能力演好孙悟空的学员。因为杨洁是学戏曲出身，《西游记》与其说是一部电视剧，不如说是一部戏曲剧，里面无论是化妆还是动作，台词还是场景设计，都带着浓重的戏曲味道。

浓妆艳抹的戏曲套路，留给演员的发挥空间极其狭小，对演员要求更多的是统一性而非特异性。于是，幸运的六小龄童凭借其父的“举贤不避亲”进入了《西游记》剧组。

此剧播出的 1988 年，电脑还没在中国普及，没有 windows，没有 internet，没有成规模的商业院线，甚至电视也只有有钱人家才买得起。在娱乐样本准真空的状态下，看“文革”样板戏和打“鬼子”的《地雷战》看得眼睛都抽筋了的中国人，突然看到一部呈现了天宫、地府，群魔乱舞、腾云驾雾的魔幻剧，虽然特效制作粗糙，人物飞身时还能看见吊在身上的钢丝，但超过预期的审美还是带给了观众巨大的震撼。

我记得当时三四岁，全村就一个暴发户家庭有一台牡丹牌电视机，外接天线，可以收到两个电视台，一个是中央一套，另外一个是没有声音的中央一套。晚上吃过晚饭，三五成群地搬着板凳去暴发户家蹭电视看，这家的小女儿跟我一起青梅竹马长大，前两年结婚了，那是后话。除了看中央一套的《西游记》和其他节目，就只有看白雪花，后来知道白雪花是宇宙大爆炸时留下来的爆炸信号。不时村里还要停电，连看白雪花的机会都没有。

这样，宇宙信号与中央一套交相辉映，成了我幼儿时代的电视记忆，它们在潜意识中塑造了我的太空想象与国家想象。当时，年幼的我不知道《西游记》与中央一套要传达给我什么信息，我常常在看电视的时候与富家小女儿跳上跳下，四处打闹，以孩子的猴性解构着来自国家的信号连接。

有一次我看完《西游记》后突然想玩 cosplay 扮唐僧，把玉米粒放头上做戒疤，却不小心把玉米粒弄进了鼻孔拿不出来，害得全家上下焦躁不安。各种办法试过后都无效，最后被带到镇上的医院，一个男医生用钳子小心翼翼地伸进鼻腔，终于把玉米粒取出来了，居然已经发芽。这算是《西游记》或者说国家信号带给我的一个劫数。

没过多久家里买了第一台黑白电视机，有一次地方台放《西游记》，但不知道台长一家是不是抠门儿的吸血鬼家族，半夜凌晨才开始放，每晚放一集。当时父亲每天晚上都准时起来打开电视，等《西游记》一开始，便叫醒我们几个孩子，我们打着呵欠伸着懒腰，睁着双兴奋的大眼睛看孙悟空闹天宫、打妖怪。每次结束都意犹未尽，父亲还要预告下一集的内容，让人更是欲罢不能。

那是一个没有信息汹涌的时代，人们过着清苦的娱乐生活，偶像从高仓健到邓丽君，从六小龄童再到迈克尔·杰克逊。这些偶像出现的背后，隐藏着如此清晰的国家动作。开放与引进的步骤，能如此紧密地牵动每个公民的神经，塑造着他们的娱乐偶像。这在任何一个国家都是不多见的。

在这一场场偶像塑造的洪流中，杨洁与六小龄童只是一个参与者，他们跟千千万万接受者一样，被时代捆绑着随波逐流。儿时的偶像神话消退之后，显现出来的是苍白时代的秩序与无奈，这一切就像冷幽默的笑话，让我觉得可笑又笑不出来——原来我们都是演员，没有做过自己，就像《黑客帝国》中母体内的虚拟信号，被强大的机器帝国支配着命运，随机生死。

六小龄童，不过是入戏太深的一分子。经过国家机器反复的过度阐释，六小龄童开始迷醉在美猴王的幻境中。他的荣光和骄傲很大一部分都来自"孙悟空"，久而久之，"猴气"掩盖了人气，他被人们娱乐的同时，逐渐忘却了自己还是一个公民，一个演员，一个叫章金莱的人。他错觉自己已经"占山为王"，可以挥动着如意金箍棒，顶着"美猴王"的光环振臂一呼，就能从者云集。但是，不要忘了，您头上还戴着"紧箍咒"。这个"紧箍咒"就是民意。

文化越来越多元化的时代，不去开发新的文化产业，不去尝试新的戏路，却几十年如一日地啃着孙悟空的老本，这不是一个优秀艺人该有的作为。美国影视业每五年都会发生一次天翻地覆的变化，新的导演与演员不断向电影电视业注入新鲜血液。他们也会怀念大卫·格里菲斯的《一个国家的诞生》，但怀念之后定会抬起头仰望明天。怀念是进取与改进的动力，而不是守旧与停滞的借口。谁都无法阻止时代的新陈代谢。

影视圈里，我们还有多少“六小龄童”？对一个兢兢业业的文艺工作者还能要求什么呢？或许不该去苛责一个演员；或许，要“皇帝专业户”演员们批判封建皇权，只是我们一厢情愿的奢望，或者说，是对一个国家的憧憬。

别让青春片变成“低级趣味”

麦克疯

由赵薇执导的《致青春》以较高姿态填补了国产青春商业大片的空白，却并不能拯救依然低迷的国产青春电影市场。本欲接力《致青春》的《我们都是坏孩子》同样主打青春路线，但却因题材问题直接走向了网络发行渠道。从国内整个市场我们不难发现，许多引人注目的类型影片，如《再爱我一次：逆爱》、《青春期》系列、《青春荷尔蒙》等等，依然是以微电影形式或电影沙龙形式为载体，这就意味着如今不少主流青春类型电影还是难有机会登上“大雅之堂”。

以历史来看，除了港台地区，青春电影的拍摄在国产电影的发展中并未有太多经验的累积以及类型的深入研究，但亦不乏讲述情怀的类型佳作，如1988年田壮壮执导的霹雳舞题材影片《摇滚青年》，1995年由姜文执导的《阳光灿烂的日子》，2001年王小帅执导的《十七岁的单车》等均横跨不同时代，依然让不同年龄阶层的观众记忆深刻。事实证明，国内电影导演拥有对于社会现象与流行文化的敏锐触觉，尤其是中国在目前社会发展和变革下，一批青春电影开始集中探讨年轻人的生活方式与生活观念。

而在美国，并非所有的青春题材影片都是老少咸宜，像《美国派》、《邻家女孩》等就被评定为R级，《舞出我人生》系列则是PG－13，只有像《少年PI》这样的电影才没有年龄限制。在中国目前的电影制度下，《我们都是坏孩子》未获公映，显然是影片传达的核心价值出了问题。青春电影在国内的拍摄一直很难，同时也存在一个双面的尴尬，过激和话题敏感的影片一般少儿不宜，而以非官方流通的电影、短片或微电影等，又往往在侧重点上偏离轨道，以《坏孩子》为例，故事本讲述艺校女生面对社会诱惑与物质条件的迷失和惘然，这本具有一个非常好的话题性，然而对于人物心态和动机电影仅能通过人物琐碎的自白来体现，但主角性感的着装展现却比比皆是；《青春期》描写男女生校园爱情故事，但主题却放于其次，主要噱头还是让女星宽衣解带，或以比基尼示人；何自强执导的微电影《妈咪》对准陪酒女孩的堕落生活，在主题的深入挖掘有了较大突破，可海报依然却要以“女星性感出演”为卖点。国产现代青春片犹如一部部电影版《男人装》，放大的是性暗示软情色，忽略的是影片的实际意义。背后制作方高点击率的意愿也起到了一定影响——要知道网络传播的成功体现便是高点击率，要达成目的，自然泛滥和迂回着符合目前中国男性群体审美观的“女色主义”。

“性感(微)电影”的过审也恰巧证明了网络短片、微电影的审查机制有一定空间，从另一个角度而言，微电影的时长与凝练的主题也存在其有利一面：对于具备敏感性的话题和片段可以避重就轻，模糊处理，含蓄婉转地反映问题本质其实是最好的方式。放眼世界影坛，青春电影并非单一化的存在，它包含了人在成长过程中的方方面面，像日本、中国台湾便存在一批衍生的残酷青春影片，它们皆来自真实的社会新闻或反映了真实的社会现象，如日本的《青之炎》、《关于莉莉周的一切》，我国台湾地区的《牯岭街少年杀人事件》、《翻滚吧！阿信》等等，都蕴藏了血与泪的反思，然而对于大陆的青春电影来说，其实并不乏好的素材，而是缺少试验的胆量和实验的平台。利用制作空间较为宽松的微电影作为跳板和素材调选，或者进行青春类型化小说、事件等研究，进而开发适合审查口味与观众欣赏的青春类型长片，也不是不可以。

国产青春片既需要《阳光灿烂的日子》、《致青春》这样的回忆时光之作，也需要不同类型的青春电影丰富片种，但存在选片的狭隘并非是一个较好的现象。尤其对于沉迷于网络的青少年来说，这批标榜着“性感大片”的伪青春电影因与我们的生活息息相关，因此也容易引领青少年走入一个思想的误区。

不过近几年国产青春片的发展,也出现了一些较好的现象。像描写青少年运动精神的《精舞门》、《玩酷青春》,关注学生生活、题材积极向上的《全城高考》、《毕业那年》等等,都让国产青春电影开始步入了百花齐放的局面。然而国产青春片还有很长一段路要走,每个人的青春只有一次,且青春类型片可供探索的题材和主题也多种多样,其故事核心可具有争议性,存在主旋律的励志味道也无可厚非,然而其最终目的当然既要达到唤起观众温暖的回忆,又能关注青春一代的思想状况。总而言之,国产青春片的核心要在未分级的情况下,找到一条老少咸宜的合适路子,毕竟“性”只是青春的一部分!

《天机·富春山居图》：浮夸背后的无能

陈令孤

“在好莱坞大片铺天盖地侵袭中国电影市场的时候，我们作为中国电影人，不断在思考和探索如何运营和制作中国的电影，来抵抗这种一边倒的畸形现象。《富春山居图》就是我们的一次尝试。”这是影片导演孙健君先生的话语，他身为北京派格太合公司的总裁，看不惯好莱坞的“欺负”，于是“怒发冲冠为尊严”，决心拯救国产电影危难，于是亲自上阵执导了这部“国际大片”《富春山居图》。但是从结果来看，尝试后与尝试前没有什么区别，与其自己花钱拍电影，还不如花钱看电影。同时，话语中的“我们作为中国电影人”改成“我们作为中国商人”要更好一些。

长期以来，国产电影最为人诟病的就是讲故事的问题，主要体现在：题材广泛但允许被拍摄的不多；对挖掘古人的兴趣远远大于对现实的关注；好故事偶尔出现但跟风之作又降低了类型标准。于是，新世纪以来的很多大片都是靠华丽的布景和人体堆积来营造视觉奇观，虽然在短时间内掩饰了故事底气不足的毛病，但时间一长就被观众看透了，各种嫌弃自然就出现了。在这种情况下，想要改变国产电影状况的首要做法就是真诚地、细致地、创新地讲观众乐于看的故事。然而，《富春山居图》再次落入“形式大于内容”的怪圈，继续在布景和场面上下功夫，而忽视了电影故事本身的创作，仍然没有脱掉“假大空”的帽子。

首先在题材上，继成龙的《十二生肖》之后，这又是一部围绕国宝进行的警匪争斗动作片，难道除了这个类型外，就没有其他可以实现“国际合作”的故事了吗？每次都是我们的宝物被别人掠夺，然后智勇双全的英雄出世，虽历经艰险，但仍然可以一路调情着把任务完成。然后，在电影的结尾标上一个“本故事纯属虚构”的说明，就像自己和自己玩游戏一样，最后是自己玩弄了自己。

即便如此，如果把故事讲精彩了，仍然是一部好作品。比如宁浩的《疯狂的石头》，也是围绕夺宝进行叙事，各路人马绞尽脑汁抢夺钻石，偶然与必然交织，极大地丰富了过程的戏剧性和喜剧性。但是《富春山居图》的叙事完全被科幻、装酷、卖相、动作等元素给遮掩了，在情节上极为粗糙和俗套。在盗取宝物时，并没有什么独特的手法，完全是武力的较量，就连一身娇嫩的美少女也变成了格斗高手，把一群壮汉打得满地横躺。而特工在追回宝物时，也没有高人一筹的计策和手段，而是在一个神秘人物F的指挥下，多次深入敌穴，企图靠自己的身手功夫夺回宝物。在经历了几次失败后，最后在反派人物的情人的帮助下，才完成了任务。我们在银幕上看到的只是一群化妆得妖艳无比的少女的斗美和斗狠，而并没有弄清楚整个故事的来龙去脉到底是怎样的。

电影是首先诉诸感官的，然后是进入情感的，进而是启发灵魂的。一部影片即使无法给人带来深思，但要是能在观影过程中让人发笑、流泪抑或是痛骂，也算是有功劳了。然而《富春山居图》在精心营造了一派华丽之后,却没有给人带来任何感觉,可以称得上是“四无产品”——无笑,没有幽默之处,这是它比《十二生肖》差的地方;无哭,没有催泪之处,因为故事里对情感的渲染完全停留在表面,毫无张力;无骂,没有可以吐槽之处,因为画面还算精致,雷人的剧情不多;无思,没有反思之处,因为这本身就是一个虚构的商业片,谈不上思想深度。

如果说《富春山居图》还有自己特点的东西,那就是对各种重口味场面的渲染。这是一场有钱人的奢华盛宴和淫逸之景,里面的人物无不出入于高档场所,富丽堂皇的酒店,高耸入云的迪拜塔,灯光流离的西湖游船,美人华服艳妆,俊男西装革履。但是变态和血腥却在这种光彩亮丽之下暗流涌动,女人成为富豪的肉体玩物,几近妖孽,利器捅入身体之时的狰狞消解了场景的优雅。从这个层面讲,《富春山居图》也算是一部现实主义作品,因为它真实反映了富人的生活状态。这样的影片由一位企业总裁来执导,可以免去体验生活的过程,的确非常恰当。

在人物塑造上,刘德华扮演的特工肖锦汉就像他自己一样,是一个好好先生,在处理妻子和红颜知己的关系上分寸得当,虽然和林志玲扮演的间谍女眉来眼去,但也没有激怒爱吃醋的妻子。导演也许是为了加深天王的魅力,甚至安排了一个花痴小女孩要嫁给肖锦汉。林志玲的演技没见什么进步,但是在影片中尽情展示了自己的各种美态,她对爱的渴求和缺失与现实中的自己也算有几分相似。最有突破的是佟大为扮演的日本商人山本先生,因为恋母情结而走火入魔,杀了母亲及她的情人,自己也成了性无能患者,在酷似母亲的女人面前无能为力,乱伦的冲动与罪恶让他变成一个疯子,表面上的奢侈和残暴愈加显示了他内心的孤独和痛苦。

《富春山居图》总投资 1.6 亿元,在当下的制片环境中,还算不上大投资,所以影片尽管看起来非常华丽,但是大型的动作场面并没有多少,最后的高潮戏完全变成了中国的武侠动作片,成了单个人在冷兵器上的对抗,明显削弱了视听效果。于是,由华丽场景而造成的浮华影像便成了大而无当的“浮夸”,尤其是它在叙事上的平庸,使得整部影片的表现就像山本先生一样,成了被装饰的无能。

图书在版编目(CIP)数据

你从“这边”看到了什么“风景”/《文学报》编. --上海：上海书店出版社,2015.4

(文学报·新批评文丛. 第2卷)

ISBN 978-7-5458-1041-7

Ⅰ. ①你… Ⅱ. ①文… Ⅲ. ①中国文学—当代文学—文学评论—文集 Ⅳ. ①I206.7-53

中国版本图书馆CIP数据核字(2015)第063555号

责任编辑 顾 佳
封面设计 汪 昊
技术编辑 丁 多

文学报·新批评文丛(第二卷)
《文学报》编

出　　版　上海世纪出版股份有限公司上海书店出版社
　　　　　(200001 上海市福建中路193号 www.ewen.co www.shsd.com.cn)
发　　行　上海世纪出版股份有限公司发行中心
印　　刷　上海叶大印务发展有限公司
开　　本　890×1240mm 1/32
印　　张　37.25
字　　数　800千字
版　　次　2015年4月第1版
印　　次　2015年4月第1次印刷
ISBN 978-7-5458-1041-7/I·302
定　　价　128.00元(全五册)